SHINE POST

シャインポスト

ねえ知
私を絶
ごく普
とびっ

SHINE

Did you know? The most ordinary, natural, and unique magic
to make me an absolute idol

CONTENTS

POST

「お茶目なジョーク、大成功です」
玉《たま》城《き》杏《きょう》夏《か》
『TiNgS』のメンバー。15歳。安定した歌唱力とダンス力で『TiNgs』を支える。
可愛い外見とは似使わない冷静な性格で、時折メンバーや直輝に厳しい発言も。

聖《せい》舞《ぶ》理《り》王《お》

2007年1月17日生まれ／AB型／158cm／好きな食べ物:プリン／苦手な食べ物:ピーマン／特技:家事全般／趣味:ゲーム

Did you know?
The most ordinary, natural, and unique magic
to make me an absolute idol

SHINE POST《シャインポスト》

ねえ知ってた？
私を絶対アイドルにするための、
ごく普通で当たり前な、
とびっきりの魔法

駱駝

ブリキ《イラスト》

『なんでだっけ？』

「漠然とした聞き方は困るって、いつも言ってるよね？　ケイ」

『なんで、やめてるの？』

「色々」

『漠然とした答え方は困るって、いつも言ってるよね？　ナオ』

「明確な答えはないんだ。……強いて言えば、やりすぎちゃったんだと思う」

『なにそれ？』

「みんな、ボロボロになっちゃったんだよ。だから、社長はみんなを守るために……」

『ナオをやめさせたわけ？』

「形式上は、自主退職ってことになってるよ」

『今すぐ戻って来て』

「……無理だよ。僕は、もうケイとは関係のない人間だ」

『関係ある。ナオは、私のお兄ちゃん』

「その言い方だと誤解を生みそうだから、せめて幼馴染《おさななじみ》ってことにしない？」

『どっちにしても、関係は残る』

「そうだね……」

『これから、どうするつもり？』

「再就職。幸いにも、拾ってくれるところがあってね。来月から、そこで働く予定」

『……どこ？』

「優希《ゆうき》さんのところ」

『私もそっちにいく。ナオがいないなら、ここにいる意味なんてない』

「輝いてるね」

『………そういうところ、ほんっとに嫌い』

「ごめん」

『また、会えるよね？』

「…………」

『ぜっこー』

「……っ！　自分からかけてきて、容赦なく切らないでよ。……いや、今のは僕が悪いか」

「さてと、新しい門出……かな」

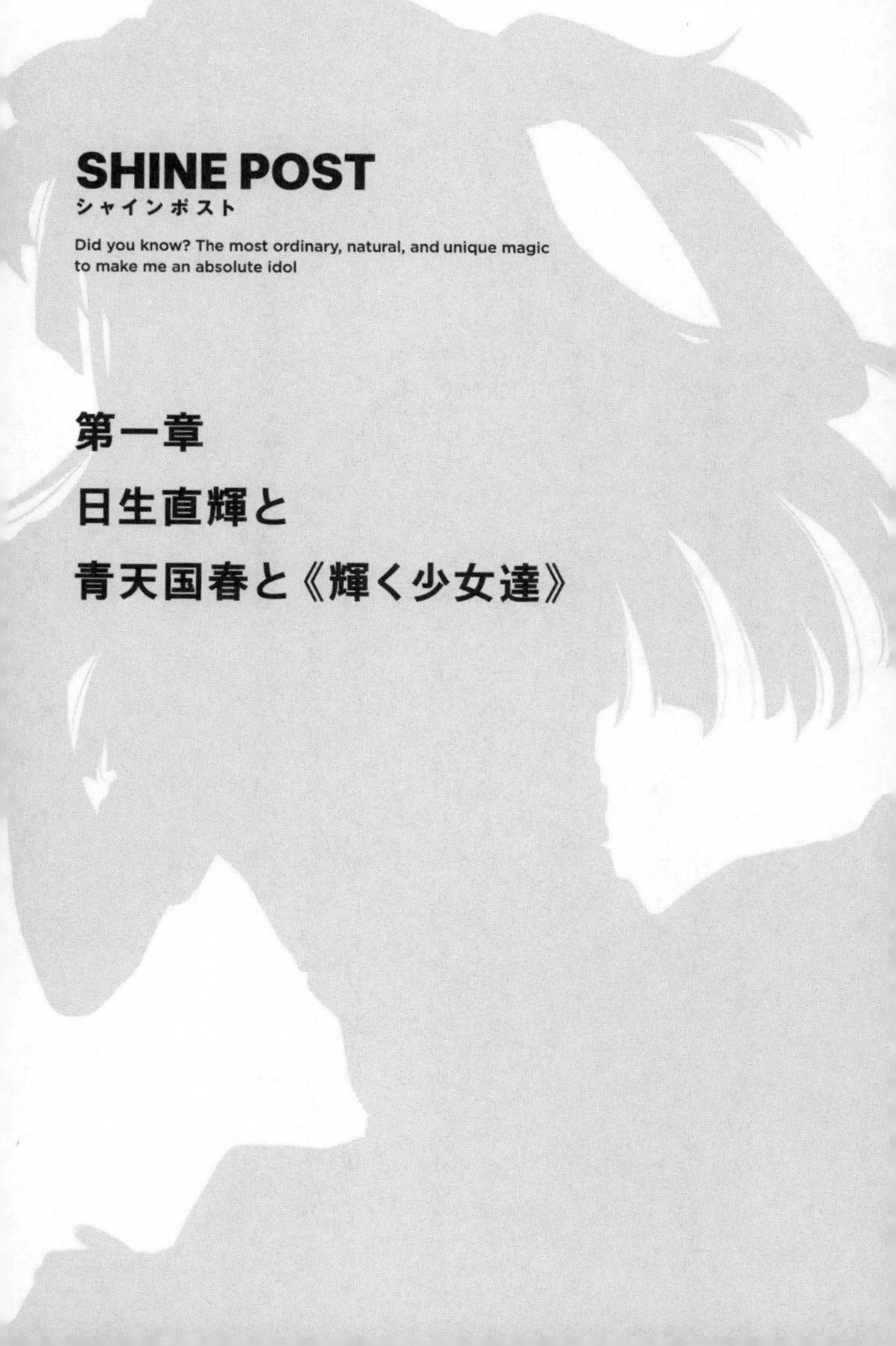

SHINE POST
シャインポスト

Did you know? The most ordinary, natural, and unique magic to make me an absolute idol

第一章
日生直輝と
青天国春と《輝く少女達》

四月中旬。都心から少し離れた駅の穏やかな街並みを眺めながら、商店街に足を踏み入れると、八百屋さんの「トマトとサヤエンドウがオススメだよ！」なんて、活気にあふれた声が耳に届く。……なんとなく、地図アプリに顔を落としたまま歩いている自分が恥ずかしくなって、僕はスマートフォンをしまった。

一七時。少し早めの夕焼けを堪能《たんのう》しながら商店街を抜けると、先程までの穏やかな街並みとまるでマッチしていないメタリックシルバーのビルが確認できて……

『株式会社ブライテスト』

ここが、優希《ゆうき》さんが社長を務める芸能事務所……ブライテストか。

「……ん？」

ふと目に入ったのは、ビルの近くに立ち、忙《せわ》しなく周囲を見回す少女。

制服を着ているし、恐らく中学生か高校生くらいの……あ、目が合った。

可愛《かわい》い子だけど、なんていうか格好が前時代的だな。今のご時世、三つ編み眼鏡の女の子なんて、中々お目にかかる機会はない。……おや？　こっちにやってきたぞ。

「日生直輝《ひなせなおき》君だよね⁉」

「え？　うん、そうだけど……」

「やったぁ！　やっと会えたよ！」

明るい笑顔で、両手をパンと合わせる三つ編み眼鏡の少女。

風貌から真面目な子かと思ったが、思った以上にくだけた性格のようだ。

「やっと会えた？」

「そうだよ！　優希《ゆうき》さんから迎えに行けって言われたんだけど、何時に君が来るか分からなくて大慌て！　……でも、そこで閃《ひらめ》いちゃったよね！　それなら、ずっとここで待ってればいいんだって！　どう？　すごいでしょ？」

本人としては誇らしげで気にしている様子はないけど、……悪いことしちゃったな。

予《あらかじ》め時間を伝えておけば……って、ちょっと待とうか。

僕は、今日からブライテストで事務作業がメインの雑用社員として働くんだけど……、

「私、青天国春《なばためはる》！　ここ――ブライテストに所属してるんだ！　よろしくね！」

そんな人間を、わざわざ所属タレントの一人が迎えに来る、だって？

「……珍しい名前だね。もしかして、芸名？」

「これまた面白いことに本名なんだっ！　……いぇい！」

元気なVサインが一つ。

「そっか……」

どうする？　しっかりと確認を——いや、ただの考えすぎだ。自分に言い聞かせる。

「えーっと、それじゃあ案内をお願いしてもいいかな？」

「春《はる》ちゃんにお任せあれ！」

大丈夫さ。ここに来る前に、あれだけ口を酸《す》っぱくして言っていたんだ。

優希《ゆうき》さんだって、そこまで常識知らずじゃ……ないと信じよう。

「ようこそブライテストへ！　これから、貴方《あなた》を素敵な場所へとごあんなぁ～い！」

「……はい。お願いします」

どうか、懸念《けねん》であってくれ。

そう祈りながら、僕は春《はる》と共に芸能事務所ブライテストへと足を踏み入れた。


「こちらが、貴方様《あなたさま》のデスクでございまぁ～す！」

「これは、また……」

春《はる》に案内される形で、ブライテストのビルに入り、エレベーターで二階へ。

オフィスに入ると、やけに派手な装飾がされているデスクを発見。

まるで、不器用な子供がやったクリスマスの飾りつけだ。……これから、ここで働けと？

「どう？　かっこいいでしょ？　昨日、私達で頑張ったんだ！」

私達……どうやら、犯人は複数人いるようだ。

「ふっふっふ！　待っていたわよ！」

犯人の正体を考える間もなく、甲高い声が響く。……デスクの下から。

「よく来たわね！　私は……んにゃっ！　い、いたい……」

声の主は、元気にデスクの下から飛び出そうとして失敗。

思い切り頭部をぶつけて、涙目で自分の頭をさすりながら、ヨロヨロとその姿を現した。

「わっ！　理王《りお》ちゃん、大丈夫!?　すごい音がしたけど……」

「うぅ……。かっこよく出たかったのに……」

デスクの下から現れたのは、鋭い瞳を涙でにじませる少女。

恐らく、この子もブライテストの所属タレントの一人だろう。

「え～っと、君は……」

「んにゃ！　そうだった！」

体をビクリと飛び上がらせ、慌ててこっちを見る少女。なんだか猫っぽい。

小さな体を、これでもかといわんばかりにふんぞり返らせているな。

「聖なる舞を魅せる理《ことわり》の王者！　それが私、聖舞理王《せいぶりお》！　理王《りお》様よ！　これから、たっぷりこき使ってあげるから感謝しなさい！　なぜなら、私は理王《りお》様だから！」

また一歩、嫌な予感が確信へと近づく足音が僕の頭の中に響く。

こき使う、ですと？

「理王《りお》ちゃん、よかったね！　すっごい楽しみにしてたもんね！」

「《別にそんなことないわよ！　このぐらい、理王《りお》様としては当然だもん！》」

どうやら、楽しみにしてくれていたらしい。気持ちは嬉《うれ》し……いや、複雑だ。

「ふふん！　あんたも嬉《うれ》しいわよね？　偉大なる理王《りお》様と一緒に仕事ができるんだもん！　嬉《うれ》しくないわけないわよね？　……な、ないわよね⁉　迷惑とか、思ってないわよね⁉」

後半にいくにつれて、必死さが溢《あふ》れ出《だ》していて困る。

「まぁ、程々、かな？　あはは……」

頭の中でけたたましく鳴る警笛が、理王《りお》の無邪気な瞳から一歩下がることを選ばせた。

「程々に炸裂《さくれつ》するくらい嬉《うれ》しいってわけね！　あんた、見どころがあるじゃない！」

空けた距離を容赦なく詰め、明るく合格通知。

いやはや、たかが雑用社員が一人増える程度で、わざわざ所属タレントの女の子が二人も歓迎してくれるなんて、随分とアットホームな事務所なんだな。

「どうも、ありがとね……」

「なによ、辛気臭い顔ね！　大丈夫よ！《私がいれば、何も問題はないわ！》」

煌《きら》びやかな光を帯びた理王《りお》の笑顔に、僕は思わず目を細めてしまう。

「その、ここまで案内してくれて助かったよ。あと、この豪華な歓迎も……」

「やった！　喜んでくれたよ、理王《りお》ちゃん！　作戦大成功だねっ！」

「ふふーん！　当然でしょ、春《はる》！　この理王《りお》様に、抜かりはないわ！」

元気に二人でハイタッチ。さて、そろそろ優希《ゆうき》さんに挨拶でも……

「ちょっと！　まだ全員紹介してないんだから、どっか行こうとしないでよね！」

逃亡失敗。僕の右手を、理王《りお》が容赦なくつかんだ。……全員、だって？

「いや、まずは優希《ゆうき》さんのいる社長室に……」

「その前に、もう一人会わなきゃだよ！　君のお世話になるのは、私達だけじゃないもん！」

さらに左手を春《はる》が確保。嫌な予感、さらに増大。……お世話になる、とは？

「それじゃあ、レッツゴー！」「ふふーん！　伝説の始まりね！」

「うわっ！」

意気揚々と僕の手を引っ張り、駆け出す春《はる》と理王《りお》。

唯一のか細い命綱は、まだ彼女達からあの言葉を言われていないということだけ。

いや、待ってくれ。本当に待ってくれよ……。


「杏夏《きょうか》、待たせたわね！　つれてきたわよ！」

「理王《りお》、部屋に入る前には、まずノックをして下さい」

激しい音を立てて開かれたドア。長方形の机が二つくっつけられて配置されている会議室には、一人の少女が座っていた。机の上には、折り畳み式の鏡。念入りに髪型をチェックしていたが、そんなことはまるでなかったかのような冷静な態度で鏡を折りたたんでいる。

「あ〜。杏夏《きょうか》ちゃん、ずるい！　自分だけ、おしゃれしてる！」

「身だしなみを整えていただけですよ。……ところで、その方が？」

丸みを帯びた瞳に、まだ幼さを宿す可愛《かわい》らしい顔立ち。

元気な春《はる》や理王《りお》と違い、落ち着いた様子が目立つ女の子だ。

「そうよ！　この人が……えっと……名前、なんだっけ？」

そういえば、理王《りお》に僕の名前を伝えていなかったな。

ひたすらに、永遠《とわ》なる雑用として雇われる身なので、する必要があるかはさておき。

「日生直輝《ひなせなおき》です」

「日生直輝《ひなせなおき》よ！」

もう聞こえていると思うよ。

「玉城《たまき》杏夏《きょうか》です。以後、お見知りおきを」

立ち上がって丁寧なお辞儀を一つ。まだ子供なのに、しっかりしてるな。

「《では手始めに、非常に怪しい人なので、ブライテストを去っていただきましょうか》」

「さすがに急すぎない⁉」

「テッテレー。お茶目なジョーク、大成功です」

淡泊な表情のまま、Vサイン。どうやら、冗談だったらしい。

本気じゃないのは分かったけど、それでも驚いた。

「随分と刺激的なジョークだね……」

「爆笑必至だと思ったのですが、難しいですね」

「また、分かりにくいジョークを……」

「あ〜、あははは……。わ、私は嫌いじゃないよ！」

尖《とが》ったギャグセンスに、春《はる》と理王《りお》は困り顔……って、何を呑気《のんき》なことを考えているんだ。

まずい、これは絶対にまずい……。

「じゃあ、いよいよ顔合わせのスタートだね！　私達はこっち！　君は、そっちに座って！」

春《はる》と理王《りお》が僕の手を解放し、杏夏《きょうか》の両隣へそれぞれ着席をする。

「…………」

「どうしたの？　ほら！　早く早く！」

「その前に、一つ聞かせてもらってもいいかな？」

着席を促されるもその指示には従わず、いつでも会議室から出られるよう、ドアの近くに待機したまま、彼女達へと問いかけた。これ以上、見て見ぬふりをすることはできない。

「君達は、僕のことを何て聞いている？　絶対に、嘘はつかないでくれよ」

僕から発せられた威圧感が原因か、会議室にひりついた空気が流れる。

「えーっと、優希《ゆうき》さんの従弟で、今日からここで働く人……だよね？」

「そうよ！　優希《ゆうき》さんから頼れる奴《やつ》って聞いてたから、すっごく楽しみにしてたんだから！」

「私も、お会いできるのを非常に楽しみにしていました。優希《ゆうき》さんがあんな自慢げに誰かのことを話すことなんて、滅多にありませんので」

三者三様の返答。だけど、そこに僕が一番知りたい情報はない。

僕は、優希《ゆうき》さんに対して、口を酸《す》っぱくしてとある仕事だけは絶対にやらないと伝えていた。やるのは、事務作業や雑用だけ。そんな社員が、わざわざ事務所の所属タレント三人とだけ顔合わせをするか？　答えはＮＯだ。

「まず確認させてもらうけど、君達はアイドルだね？　個々じゃなくて、グループの」

「うん！　私達は、『ＴｉＮｇＳ』っていうアイドルグループだよ！」

ブライテストは、アイドルをプロデュースする芸能事務所。

まだ新鋭なので力はそこまで強くないが、何組か人気アイドルグループは所属しているし、所属アイドル専用のライブハウス……専用劇場やレッスン場もある優良な芸能事務所だ。

そして、彼女達は三人で『ＴｉＮｇＳ』というグループを結成しているらしい。

聞いたことのないグループだから、恐らくまだ駆け出しなのだろう。

「ふふん！　『ＴｉＮｇＳ』は超絶有望なグループよ！　《なんせ、この理王《りお》様がいるんだからね！　この私がいる！　それつまり、宇宙一のアイドルグループ間違いなし！》」

理王《りお》の言葉に、隣に座る春《はる》と杏夏《きょうか》が笑顔で頷《うなず》く。

まず一つ、彼女達を警戒する理由ができた。

「なら、次の質問をさせてほしい。僕は、君達にとってどんな存在だい？」

どうか、間違っていてくれ。僕と彼女達……『ＴｉＮｇＳ』は、あくまで同じ事務所にいるだけの関係だ。か細い命綱を握りしめ、懸命に上へ上へと逃れようとする。

「え～？　何を当たり前のことを言ってるの？」

どこか困った笑顔で、言葉を発する春《はる》。

あと少し、あと少しだ。あとは、彼女達から、『ただの雑用』という言葉さえ――


「「「マネージャー」」」


プツ、とか細い命綱が切れる音が、頭の中に響いた。

ここだけは、僕の頼んだことを破ってほしかったな……。

「だから、私が迎えに行ったんだよぉ！　優希《ゆうき》さんに言われたのもあったけど、誰よりも最初に私達のことを知ってほしかったからさ！　これから、一緒に頑張ろうねっ！」

可愛《かわい》らしいガッツポーズをとりながら、笑顔を向ける春《はる》。

「やっと私達にも専属マネージャーがつくって聞いて、楽しみにしてたの！　だから、その……仲良くなれたらって……」

最初は強気に、徐々に弱気な言葉になっていく理王《りお》。

「ブライテストでは、専属マネージャーがいないと、専用劇場以外での活動を許可してもらえません。貴方《あなた》が来てくれたおかげで、ようやく私達は次のステップに進めるのです。……なので、今日という日を心待ちにしていました」

淡泊な表情の中に、どこか浮ついた気持ちを見せる杏夏《きょうか》。

芸能事務所は、万年人手不足。だから、マネージャーもアイドルグループ一つにつくのではなく、複数グループを掛け持ちするなんてことはよくある話だ。

だからこそ、専属マネージャーは一つの称号。

事務所にとって、そのアイドルグループが重要な存在であるという証《あかし》だ。

「そう、なんだね……」

今すぐにでも逃げ出したい気持ちをどうにかこらえ、彼女達の正面へと着席する。

「マネージャー君！　私、早くメジャーデビューしたい！　キラキラの曲をいっぱい出して、キラキラのライブをたっくさんやって、世界中をキラキラにしたいの！」

「私は東京ドーム！　あそここそ、理王《りお》様の偉大さを伝えるに相応《ふさわ》しい最高の会場よ！」

「春《はる》も理王《りお》も、慌てすぎですよ。その前にやるべきことが、私達にはあるではないですか」

無垢《むく》な瞳に希望を映し、夢を語る少女達。

今日という日は彼女達にとって、特別な一歩を踏み出せる記念すべき日だったのだろう。

勘弁、してくれよ……。

「正直に……、伝えさせてもらうよ……」

アイドルとマネージャーに於《お》いて、最も大切なのは信頼。

だからこそ、彼女達とは良好な関係を築いていくべきなのだけど……

「僕は、前にいた芸能事務所を解雇されて、ここにやってきた人間なんだ」

真逆の方法を、僕は選んだ。

「え？　それがどうかしたの？」

まさかの効果なし。ピンと来ていないのか、春《はる》はキョトンと小首をかしげている。

僕が前の事務所を解雇されてやってきたことを知ったら、マネージャーなんてお断りと、彼女達から拒絶されるかと期待して伝えてみたのだけど、まるで意味はなかった。

「大丈夫！　前の事務所で何かあったなんて、よくある話だよ！　問題な～し！」

「私達、ここからが一番大事な時期だし、みんなで頑張ればいいじゃない！」

「大切なのは過去ではなく、未来ですよ。どうか気になさらないで下さい」

誰一人として、前向きな態度を崩す気配はない。

「あの、さ……」

「うん！　なにかな？」

だったら、ハッキリと言うしかない、か。

「ごめん。僕は、君達のマネージャーになるつもりはないんだ」

「「「…………」」」

三人そろって、笑顔のまま固まった。

「えぇぇぇぇぇ!!」「なんでぇぇぇ!?」「どういうことですか!?」

沈黙のちに絶叫。会議室の外にまで聞こえそうな声が響く。

別に彼女達が悪いわけではない。問題は、僕にある。

だけど、それでも言わなくてはいけない。嘘《うそ》をつかないという自分のルールを守るために。

「僕は事務作業や雑用をやるって聞いて、ここに就職したんだ。なのに、来たらいきなり君達のマネージャーだなんて……さすがに、困るよ」

言葉を選んで『困る』という表現を使ったが、実際の感情は『最悪』。

僕は以前まで、別の芸能事務所でとあるアイドルのマネージャーを務めていた。

そして、その芸能事務所で行われていたのは、熾烈《しれつ》なマネージャー同士の争い。

『互いを敬愛し、互いを警戒せよ』

そんな矛盾をはらんだ社訓。

でも、僕はそんな社訓が好きで、がむしゃらに走り続けた。誰にも負けない、自分がマネージメントしているアイドルをトップにする。だけど、相手へのリスペクトは絶対に持つ。

そうすれば、お互いに高みへと昇れると思ったから。

でも、それは間違いだった。

行き過ぎた情熱は、他者を焼き払ってしまう。僕は、やりすぎてしまった。

スケジュール管理、営業活動、現場同行……マネージャーとしての業務だけにとどまらず、自分ができると思った、ありとあらゆる業務に僕は携わった。

——そこまでやらなくてもいいんじゃないか？　マネージャーの範疇《はんちゅう》じゃないだろ？

耳にタコができるくらい言われた同僚からの言葉に、いつも「お互い、もっと上を目指しましょうよ」と答えていた。

同じ社内のマネージャー、最も身近なライバルであると同時に、最も大切な仲間。

だけど、互いの健闘を称《たた》えながら競っていたはずの仲間達の笑顔は、いつしか見ることはなくなり、僕に向けられていたのはどこか諦観を宿した悲しい笑顔。

僕は、大切な仲間達を壊してしまった。

それでも、僕は走るのをやめなかった。たとえ、一人になっても僕はマネージャーだ。

目指すべき頂に辿《たど》り着《つ》くまで止まるわけにはいかない。

それに、こんな僕を信じてくれるアイドルがいる。信じてくれる社長がいる。

だから……

――すまない。私はこの事務所を、みんなを守らなくてはいけない。このままだと、君もみんなも壊れてしまう。だから……、去ってもらえないか？


僕の心は、折れた。

社長の言葉が、恐怖からきた言葉か、優しさからきた言葉か、今となっては分からない。

一つだけ確かなことは、社長は調和を守るために、僕を解雇にしたということ。

だから、決めたんだ。もうマネージャーはやらない。

調和を乱して、沢山の人を傷つけてしまうかもしれないから。

「期待に応えられなくて、ごめん。でも、僕はマネージャーをやるつもりはないんだ」

手の平に爪が食い込み、鈍い痛みが走る。もう嫌なんだ、誰かを傷つけるのは……。

「じゃあ、私達はどうなっちゃうの⁉　やっと、劇場以外でも活動が……」

瞳に涙をにじませて、春《はる》が僕を見つめる。……本当に、ごめん。

「一度、優希《ゆうき》さんと話してみるよ。それで、僕以外の人をつけてもらうように頼んで――」

「やだ！　君がいい！」

春《はる》が叫ぶ。

「やってよ、私達のマネージャー！　君がいい！　ううん！　君じゃなきゃ、やなの！」

どうしてだ？　まだ出会って間もない僕に、どうしてそんな眼差《まなざ》しを向けられる？

僕は、前の事務所を解雇されてきた人間だぞ？　そんな僕にどうして……。

「私もあんたがいい！　だって、優希《ゆうき》さん言ってたもん！　すごく頼れる奴《やつ》だって！」

優希《社長》さん、勘弁してくれよ……。

「私も、日生《ひなせ》さんがいいです！　その……、私はまだ力不足ですが、『TINGS』は素晴らしいグループなんです！　ですから、どうかマネージャーを……お願いします！」

これまでの冷静な態度からは想像もつかない、熱い想《おも》いを伝える杏夏《きょうか》。

誰よりも先に立ち上がり深々と頭を下げると、残りの二人もそれに続いた。

「……確かに、僕の事情だけで拒否するのは問題があるね……」

僅かな希望が見えたからか、三人の表情が少しだけ明るくなった。

「なら、教えてくれないか？　……君達は、どんなアイドルになりたい？　どんな夢を持っているんだい？　もう一度言うけど……絶対に、嘘をつかないでくれよ？」

そう尋ねると、三人の少女は引き締まった表情を僕に向けて、

「《みんなから尊敬されるスーパーアイドル！　理王《りお》様すごいって、みんなからいっぱいいっぱい褒めてもらいたい！》」

大きく胸を張って、煌《きら》びやかな言葉を放つ聖舞理王《せいぶりお》。

「《自分が誰かにとって特別な存在でなくても、グループとして特別な存在になれればいいで

す。『TINGS』の一部として、成長していきたいです》」

真《ま》っ直《す》ぐな瞳を輝かせ、玉城《たまき》杏夏《きようか》がそう宣言する。

「あっ！　理王《りお》ちゃん、杏夏《きようか》ちゃん、先に言うなんてずるいよ！」

もはや、そういう問題でもないいんだけどね。

「えっと、私はね――」

「いや、もういいよ」

「……え？」

春《はる》の言葉を最後まで聞くよりも先に、僕はそう言った。

まさか、ここまで追い詰められて、こんなことが言えるなんてね……。

「君達は、輝いているな……。本当に、輝いているよ」

僕の言葉の意味が分からなかったようで、三人そろって首をかしげている。

言ったよね？　『絶対に嘘《うそ》をつくな』って。……僕には、分かるんだよ。

「やっぱり、僕が君達のマネージャーをやる理由は、今のところ見当たらないね」

静かに立ち上がり、会議室の出口を目指す。

これ以上、彼女達と話していても埒《らち》が明かない。

「優希《ゆうき》さんと話してくる」

「待って下さい！　なぜ、そこまで頑《かたく》なに拒否をするのですか⁉」

「そ、そうよ！　……うにゅ。その……。突然やることになって、困ってるかもしれないけど……そんなに嫌がらなくても……」

「ちょっと待ってよ！　まだ私の夢が――」

「理由なら、あるよ」

春《はる》の言葉を遮り、淡々とそう告げた。

仕方がない。少しだけ教えてあげよう。……僕だけが持つ、特別な力を。

「そうやって嘘《うそ》をつき続けている限り、君達の本当の夢が叶《かな》うことは永遠にないからだ」

僕は、嘘《うそ》をついている人間が《輝いて見える眼《め》》を持っている。

だから、君達の《嘘《うそ》》は全部お見通しなんだ。

TiNgS!

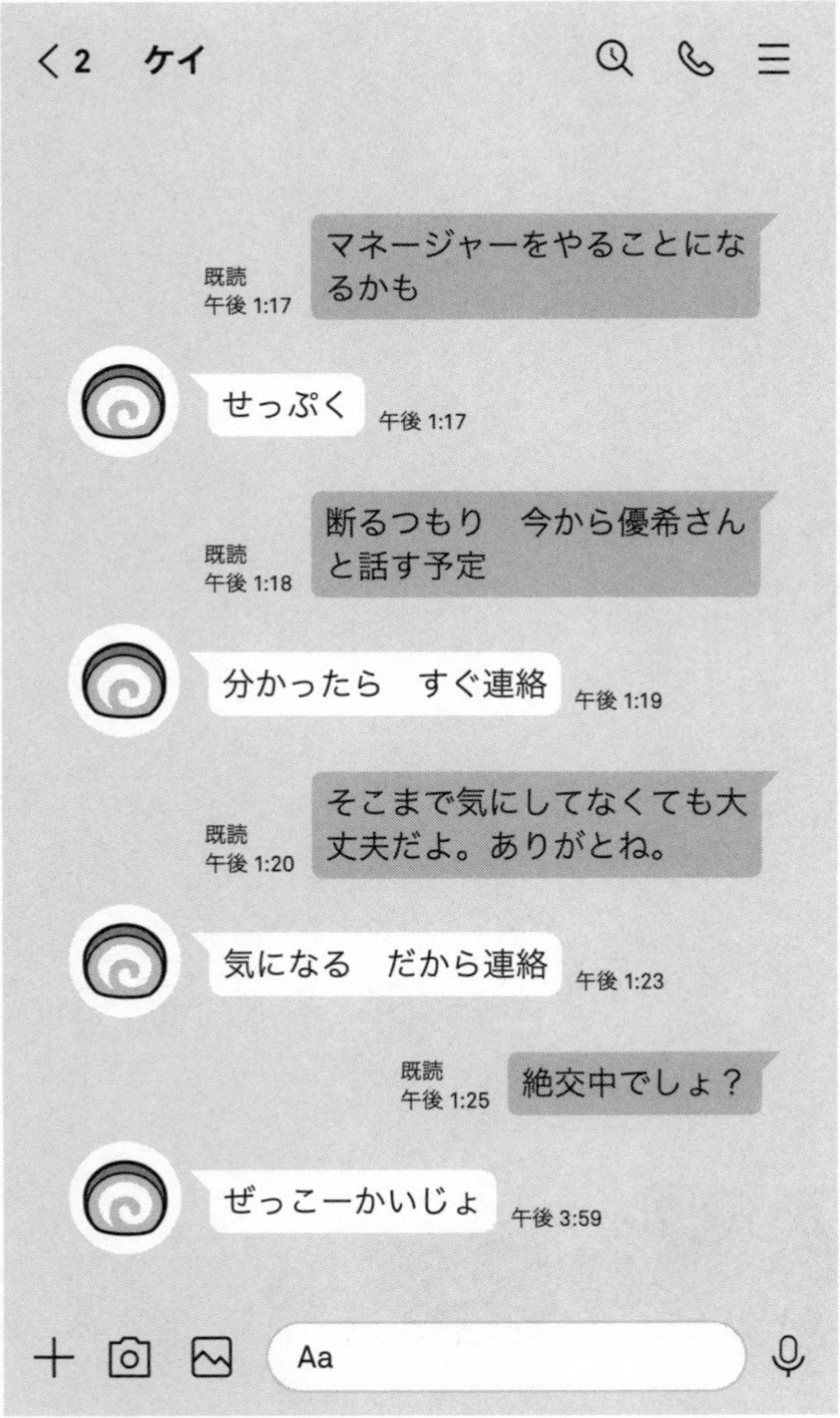

く2 ケイ
マネージャーをやることになるかも
既読
午後 1:17
せっぷく
午後 1:17
断るつもり　今から優希さんと話す予定
既読
午後 1:18
分かったら　すぐ連絡
午後 1:19
そこまで気にしてなくても大丈夫だよ。ありがとね。
既読
午後 1:20
気になる　だから連絡
午後 1:23
絶交中でしょ？
既読
午後 1:25
ぜっこーかいじょ
午後 3:59
Aa

SHINE POST
シャインポスト

Did you know? The most ordinary, natural, and unique magic to make me an absolute idol

第二章

《TiNgS》の壁

会議室をあとにして、近くにいた社員さんへ声をかける。

どうやら僕は随分と恐ろしい形相をしていたようで、声をかけられた社員さんは顔を強張《こわば》らせながら、質問に答えてくれた。

言葉で感謝を、心で謝罪を告げて、階段を上る。

オフィスのあった二階から四階へ。そこが、僕の目的地……社長室だ。

「どういうことか、説明してもらえるよね？」

乱暴にドアを開くと同時に、そこにいる人物へ、いの一番にそう伝えた。

「おっと！　久方ぶりのナー坊との再会はクレームから始まりか！　悪くないね！」

豪勢な椅子を軽快に回転させ、僕の鋭い視線を平然と受け流すのは、日生優希《ひなせゆうき》。

二四歳という若さで、芸能事務所ブライテストの社長を務める、血縁上は僕の従姉にあたる人物。電話では何度か話していたけど、こうして直接会うのは一年ぶりだ。

懐《なつ》かしさに浸っている余裕なんて、あるわけないけど。

「言ったよね？『マネージャーだけは絶対にやらない』って」

「言っていたね！　だからこそ、《心を痛めながらナー坊を騙《だま》すことを決意したよ！》」

優希《ゆうき》さんの体が輝く。僕の《眼《め》》のことを知っているくせに、平然とこういうことを言ってくるのが、この人の厄介なところの一つだ。

「電話でしか話さなかったのは、こういう意図があったわけか……」

僕は相手を直接見なければ、相手が嘘《うそ》をついているかどうか見分けることができない。

この《眼《め》》のことを知っているからこその行動だ。

「はっはっは！　ナー坊、君の弱点は私を信じすぎていることだと、以前から言っていただろう？　つまり、今回の件は君の身から出た錆《さび》とも言えるのではないかな？」

後悔先に立たずとは、まさにこのこと。もっと優希《ゆうき》さんを警戒すべきだった。

「僕が解雇を言い渡された時、すぐに電話をしてきたのは、こういう理由だったわけ？」

「純粋に心配していたからだよ。私にとって、ナー坊はとても大切な人だからね」

「…………っ」

僕が自分の《眼《め》》が嫌になる、一番の瞬間だ。相手の言葉の真偽が分かってしまうからこそ、善意を見せられた瞬間に、それまでの行動を咎《とが》められなくなってしまう。

本当に、心配してくれていたのかよ……。

「……その結果ついてきたオプションが、いい迷惑にも程があるんだけど？」

「ナー坊の未来、彼女達の未来、双方にとってベストな選択をしたつもりだよ」

だとしても、もう少し方法を選んでほしいものだ。

「ところで、ここに来るまでに彼女達とどんな話をしたのだい？」

「嘘《うそ》をついたことを指摘して、さっさと逃げてきた」

「ははは‼　さすがナー坊だ！　私の期待を裏切らないねっ！」

バンバンと、立派なテーブルを叩《たた》きながら大笑いする優希《ゆうき》さん。

こっちの気持ちを知った上でこの態度なんだから、本当につかみどころのない人だ。

「相変わらず、君の『ぶっとびキラキラアイ』は絶好調というわけだ！」

「……その呼び方、どうにかならない？」

「なぜだい？　かっこいいじゃないか！」

優希《ゆうき》さんのネーミングセンスは、たまに変な時がある。

この人には、子供の頃にこの《眼《め》》で苦労していたのを助けてもらった恩があるのだけど、

「マネージャーはやらないからね」

今回の件を看過するかどうかは、別問題だ。

「まずは、私の話を聞いてから考えるというのはどうかな？」

「絶対に何か企《たくら》んでいるから、聞きたくない」

「つまり、話を聞いたら、やる気になってしまう可能性があると？」

意地の悪い笑顔でこっちを見てきたので、どこか居心地が悪くなって目を逸《そ》らす。

「ナー坊、君は滅多なことでは嘘《うそ》を口にしない。……だが、自分自身を偽り続けているのでは

ないかな？」

「どういう意味？」

「君は、私が誘った時から今に至るまで、ずっとマネージャーをやらないと言っている。だが、一度も言っていないのだよ。……や、り、た、く、な、い、とはね」

「…………」

「どうだい？　せめて、話ぐらいは聞いてもらえないかな？」

「はぁ……。分かったよ……」

本当に、僕はこの人の手の平の上で転がされてばかりだ。

「だけど、聞くだけだから。……それと、これで借りを一つ返させてもらうよ」

「いいだろう！　つまり、ナー坊への貸しは残り九八だ！」

いったい、僕が優希《ゆうき》さんに借りを全部返せるのはいつになることやら……。

「では、ナー坊の決意が固まったところで、『ＴｉＮｇＳ』について説明しようか！」

固まってない。あくまで、話を聞くだけだ。

「『ＴｉＮｇＳ』は、去年結成されたグループだ。メンバーは、青天国春《なばためはる》、聖舞理王《せいぶりお》、玉城杏《たまききょう》夏《か》。みんな、個性的で可愛《かわい》い子達だっただろう？」

「別にふつ……っと、うん。可愛《かわい》かったよ」

危ない、余計な嘘をついて痛い目を見るところだった。

「ふふっ。そうだね、君は嘘《うそ》を言わないほうがいい」

優希《ゆうき》さんがクスリと笑う。

「そんなメンバーで構成されている『T・iNgS』だが、グループとしては何とか体裁を保てる程度のパフォーマンスしか発揮できなくてね、話題性に欠けていていまいちパッとしない」だろうね。僕も今日まで存在を知らなかったくらいだし。

「一応、週に一度の定期ライブで三〇人程の観客は集められているが、そこが限界だ」

定期ライブ……専用劇場を持つ事務所のアイドルが、ファンと触れ合うために一定期間毎《ごと》に必ず行うライブ。頻度はアイドルによって異なるけど、『T・iNgS』の場合は週に一度か。

「ようやくスタートラインに立ったってところだと思うけど、どうして限界に？」

「メンバーそれぞれが、何らかの壁にぶつかっているようでね……。その壁を壊すことができれば、素晴らしいアイドルとして成長してくれると、私は見込んでいるよ！」

「その壁の正体は？」

「《これが、さっぱり分からない！》」

知りたければ、自分で調べろってことね……。

「彼女達の経歴など、大まかな情報はこれで確認するといい」

手渡されたのは、一冊のファイル。確認すると、そこには青天国春《なばためはる》、聖舞理王《せいぶりお》、玉城《たまき》杏夏《きょうか》それぞれの資料が入っていた。ファイルの大きさの割に、資料が少なくないか？

「それで、話はもう終わり？」

数秒だけ開いたファイルを閉じて、僕は優希《ゆうき》さんへ確認をする。

彼女達が何らかの壁にぶつかっていたとしても、そこに僕が踏み込むかは別の話だ。

「いや、まだ終わっていないよ」

突然、スイッチが切り替わったように、優希《ゆうき》さんが真剣な表情を浮かべた。

「なぁ、ナー坊。君は、今の時代のアイドルをどう思う？」

「は？」

何の話だ？　てっきり、このまま『ＴｉＮｇＳ』の話を続けると思ったのに……

「どうって……。いや、すごいと思うよ。ブライテストの看板アイドルグループ『ＦＦＦ《フライ》』は、キー局のゴールデンで冠番組があるし、他事務所なら子供から圧倒的な人気があって、ライブチケット即売は当たり前の二人組ユニット『ゆらゆらシスターズ』。最近出てきた新人グループだと、『ＨＹ：ＲＡＩＮ《ハイレイン》』かな？　結成一年で一万人ライブを達成するなんて、かなりのものだよ。……これですごくないわけがなくない？」

アイドルのすごさなんて、語れば語るだけ出てくる。

年間シングルランキングなんて、上位はほとんどがアイドルの曲。

ライブをやれば、３Ｄａｙｓで一〇万人を軽く集めるアイドルだっているくらいだ。

「そうだね。……だけど、その真実はまだ多くの人に伝わっていない」

「え？」

「ナー坊も分かっているだろう？　アイドルは、いつでも命がけ。本来、当たり前のように手に入れられるはずだった多くのものを犠牲にし、その儚《はかな》き命をファンのために捧《ささ》げている」

「……うん」

「彼女達の献身的な想《おも》いは、奇跡を生んだ。だが、その奇跡は全ての人に伝わっているかい？この世界で、アイドルは全ての人に認められた存在になれているかい？」

「それは……」

なれている……とは、言い切れないな。

「奇跡の裏側に潜む、血を吐く努力、健闘虚《むな》しく流れていった涙、夢叶《かな》わず壊れてしまった心。私は、その全てを無駄にしたくない。捨て去ることなんて看過できない」

仕方がないことだと割り切れば簡単だ。でも、優希《ゆうき》さんは……

「私は、アイドルが認められ、愛される世界を作りたい。いつか旅立っていく彼女達が、『アイドルをやっていてよかった』と胸を張って言えるように」

誰よりもアイドルを愛してる優希《ゆうき》さんは、その愛情の分だけ知っている。

アイドルが、どれだけ死に物狂いの努力をしているか、その苦しみを一切見せず、ファンの前では笑顔でい続けているか。……そして、その笑顔が一部の人に歪曲的《わいきょくてき》に受け取られ、彼女達がいかに深く傷ついているかを。

だからこそ、そんな『今』を変えたい。

その気持ちは、僕もよく分かるよ……。

だけど……

「そこに辿《たど》り着《つ》けそうなアイドルなら、一人いるじゃないか」

誰からも認められ、愛される存在へと成ったアイドルは、すでにいる。

「螢《ほたる》かい？」

このアイドル業界で、グループではなく個人で、圧倒的トップに君臨するアイドル。

通称『絶対アイドル』と呼ばれる螢《ほたる》は、多くの人から愛されている。

シングルの最高売り上げは、配信と合わせてトリプルミリオン越え。

動画サイトにアップしているＭＶの累計再生回数は三〇億回越え。

去年達成した、年間観客動員数二〇〇万人の記録は、もはや伝説扱い。

誰もが『アイドル』と聞かれたら真っ先に名前を挙げる人物……それが螢《ほたる》だ。

「彼女だけでは、ダメなんだよ……」

「え？」

「螢《ほたる》が認められたとしても、それはあくまで、『螢《ほたる》』という個の存在。悲しいことだが、彼女がこれからどれだけの成果を挙げようと『アイドル』が認められる日は来ないと思う」

それは、否定できないかもしれない……。

「なら、そんな今を、彼女達なら変えられるっていうの？　あの螢《ほたる》ですら、まだ辿《たど》り着《つ》けていない場所に『ＴｉＮｇＳ』なら辿《たど》り着《つ》けるって……」

「違うよ……。みんなで変えるんだ。みんなで辿《たど》り着《つ》くんだ。命を懸けて魂を燃やし、想《おも》いを届ける。全ての人に認められる絶対的存在に、アイドル全員で成るんだよ」

　スケールが大きすぎる話だ。でも、優希《ゆうき》さんは本気で……。

「だが、それを達成するためには全てのアイドルが一つになる必要がある。バラバラのアイドルの想《おも》いを一つにして、世界を変える。彼女達には、そんなアイドルになってほしい」

　この言葉で、どれだけ優希《ゆうき》さんが彼女達に期待しているかよく分かったよ……。

「真実《TRUE》を歌《SING》う、理想的《IDEAL》で気高《NOBLE》き、少女達《GIRLS》。それが、『ＴＩＮＧＳ』のグループ名の由来だよ」

　そんな大切なグループを、優希《ゆうき》さんは僕に……。

「ナー坊。彼女達のマネージャーを引き受けてくれないかい？」

　あぁ、くそ……。こういう時だけ、優しい声を出さないでくれよ。

「……少し考えさせてもらうよ」

「というと？」

「自分の眼《め》で確かめるってこと」

　彼女達の実力、そしてどんな可能性を秘めているか、それをまずは見極める。

　そこからどう導いていくかを考えるのが……はぁ……。マネージャーの仕事だな。

「ふふっ。君ならそう言ってくれると、信じていたよ。マネージャー」

「まだ、そうなるとは決まってないよ。あくまで、もう少しちゃんと確かめるってだけ」

「今は、それで十分さ。ここから先は、君と彼女達の物語だからね」

『TiNgS』なら僕が正式に専属マネージャーとして就かせてほしいと言い出すと、優希《ゆうき》さんは信じているわけか。

そんなわけない……とは、ここまで術中にはまり続けている僕には言えないか。

「分かったよ。……あとさ、僕ももう子供じゃないんだから、いい加減『ナー坊』は……」

「私に真実の輝きを見せてくれるまでは、まだまだナー坊さ」

ちぇ……。いい加減、僕のことを認めてくれてもいいじゃないか。

「では、今後の目標について伝えさせてもらうよ！」

あっという間に元の調子に戻った。切り替えが早い。

「当面の目標は、二ヶ月後の六月中旬に行われるミニライブだね！　素晴らしい会場を押さえたから、そこで『TiNgS』の魅力を余すことなく伝えてほしい！」

「ブライテストって、専属マネージャーがいないアイドルは、専用劇場以外の活動は許可されてないんじゃないの？」

「やる気のみなぎっているナー坊が専属マネージャーになれば、問題ないだろう？」

そういうことは、やる気がみなぎっている専属マネージャーに伝えて下さい。

本当にこの人は、勝手に話を進めていく。

「もちろん、この話は『ＴｉＮｇＳ』にも伝えてある。自分達が専用劇場以外でも活動ができると知って、大喜びをしていたよ」

そういえば、春《はる》と理王《りお》がやけに壮大なことを言っている時に、杏夏《きょうか》が「その前にやることがある」って言ってたな。あれは、このミニライブのことだったわけか。

「………………」

「《何か気になることがあるのかな？》」

こっちが何を考えているか分かっているくせに、わざわざ聞いてこないでほしい。

まだ、僕は『ＴｉＮｇＳ』のマネージャーを引き受ける決意は固まっていない。

だけど、念のため……

「会場はどこ？」

「ああ、その話か！」

優希《ゆうき》さんの「その言葉を待っていた」と言わんばかりの笑顔は腹が立つけど、かといって聞かないでいるのはモヤモヤする。この人、たまにとんでもないことをやってくるからな。

常識の範疇《はんちゅう》に収まる会場だといいんだけど……

「サンシャインシティ噴水広場さ」

「お約束の場所って感じだね」

「そうだろう？」

まずは、ひと安心。しっかりと、新人アイドルに相応《ふさわ》しい会場を選んでくれたようだ。

『サンシャインシティ噴水広場』

池袋《いけぶくろ》にある複合商業施設の中にあるステージ。

地下一階から三階までの吹抜け構造のそこは、様々なアイドルやアーティストが、新曲のリリースイベントやミニライブを行う登龍門とも言える場所。キャパシティは、公式発表では二〇〇〇となっているが、それはあくまで安全面や周辺のテナントへの配慮をした数字。

実際は、もっと大勢を集めることができる。

といっても、そんな膨大な人数を集められるのは、かなりの認知度を誇るアーティストやアイドルのみに言えることで、大抵はそこまでの人数は集められない。

噴水広場でライブをする目的は、実績作りやPR活動がメインだからね。

あわよくば、ファン以外の沢山の人に観てもらえれば程度で——

「ちなみに、埋められなかった場合、『TiNgS』には解散してもらう予定だ」

「……はい？」

はて？　今しがた、にわかに信《しん》じ難《がた》い言葉が聞こえてきたような気がしたのだが……

「おや？　聞こえなかったかな？」

きっと僕は、疲れているのだろう。今日は色々と予想外のことが起こりすぎたからね。

だから、『解散』なんていう妙な幻聴が……

「噴水広場を埋められなかった場合、『TiNgS』には解散してもらう」

「はぁぁぁぁ⁉」

この人は、いきなり何を言い出しているんだ⁉ ついさっき、『TiNgS』がどれだけ自分にとって大切なグループかを説明したばかりじゃないか！ なのに、解散だって⁉

いったい、どういう思考回路になったら、その結論に至るというんだ⁉

「やはり、偉大なグループには伝説がつきものだからね！ 『解散』という絶体絶命の危機の中、無名のアイドルが噴水広場を埋め尽くす！ 何ともドラマチックじゃないか！」

「その前に、現実を見てよ！」

落ち着け！ 噴水広場を埋めると言っても、定義は様々だ！

もしかしたら……

「ちなみに、埋めるっていうのはステージ前の席二〇〇人のことを言ってたり……」

「それは椅子席のキャパシティで、立ち見を含めていないね」

「なら、地下一階の椅子席二〇〇に加えて、立ち見の……えっと、六〇〇くらいを……」

「噴水広場の売りの一つは、地下一階から三階までの吹抜け構造だろう？」

「つまり、それって……」

「はっはっは！　ナー坊、そんなに怯《おび》えなくてもいい！　私も悪魔ではないからね！」

そうだろうか？　心なしか、頭から二本のどす黒い角が生えている気がするのだけど……。

「つい今しがた、君の言った通りだ。夢を叶《かな》えるためには、まずは現実を見ないといけない。

……公式の最大キャパシティを満たしてくれる程度で問題ないよ」

なるほど。確かに悪魔ではないな。もはや大魔王だ。

「問題しかない……」

噴水広場の公式最大キャパシティ……つまり、約二〇〇〇人。

定期ライブで三〇人程度しか集められない新人アイドルが、二ヶ月後に二〇〇〇人？

冗談にしても、まったく笑えない。

「ハイリスクハイリターンさ。危険を冒すからこそ、得るものも大きい」

優希《ゆうき》さんの言わんとしていることは分かる。もしも、万が一……万が一にも、噴水広場のライブで二〇〇〇人を集めることができたら、彼女達は様々な恩恵を得ることができる。

噴水広場に二〇〇〇人を集めたという明確な実績。さらに認知度や多くのファン。

そして、それをやり遂げたという自分達への自信。

『TiNgS』は、無名新人アイドルから新鋭アイドルとして、業界に認識されるだろう。

「だとしても、『解散』なんてペナルティは、必要ないでしょ！」

「残念ながら、私は慈善活動家ではなく経営者だからね。たとえ、夢を抱いていようと、いつまでも結果を出せないアイドルに活動を許すほど優しくはいられないな」

「そうかもしれないけど……っ！」

噴水広場を埋めることができるのは、それこそ一握りのトップアイドルだけだ。駆け出しの新人アイドルには、とてもじゃないけど……

「大丈夫だよ、ナー坊」

「え？」

「確かに、今の『ＴｉＮｇＳ』に噴水広場は厳しすぎる会場だ。だが、もしも彼女達がぶつかっているそれぞれの壁を突破することができれば、……決して不可能な会場ではない」

一切の輝きを発することなく、優希《ゆうき》さんがそう宣言した。

「何より、『ＴｉＮｇＳ』には、あの日生直輝《ひなせなおき》がいるのだからね」

☆

陰鬱な気持ちのまま社長室をあとにし、僕は階段を下りて三階へと向かう。そこにある一室……レッスン場へと入ると、目に入ったのは三人の少女が懸命にレッスンに励む姿。

先程までは三つ編み眼鏡という格好だったが、今は眼鏡を外し髪も解いている、明るい少女……青天国春《なばためはる》。プライベートとアイドルとしての時間を切り分けているのだろう。

勝ち気で鋭い目つきの、まるでノラ猫のような少女……聖舞理王《せいぶりお》。

穏やかで、落ち着いた雰囲気をまとった少女……玉城杏夏《たまききょうか》。

それぞれが着ているのは、色違いのレッスン着。

どうやらブライテストでは、グループごとにレッスン着が支給されるようだ。

「……あっ！」

最初に、僕の存在に気がついたのは青天国春《なばためはる》。少し驚いた表情をした後、すぐさまレッスンを中断して、僕のほうへと向かってきている。

懸命で真《ま》っ直《す》ぐな瞳。自分にはそんな瞳は相応《ふさわ》しくないと思い、目を逸《そ》らしてしまう。

僕は、いったいどうすればいいのだろう？

彼女達は、優希《ゆうき》さんから大きな期待を寄せられたアイドルだ。

そして、その期待に比例する難題も背負っている。

もし僕が彼女達のマネージャーを引き受けてしまったら、それはつまり彼女達の未来を僕が背負うということにもなる。

……本当に、僕でいいのか？

他人を傷つけておきながら自らが傷つくことを恐れて逃げ出した僕が、全ての未来を放棄してここにいる僕が、彼女達の未来を——

「シャインポスト！」

「……え？」

その瞬間、頭の中を渦巻いていた悩みは吹き飛び、目の前に立つ満面の笑みを浮かべた少女に、全ての集中力を持っていかれた。

「これが、私のキッラキラの夢だよ！」

「春《はる》！　今はそれを言う場面では……」

「そうよ！　さっき、もう一度ちゃんとお願いしようって……」

遅れて追いついてきた杏夏《きょうか》と理王《りお》が、慌てた口調でそう告げる。

「そうだったけど、予定変更！　杏夏《きょうか》ちゃんと理王《りお》ちゃんだけ夢を聞いてもらって、私の夢は聞いてもらえてなかったんだもん！　そんなの不公平だよ！」

そうだったな……。僕が会議室で聞いたのは、理王《りお》と杏夏《きょうか》の偽りの夢だけ。

春《はる》の夢に関しては、どうせ彼女も嘘《うそ》をつくだろうと高を括《くく》って聞こうともしなかった。

全てにおいて、予想外の展開だ。

春《はる》が嘘《うそ》をつかなかったことも、彼女が抱いていた夢も……。

「シャインポスト……。それは……」

「輝く道標だよ！」

知っている。僕は、その言葉の意味を知っているんだ……。

だからこそ、より一層大きな混乱を生む。

どうしてだ？　どうして君は、あの子と同じことを言っているんだ？

「私ね、世界中のみんなにアイドルを好きになってほしいの！　アイドルのことをいっぱいいっぱい知ってほしいの！　だから、シャインポストになりたい！　ううん、絶対になる！」

いったい、どうしてこの子が？　まだメジャーデビューすらしていない、三〇人程度しか集められないアイドルが、この夢を目指しているんだ？

「私、この夢を絶対に叶《かな》えたい！　理王《りお》ちゃんと杏夏《きょうか》ちゃん、『ＴＩＮＧＳ』のみんな……それに、マネージャー君と一緒に！　だから、お願い！　私達のマネージャーになって！」

真《ま》っ直《す》ぐな眼差《まなざ》しで僕を見つめ、春《はる》が強く訴える。

「うにゅ……。私も、マネージャーがマネージャーがいい。頑張るから……お願い……」

親指と人差し指で僕の服を小さくつまみ、ジッと見つめてくる理王《りお》。控えめな行動とは正反対の、何が何でも僕にマネージャーをやってほしいという意志が強くこもった瞳をしている。

「至らぬ点は改善します。ですから、お願いです。私達のマネージャーをやって下さい！」

礼儀正しく、頭を下げる杏夏《きょうか》。

僅かに震える体。その姿から、自然と彼女の誠実さが伝わってくる。

僕は、自分の未来の全てを放棄した人間だ。

大切な人を見捨てて逃げ出して、そのまま消えていこうとしていた人間だ。

そんな僕に、彼女達のような未来明るいアイドルのマネージャーなんて務まらない。

そう考えていたのに、

「……一〇〇から始めようか」

まるで決まりきっていたかのように、僕はその言葉を彼女達へと伝えていた。

「一〇〇？　どういう、こと？」

「専用劇場の定員一〇〇人。まずはそこを埋めよう。君達と……僕で」

「それって……それって、だよね⁉」

真《ま》っ直《す》ぐな気持ちをぶつけてくれた彼女達に、僕も真《ま》っ直《す》ぐに彼女達を見つめる。

僕は、大きな失敗をした人間だ。

沢山の人を傷つけて、何もかもを諦めて、ここに逃げてきた人間だ。

だけど、

「今日から、君達の臨時マネージャーになる日生直輝《ひなせなおき》だ。よろしくね」

もう一度だけ、やってみようじゃないか。

「ほ、ほんと？」

「うん。本当だよ、理王《りお》」

「〜〜〜っ‼　やったぁぁぁぁ‼　マネージャー！　専属マネージャーだぁぁぁぁ‼」

まずは理王《りお》が、飛び跳ねるように喜んだ。

「よかったぁぁぁぁ‼　もう、気が気じゃなかったんだからね！　あ〜、これでひと安心！

次の目標に全速前進だね！」

続いて春《はる》。元気よく、握りこぶしを天井に掲げている。

「ふふーん！　甘いわよ、春《はる》！　次の目標どころか、次の次の次の目標まで進んだといっても
過言ではないわ！　なぜなら、私は理王様《りお》だから！　やった！　やったぁぁぁぁ‼」

春《はる》と理王《りお》が、仲良く手を合わせながら奇妙なダンスを踊り始めた。

うん。喜んでくれるのは、僕としても嬉《うれ》しいんだけどさ……。

「待って下さい、二人とも。……その、引き受けていただけるのはありがたいのですが、臨時
というのはどういうことでしょう？」

よくぞ言ってくれた、杏夏《きょうか》。君は、二人と違って冷静だね。

「「言われてみればぱっ‼」」

今、気づいたんかい。

「ちょっと、臨時ってどういうことよ！」

理王《りお》が思い切り八重歯を見せて、僕を睨《にら》みつけてくる。

ついさっきまでの、健気《けなげ》だった姿は、どこにいってしまったんだろう？

「まずは一週間だけ、君達のマネージャーになるってこと」

「はぁぁぁ!? なにけち臭いこと言ってんのよ！　せめて、一〇〇年にしなさい！」

寿命が、臨時で尽きます。

「まずは、ということは、その後正式な専属マネージャーに就いてもらえる可能性もあると思ってても構わないのですね？」

「その通りだよ」

もちろん、何の考えもなしに臨時なんて言い出したわけじゃない。

「お互いに見極める期間を、設けるべきだと思ったんだ」

「お互いに、ですか？」

「うん。僕は、まだ君達がどれだけの可能性を秘めているか知らない。君達も僕がどれだけのことができるか分からないでしょ？　だから、まずはお互いに自分のできることを見せて、先のことは、それから考えるのがいいと思ったんだ」

この臨時期間で見極められるべきは、彼女達じゃない。……僕だ。

なにせ、僕は「マネージャーなんてやらない」と言った男だ。

そんな男が、今さら正式に専属マネージャーになるなんて、虫が良すぎる。

だからこそ、実力を示す。結果を出す。それで、彼女達が受け入れてくれるのなら……

「分かりました。では、私達のほうでも貴方《あなた》のことをしっかりと見極めさせていただきます。

確かに、マネージャーは必要ですが、《貴方《あなた》は、少々破廉恥な方のような気がしますし》」

「なんでそんなイメージが……って……」

「テッテレー。お茶目なジョーク、大成功です。……ふふっ。これからよろしくお願いします
ね、マネージャーさん」

この《眼《め》》のおかげで冗談って分かるけどさ、咄嗟《とっさ》に言われたら心臓に悪いよ。

「よぉ〜し！　次の目標は、マネージャー君に専属マネージャーになってもらうことだね！

絶対、やらせてみせちゃうぞ！　春《はる》ちゃんにお任せあれ！」

「見てなさいよ、マネージャー！　この理王《りお》様の偉大なる力を見せつけて、そっちからやらせ
てくれってお願いさせてやるんだから！　なぜなら、私は理王《りお》様だから！」

「そうさせてもらえたら、僕も嬉《うれ》しいかな」

君達は、少しくらい僕を疑ったらどうなんだ？　なんで、そこまで信じられる？

あまり善意を見せないでくれよ……。

「なら、これからの活動予定を説明させてもらうよ」

「分かったわ！　東京ドームね！」

この子、気がマッハ。

「とりあえずは、今週末の定期ライブからかな」

今日は月曜日。そして、専用劇場で行う定期ライブは日曜日。

『とりあえず』とは言っているが、そこがタイムリミットだ。

「それじゃ今までと変わらないじゃない！　折角、マネージャーになってくれたのに！」

「落ち着いて、理王《りお》ちゃん！　一見すると今までと変わってないように見えるけど……はっ！

ほんとだ！　今までと変わってない！」

当たり前でしょ。さっき優希《ゆうき》さんから聞いたんだけど、本来であればブライテストは、専用劇場の定員一〇〇人を満たせるまで、専属マネージャーをつけないルールらしいんだよ。

君達の最高動員記録は四八人。それでも、専属マネージャーをつけようとしてくれた優希《ゆうき》さんの特別措置に感謝しなさい。一部、激怒していい箇所がある点はさておき。

……というか、疑問が一点。

優希《ゆうき》さんは、『Ｔ·ｉＮｇＳ』にも噴水広場の話は伝えてあると言っていた。

噴水広場を埋められなかった場合は、解散。

そんな絶体絶命の状況に、彼女達は立っているはずなのだけど……

「春《はる》も理王《りお》も落ち着いて下さい。定期ライブで結果を出せば、続きもあるということですよ」

「そうだね！　じゃあ、まずは定期ライブを思いっきり盛り上げて、その次はみんなで噴水広場にゴーだよ！　もちろん、マネージャー君も一緒にね！」

「ふふーん！　この理王《りお》様がいれば、定期ライブも噴水広場も大盛り上がり間違いなしよ！」

この態度を見る限り、とても解散のことを知っているとは思えないんだよね。

「ふふふ。初めての専用劇場以外でのライブ……とても楽しみです」

「そうだね！　最低でも、専用劇場の倍の……二〇〇人は集めちゃうぞ！」

「甘いわよ、春《はる》！　この理王《りお》様がいれば、さらにその倍の四〇〇人は集められるんだから！」

あ、これ、知らないわ。

倍に倍をかけたのに、目標の半分も達成できてないわ。

優希《ゆうき》さんめ、噴水広場でライブをやることだけ伝えて、解散のことは伝えてないな。

どうする？　正直に事情を……いや、今の最優先目標は専用劇場の定員一〇〇人を満たすことだ。余計なプレッシャーを与えるべきじゃない。

「じゃあ早速で申し訳ないんだけど、一曲見せてもらえるかな？」

「オッケー！」「お安い御用です」「もちろんよ！」

噴水広場の件は心の中で蓋をして、マネージャーの業務をスタート。

レッスンとライブでは状況が違うけど、彼女達の実力を見るいい機会だ。

僕は、彼女達……『ＴｉＮｇＳ』のパフォーマンスを、まだ一度たりとも見ていない。

現状聞いている話だと、週に一度の定期ライブで三〇人程度を集められるという話だが……

この子達は、あの優希《ゆうき》さんから最大限の期待をかけられているアイドルグループだ。

あくまで認知度が足りないだけで、かなりの実力を持っている可能性も……

「じゃあ、始めよっか！　杏夏《きょうか》ちゃん、理王《りお》ちゃん！」

「もちろんです」

「ふふーん！　理王《りお》様の力に、ふるわせてやるんだから！」

立ち位置は、センターに春《はる》、サイドに杏夏《きょうか》と理王《りお》。

『ＴｉＮｇＳ』は、春《はる》を主体にしたグループということか？　それとも、この曲だけ？

「…………」

彼女達の集中力を乱さないよう、静かにスマートフォンを取り出す。臨時とはいえ、一応はマネージャーになったわけだしね。レッスンの録画はやっておこう。

「ミュージック・スタート！」

春《はる》が、レッスン場に置かれたラジカセのスイッチを押す。

奏《かな》でられるのは、聞いているだけで元気が出そうな明るいイントロ。

同時に、三人が曲に合わせたダンスを踊り始めた。

…………

……

「……な、なんてことだ……っ！」

思わず声が漏れてしまった。まさか、ここまでとは……。

「……えい。……えと。……んしょ！」

青天国春《なばためはる》。年齢は一六歳。常に笑顔を絶やさず、楽しそうに踊っているのは素晴らしい……

んだけどさ、安定感が全然ないよ？　上手《うま》いところとそうじゃないところの差がすごい。

その安定感のなさを示すような視線のばらつき。右を見たり、左を見たりと忙《せわ》しないな。

「……っ。……っ。……っ」

玉城《たまき》杏夏《きようか》。年齢は一五歳。綺麗《きれい》に整った、精練された動きは良《い》い。

ただ、粛々と踊るその姿は、『教科書通り』という言葉がしっくりとくる。

まるで、心に刺さるものがない。言われたことをこなしているだけ。そんな印象だ。

「……わっ！　っとと！　……んっ！」

聖舞《せいぶ》理王《りお》。最年少の一四歳。アグレッシブで、自由奔放……と言えばいいのか？

他の二人からワンテンポ遅れたダンス。しかも、ところどころ振り付けも間違ってない？

どうにか笑顔を維持しようとしてるけど、必死過ぎてひきつっちゃってるし……。

「………」

歌は立ち位置の通り、メインボーカルが春《はる》、コーラスが杏夏《きようか》と理王《りお》。

ただし、理王《りお》はダンスに集中するあまり、ほとんど声が出ていない。

春《はる》の歌唱力は……うん、これまた普通。杏夏《きようか》も似たようなものだ。

「……なるほどね」

駆け出しらしいといえばらしいけど、その中でもかなり下に位置するクオリティ。

特にひどいのは、統一感のなさだ。

「何とか体裁を保てる程度」とは聞いていたが、まさにその通りじゃないか。

これだと、初見の人達のほとんどが、彼女達に『いまいち』という評価を下すだろうな。

…………

…………

……

結局、そこから先もこれといった変化をすることなく、一曲目は終わりを告げた。

「《ふ、ふふん！　どう？　完璧だったでしょ？》」

眼《め》を泳がせながら、ふんぞり返ってる……。いったい、どういう感情だ？

「……とりあえず、質問をしてもいいかな？」

僕はセンターに立つ春《はる》へと確認をした。

「なーに、マネージャー君？」

「『Ｔ·ｉＮｇＳ』は基本的にこの形なのかい？　春《はる》がセンターで、二人がサイドっていう……」

「はい。君達がライブで行う曲は、全て春《はる》がセンターを務めています」

ん？　どうして、春《はる》に聞いたのに杏夏《きょうか》が……

「杏夏《きょうか》が、センターをやったりは？」

「《やりません。私は、サポートに徹すると決めているので》」

まず一つ、問題発見。

ダンスの見栄《みば》えは、春《はる》よりも杏夏《きょうか》のほうが上だったんだけどな。

「そうなんだね……。なら、理王《りお》はどう？　センターに挑戦してみたい？」

「え？　できるの？《やりたい！　私、センター、やってみたい！》」

あっという間に、二つ目の問題が顔を出した。

彼女の性格で、こんな発言が飛び出してくるなんて……、これまた難問だ……。

「………なるほど、ね」

「マネージャー君！　私も質問を要求します！　二人だけ質問があって、私だけないのはさみしいのです！　さぁ、何でも聞いて！」

そんな、ドンと来いと言わんばかりに腕を広げられても、ちょっと困る。

春《はる》にも最初に質問しているんだけど、杏夏《きょうか》が答えたから本人の中ではノーカウントか。

「じゃあ……、春《はる》が『ＴｉＮｇＳ』に必要なものって何だと思う？」

「必要な物？　う～ん、そうだなぁ～……あっ！　思いついた！」

「何かな？」

「メンバー！　三人だとちょっと寂しい時があるから、メンバーが増えると嬉《うれ》しい！」

テコ入れが早い。

そういうことは、せめて三人のパフォーマンスが安定してから言いなさい。

「それでそれで！　マネージャー君の感想はどうだった？」

「まだ分からないことが多いけど、レッスンでも手を抜かずに一生懸命やっているのは、すごくいいことだと思うよ」

本当は、もっと他にも伝えたいことがある。

だけど、それを今伝えるのは危険だと判断して、僕はあえて言わなかった。

「そ、そっかぁ……」

先程まで見せていた明るい笑顔とは真逆の、落ち込んだ表情。

きっと春《はる》は、『一生懸命』以外に褒めるところがないと、思ったのだろう。

ネガティブな言葉は避けたんだけど、上手《うま》くいかないな……。

「よぉ～し、それならマネージャー君にしっかりと『ＴｉＮｇＳ』のことを分かってもらうためにも、もっともっと頑張らないとダメだね！」

「ありがとう。……そうだね、もう少し見せてほしいかな」

「春《はる》ちゃんにお任せあれ！」

センターをやりたくないと嘘《うそ》をつく玉城《たまき》杏夏《きょうか》、センターをやりたいと嘘《うそ》をつく獅道《しどう》理王《りお》、嘘《うそ》はついてないけど少し見当外れなことを言う青天国《なばため》春《はる》。

優希《ゆうき》さんから託されたアイドルは、良くも悪くも曲者《くせもの》揃《ぞろ》いだな……。

二〇時になったところでレッスンは終了し、『T・iNgS』の三人はそれぞれブライテストの事務所をあとにしていった。

☆

「ふぅ……」

春《はる》と理王《りお》に派手な飾りつけをされたデスクへと座り、一息。

優希《ゆうき》さんから受け取ったファイルを確認しながら、僕は今後について考える。

といっても、この一週間で『T・iNgS』にやってもらうことは決まっている。

金曜日までレッスンを続けてもらい、土曜日にチケット販売、日曜日に定期ライブ。

チケットに関しては、定期ライブ直後に翌週分を販売しているそうで、まずはそこで五枚から一〇枚程買ってもらえるらしい。ちなみに、今週は四枚。いつもより少なめだそう。

残りは、土曜日に手売りで直接販売。いつも、直接交流のためにあえて手売りで購入するファンの人達と通りかかった何人かの人に買ってもらい、平均販売枚数は三〇枚程度。

最高記録は、四八枚。

劇場のスペック的には、一〇〇人まではいけるので、レッスン終了後に理王《りお》と春《はる》が「ふふん！　次のライブこそは、満員にしてみせるんだから！」、「そうだね！　劇場をパンパンにしちゃおう！」と張り切っていたが、杏夏《きょうか》が即座に「またいつものが始まりました」と呆《あき》れた調子で言っていた。

「さて、どうしたものかな……」

明るい笑顔は崩さないが、安定感のないパフォーマンスをする青天国春《なばためはる》。

真面目に取り組んではいるが、フォーマット通りすぎて面白味のない玉城《たまき》　杏夏《きょうか》。

威勢だけ一人前で、実力は半人前の聖舞理王《せいぶりお》。

三人のパフォーマンスは、まさに駆け出しのアイドルらしいものなのだが……

「優希《ゆうき》さんは、なんて子達を集めたんだよ！」

思わず、語気が強くなる。

優希《ゆうき》さんが期待しているのだから、それなりに才能はあるのだろうと思っていた。

だけど、実際に見た彼女達の才能は、僕の想像を絶するものだった。

「まさか、あそこまでとは……」

とんでもない逸材揃《いつざいぞろ》いだ。

噴水広場のライブを成功させるに足る、光明が見えてしまった。

というか、なんであの子達はあんな才能があって、まるでその力を発揮できていないんだ？

いや、分かっている。優希《ゆうき》さんが言っていた、『それぞれがぶつかっている壁』。

それが原因で、彼女達は本来のポテンシャルを発揮できていない。

だからこそ、その壁を取り払わなくてはいけないのだけど……、

「日生《ひなせ》君。もしかして、取り込み中？」

「え？」

背後から女性の声。……綺麗《きれい》な人だな。

整ったスーツ姿に、ブランド物のバッグ。濃すぎない化粧は、どこか気品を感じさせる。

「実は君の歓迎会をしようかって、みんなで話してたんだ。それで、私がお誘いの担当」

ふと、オフィスの出口を確認すると、そこには複数人の社員と思われる人達がいて、笑顔で僕のほうを見ていた。

「……すみません。お気持ちはありがたいのですが、まだやることがあるので」

歓迎会……、前の事務所では一度も経験のなかったことに戸惑った僕は、つい誘いを断ってしまった。もちろん、本当にまだやることが残っていたからではあるのだけど。

「そっか。……なら、残念だけど今日は諦めよっかな。でも、落ち着いたらまた、ね？」

「はい。その際はよろしくお願いします」

デスクに座ったまま頭を下げると、女性はどこか上品な仕草で背を向けて、オフィスから去っていった。そういえば、彼女の名前は何というのだろう？　まぁ、いいか。

これから先、知れる機会はいくらでも……あるとは言い切れないか……。

――二一時。

入社一日目の仕事を終えた僕は、荷物をまとめてオフィスを後にする。

春《はる》と理王《りお》にされた派手な飾りつけは、もう取ってしまおうかとも考えたが、何となくあの無邪気な笑顔が頭をよぎってしまい、そのままにしておいた。

作業をする分には支障をきたさないし、問題はないだろう。

それよりも、問題は『ＴｉＮｇＳ』だ。

臨時マネージャーをやると言った以上、もちろんそれを投げ出すことはしない。

だけど、どこまでやるべきなんだ？

来週の定期ライブまで？　それとも……

「僕が辞退すれば、解散の話がなくなる可能性も……」

優希《ゆうき》さんは、僕がマネージャーとしてつくからこそ、解散という条件をつけたと思われるような発言をしていた。だから、逆に僕がマネージャーとしてつかなければ、そもそも解散という話自体がなくなるかも……違う。ただの逃げ口上だ。

一度解散という条件を提示した以上、優希《ゆうき》さんがそれを撤回することは有り得ない。

ただ、不安なんだ。噴水広場のライブで優希《ゆうき》さんの条件を満たせなかった時、僕が解雇になるだけなら構わない。でも、そうじゃないんだ。

解散になるのは、未来を失うのは、『T・i・N・g・S』。

あれだけの才能に恵まれた彼女達の未来が失われてしまうのは……

「……あれ？」

オフィスを出て階段を降りようとすると、一つ上の三階のレッスン場から音が響いてきた。

おかしいな。今日のレッスンは、もう終わって誰も使っていないはずなんだけど……

「……んっ！　……っ！　……やっ！」

「よいしょ！　んしょ！　……えい！」

「……っ！　……っ！　……んんっ！」

今の声、もしかして……。

なんとなく、自分の存在に気づかれるのが小恥ずかしくなり、僕は忍び足で階段を上る。

そして、静かにドアを開けると……

「帰るように言ったんだけどな……」

三人の少女が、懸命にダンスを踊っていた。

その様子を見ていると、自然と昔のことが思い出されて……

——帰れって言ったよね？

——言われたけど、了承はしてないよ。

——あのね、もっと上達したい気持ちは分かるけど、それで無理をして体を壊したら……

――そっちが無理をするなら、私もする。

――なんで、そんなことを……。

――だって、私達はアイドルとマネージャーでしょ？

「……はぁ、はぁ、はぁ……。……うにゅ。まだできるっ！　まだまだできるっ！」

「はぁ……。はぁ……。そう、ですね……。足りない部分はレッスンで補わないといけません。私は……、『ＴｉＮｇＳ』は、必ず先に進んでみせます！」

「そうだね！　まずは定期ライブ！　マネージャー君に、マネージャーになってもらえるように、バッチリ成功させちゃおうね！」

肩で息をして膝に手をつく二人の少女、元気なガッツポーズを見せる一人の少女。

三人が、瞳に燃え上がらせるのは闘志。

一分程の休憩をはさむと、少女達は再びダンス練習を始めた。

「僕達は、アイドルとマネージャー……だよね」

少女達に気づかれないようドアを閉めると、階段を下りてオフィスを目指す。

たった一週間で、僕にどれだけのことができるかは分からない。

彼女達三人の壁を、全て取り払うことは難しいだろう。

でも、一つだけなら……

「アイドルが無理をするなら、それ以上の無理をする。それが、マネージャーだ」

臨時であっても、マネージャーであることには変わりはないんだ。
不安に囚《とら》われている暇はない。
やれることを、全部やってやろうじゃないか。

TiNgS!

「もしもし、ケイ？　遅くなって、ごめん」

『結果は？』

「……ひとまず、臨時でってことで――」

『せっぷく』

「いや、待ってよ！　臨時だよ？　あくまで、少しの間だけ……」

『せっぷく』

「勘弁して下さい」

『罰として、臨時マネージャー期間が終わったら、戻ってくること』

「いや、それは無理だって……」

『じゃあ、別の要求』

「なに、かな？」

『…………また、電話してくれる？』

「…………絶交されない限りはね」

『ゆるす』

第三章

青天国春は《不安定》

――土曜日。

正午になると同時に車を走らせ、僕が向かったのはとある中学校。――校門で待機すること五分、大慌てで走ってきた理王《りお》を車に乗せて、次の目的地へと向かう。

一〇分後。到着した高校の校門の前には春《はる》が立っていて、「ここだよ！　ここ！」と元気よく僕に向けて手を振っていた。そんな彼女も車に乗せて、ブライテストの事務所へ。

移動の間、理王《りお》は焼きそばパンを、春《はる》はサンドイッチを食べていて、後部座席から「うにゃっ！　制服にかかった！」なんて理王《りお》の可愛《かわい》らしい悲鳴が聞こえてきた。

杏夏《きょうか》だけは、通っている高校がブライテストから近いこともあり、電車で一足先に事務所へ。僕が理王《りお》と春《はる》と一緒に事務所へ到着すると、すでに昼食を済ませた杏夏《きょうか》が待っていた。

それから三人は更衣室へ向かうと、制服姿からステージ衣装へと着替え、再び車に。

眼鏡を外し、三つ編みを解いた春《はる》へ「コンタクトに付け替えてるの？」と聞いてみたところ、「元々、度が入ってないんだ！　視力はどっちも1・5だよ！」と教えてもらえた。

そんな雑談を交えつつも、僕の内心は少し慌てぎみ。

どうにか時間通りに目的地に到着したところで、ようやくひと安心。

土曜日の『T・i・N・g・S』は、本当に大忙し……けど、本番はここからだ。

一五時。

僕らがやってきたのは、ブライテストの専用劇場『Bright Station』。

毎週土曜日、『T・i・N・g・S』はこの専用劇場の入り口で、明日……日曜日に行う定期ライブのチケット販売を手売りで行っている。

「まずは劇場前で！　その後は、ちょっと移動して声をかけていこっか！」

「ふふん！　まっかせなさい！　今日こそ完売させてやるんだから！」

「理王《りお》、やる気があるのはいいですが、あまり周りの人に迷惑をかけてはダメですよ」

可愛《かわい》らしいステージ衣装に身を包み、チケットとビラを片手に持つ気合の入った三人。

制服姿でもレッスン着でもない、非日常的なその姿を見ていると、「あぁ、やっぱり彼女達はアイドルなんだな」と実感する。

強大過ぎる難問が二ヶ月後に控えている『T・i・N・g・S』だが、まずは目先の問題から。

まずは、定期ライブ。専用劇場の定員一〇〇人を満たせないようでは、噴水広場でのライブを成功させることなんて夢のまた夢だろう。

「マネージャー！　チケットが完売できたら、理王《りお》様にプリンを献上しなさい！　甘天堂《かんてんどう》の極上プリン！　私、あれ大好きなの！」

「ははっ。考えておくよ」

「やったぁ！　約束だからね？　絶対に甘天堂《かんてんどう》の極上プリンだからね？」

「もちろんさ」

可愛《かわい》らしい無邪気な笑顔を見せる理王《りお》。

普段は傲慢な態度が目立つ理王《りお》だけど、こういう無邪気な一面は彼女の大きな魅力だ。

まったく、チケットを完売したご褒美《ほうび》がプリンでいいなんて、可愛《かわい》いところが――

「大丈夫ですか、マネージャーさん？　甘天堂《かんてんどう》の極上プリンは、一つ一〇〇〇円する中々の高級品だと思うのですが……」

全然可愛《かわい》くなかった。むしろ、無邪気な笑顔でえげつないことを言っていた。

今後は、もう少しスイーツの勉強をしておいたほうがよさそうだ。

「や……、約束した以上は、守らないとね」

喉まで出ていた「やっぱり、なし」という言葉は、男のプライドに阻《はば》まれた。

大丈夫さ、再就職したばかりで財布に余裕はないけど、一〇〇〇円くらいなら……

「ありがとうございます。甘天堂《かんてんどう》の極上プリンはとても美味《おい》しいですし、私も楽しみです」

「わぁ～！　まさかまさかのご褒美《ほうび》付きだね！　春《はる》ちゃんのやる気、急上昇！」

ねぇ、増えてない？　一つじゃなくて、三つになってない？

一〇〇〇円じゃなくて、三〇〇〇円になってない？

「あ、そうだ、マネージャー君！　プリンも嬉《うれ》しいけど、もう一つも忘れちゃダメだよ？」

「もう一つ？」

「むぅ～！　専属マネージャーの件！」

あ、そうだった。

「チケットを完売してライブを成功させたら、今度こそぜぇぇったいに、専属マネージャーになってもらうからね！」

「うん。約束するよ」

僕がその言葉を伝えると、三人の少女がこれまでで一番の魅力的な笑顔を浮かべた。

明日の定期ライブは、ただの定期ライブじゃない。

今の僕のマネージャーとしての力、そして彼女達のアイドルとしての力。

それが、サンシャインシティ噴水広場で通用するものか、試される場でもあるんだ。

だからこそ、絶対に失敗はできない。もし失敗したら、何もかもおしまいだ。

「よぉ～し！　やる気充電まんたーん！　今日こそは絶対に――」

「毎度毎度、同じことを言って同じ結果の繰り返し。いい加減、学んだらどうなんだ？」

「いとおかし」

「え？」

背後からの声に誘われて振り向くと、そこに立っていたのは二人の少女。

一人の子は、平均的な女の子よりも高身長。髪型はミディアムボブ、整った目鼻立ちに、凛々《りり》しい瞳。「可愛《かわい》い」というよりも、「綺麗《きれい》」という言葉が良く似合いそうだ。もう一人は、逆に低身長な少女。ツインテールに幼い顔立ち、両目それぞれにある泣きぼくろが印象的だ。

「雪音《ゆきね》ちゃん、紅葉《もみじ》ちゃん……」

ふてぶてしい……というか、どこか意地の悪い態度を向ける二人の少女へ、春《はる》が寂し気な表情を浮かべる。春《はる》のこんな顔は、初めて見たな。

「ふん。専用劇場を満員にしていないにもかかわらず、専属マネージャーをつけてもらえるとは、優希《ゆうき》さんの『TiNgS』贔屓《びいき》には些《いささ》か不満を持たずにはいられないな」

「ずるい。この恨み、松平《まつだいら》で呪う」

「紅葉《もみじ》、それを言うなら、『末代まで』だ」

「む……。そうとも言う」

何やらおかしな言葉は混ざっていたが……まぁ、気にしないでおこう。

「ふむ……。君が、『TiNgS』の専属マネージャーか」

高身長の少女が、興味深そうに僕の顔を覗《のぞ》き込《こ》む。

ちょうど頭が僕の鼻の位置くらいなので、甘いシャンプーの香りが鼻孔をくすぐってきた。

「えーっと、君達は……」

「おっと。そういえば、自己紹介をしていなかったな」

格好は、二人そろってTシャツにジーパン。首から下げたスタッフパス。

恐らく、彼女達もブライテストに所属しているアイドルなのだろうけど、今日は定期ライブのスタッフなのかな？

「私様の名前は、祇園寺《ぎおんじ》雪音《ゆきね》！　年は一六！　紅葉《もみじ》と共に、『ゆきもじ』というユニットで活動している者だ！」

仰々しい口調に仰々しいポーズ。

綺麗《きれい》な外見には似つかわしくない行動だけど、不思議と嫌悪感《けんおかん》はなかった。

「伊藤紅葉《いとうもみじ》。一四歳。『ゆきもじ』はとっても上手。『T・iNgS』なんかに絶対負けない」

次に名乗ったのは、ツインテールの女の子。

にんまりと口角をあげる仕草が、やけに可愛《かわい》らしい。

「日生直輝《ひなせなおき》。今は、『T・iNgS』の臨時マネージャーをやってる。よろしくね」

「臨時？　どういうことだ？」

「まぁ、その辺は話すと長くなるから、省略させてもらえると助かるかな」

「……？　まぁ、どちらにせよ、マネージャーという結果は変わらんか」

そこで、雪音《ゆきね》は僕への興味を無くしたのか、やけに意地の悪い瞳を『T・iNgS』へ向けた。

今までの様子を見る限り、恐らく『T・iNgS』と『ゆきもじ』は……

「たとえマネージャーができようと、『T・i N g S』にチケットの完売など不可能だ。結局、今回もいつものように中途半端《ちゅうとはんぱ》な結果に終わる」

あまり、いい関係ではないのだろう。

「なぜ、そう言い切れるのでしょう?」

「君がまるで成長していないからだよ、杏夏《きょうか》」

真《ま》っ直《す》ぐな杏夏《きょうか》の瞳から目を逸《そ》らすことなく、雪音《ゆきね》が真《ま》っ直《す》ぐにそう答えた。

「……ふむ」

雪音《ゆきね》の言葉に思うところがあったのか、杏夏《きょうか》が顎に手を当てて何かを思案する。

「あまり、面白くないですよ。そのお茶目なジョーク」

「ちっがぁぁぁう!」

雪音《ゆきね》が吼《ほ》えた。

「なぜ、これをお茶目なジョークだと思える⁉　前々から言っているが、君のギャグセンスは明らかにおかしいぞ!」

「有り得ませんね。私のお茶目なジョークは、日々成長していますから」

「むしろ、悪化しているだろう!」

「なんと、嘆かわしい……まさか、自らのセンスの未熟さを理解していないとは……」

ほんと、それね。誰が嘆かわしいかは、言わないでおくけど。

「絶対に私様が正しい！」

「いいえ。私が正しいです」

水と油……というよりは、水と炎だ。

冷静で落ち着いた水のような杏夏《きょうか》と、少し熱血じみた雪音《ゆきね》。名は体を表《あら》わさないな。

「理王《りお》たんは、いつまでもダンスがいまいち。教えてほしかったら、教えてあげるよ？」

「ふん！　あんたみたいな、バカに教わるわけないでしょ！」

続いて、険悪な雰囲気を醸《かも》し出《だ》したのは、理王《りお》と紅葉《もみじ》だ。

確かに理王《りお》のダンスは少しアレだけど、バカはちょっと言い過ぎなんじゃ……。

「理王《りお》たんは、やっぱりまだまだね。……バカって言われるほうが、バカなのよ！」

どうやら、理王《りお》は言い過ぎていなかったようだ。

「雪音《ゆきね》たん、言ってやった！」

が、紅葉《もみじ》としてはとても満足したのだろう。上機嫌に雪音《ゆきね》の下へ向かっている。

ちょっとくらい、理王《りお》のドン引きした顔を見たほうがいいんじゃないかな？

「う、うむ！　いい啖呵《たんか》だったぞ、紅葉《もみじ》！」

「五七五七七じゃなかったよ？」

これは、かなりの末期症状だな……。

「まぁまぁ！　雪音《ゆきね》ちゃんも紅葉《もみじ》ちゃんもさ、同じ事務所なんだし仲良くやろうよ！」

春《はる》としては、何とか空気を和ませたいんだろうな。

その気持ちは分かる。ただ……

「春《はる》、以前から言っているだろう？　『T・iNgS』と『ゆきもじ』はライバル同士。同じ事務所であろうと、仲良くする理由などどこにもない」

完全に、逆効果だ。

「そもそも、君も他人《ひと》のことが言える立場か？」

「うっ！」

「レッスンでもライブでも、杏夏《きょうか》と理王《りお》を気にしてばかりの不安定なパフォーマンス」

以前に見たレッスンでも、春《はる》はサイドに立つ杏夏《きょうか》と理王《りお》を気にしてアタフタとしていて、まるで安定感の無いダンスを披露していた。だけど、それは……

「《技術の欠片《かけら》もない、論外のパフォーマンスだ》」

「《春《はる》たんは、センターなのにダメダメ》」

……なるほどね。

「紅葉《もみじ》、行くぞ」

「うん」

言いたいことを言えて満足したのか、雪音《ゆきね》と紅葉《もみじ》は専用劇場の中へと向かっていった。

「ただのライバルって関係じゃない感じかな？」

「ちょっとね……。雪音《ゆきね》ちゃんも紅葉《もみじ》ちゃんも、私達と同じくらいにブライテストに入った練習生で、本当だったら──」

「春《はる》、今は『ゆきもじ』のことではなく、チケット販売を優先する時間ですよ」

「あっ！　そうだったね！」

「ふん！　何を言われようと、完売に決まってるじゃない！　だって、私達には……」

ん？　どうしたんだ、理王《りお》？　やけにキラキラとした瞳を僕に向けているけど……

「マネージャーがいるんだもん！」

まだ臨時なんだけど、こうやって素直に頼ってくれるのは嬉《うれ》しいな。

だったら、その期待にはちゃんと応えないとね。

「そうだね！　今日は三人じゃない！」

「マネージャーさん、恥ずかしながら今の私達ではどうしても完売に至らず……是非、知恵を貸していただけたらと……」

「もちろんさ」

僕だって、今日のチケットは必ず完売させるつもりだ。

彼女達は僕を信頼してくれているけど、それはあくまでも『優希《ゆうき》さんが言ったから』信用してくれているだけ。ちゃんと自分で結果を示して、本当の信頼を勝ち取らないとね。

「必ずチケットを完売させよう。精一杯頑張れば、絶対にできるよ」

「わぁぁぁ！　それで、それで、マネージャー君の作戦は……」

「え？　今、言ったんだけど？」

「「え？」」

春《はる》は、何を言っているんだ？

まさに今、僕の考えてきた完璧な作戦を伝えたじゃないか。

「あの、もしかしてマネージャーさんの作戦とは……」

やれやれ、一番しっかりしていそうな杏夏《きようか》まで理解していないなんて困ったものだ。

いや、もしかしたら僕の伝え方が悪かったのかもしれないな。

それならもう一度、今度はしっかりと伝えさせてもらおう。

「精一杯頑張れば、完売できるさ！」

「「根性論!!」」


「何か間違えただろうか？」

僕なりに完璧な作戦を伝えたはずなのだが、巻き起こった結果は落胆。

春《はる》と理王《りお》からはあんぐりとした顔を向けられ、杏夏《きようか》からは『ひとまず、マネージャーさんは離れていてもらえますか？』と悲しき戦力外通告。

いや、元々離れるつもりではあったんですけどね。

「「『T:iNgS』です！　明日、ライブをやるので、よかったら観《み》に来《き》てくれませんか？」」

そんなこんなで始まった、『T:iNgS』のチケット販売。

ただ、そのスタートは彼女達の元気のよさと反比例する、寂し気なものだった。

「「『T:iNgS』です！　明日、ライブをやるので、よかったら観《み》に来《き》てくれませんか？」」

再度、元気な声。

その甲斐《かい》もあって、通行人の興味を少しは惹《ひ》けているが……そこまでだ。

「あー！　あんた、目が合ったでしょ！　ちょっと！　チケットを買いなさいよ！」

「え～っと、ごめんね……。《興味はあるんだけど、忙しくて……》」

通行人の一人が、苦笑いを浮かべて去っていく。根本的に、興味がないということだろう。

「理王《りお》ちゃん、あんまり乱暴な言葉は……」

「分かってるわよ！　でも、……うぅぅぅっ！」

今までの経験と、この《眼《め》》があるからこそ分かる。ここにいる人達は、駆け出しのアイドルに興味を持たないタイプの人が多い。だから、チケットを買ってもらえないんだ。

ただ、どうして彼女達がここでチケット販売を始めたかの理由はよく分かるよ。

「やっほ！　ハルルン！　今日も頑張ってるね！」

「あっ！　リンちゃん、来てくれたの？　ありがとぉ～！」

「リオ様ぁ～！　チケット、買いに来たよぉ～」

「ふふん！　いい心掛けね、ミク！　褒めて遣わすわ！」

「おキョン、お疲れ様！　一枚、もらえる？」

「はい、もちろんです。いつもありがとうございます、ウナさん」

土曜日のこの時間にこの場所で、『T・i・N・g・S』がチケット販売していると知っている、熱意を持った固定ファンが買いに来てくれるからだ。

「あ、ゴンちゃん！　……うん！　今日も私は元気だよ！　もちろん、明日も元気！」

「……はい。……はい。オオヤマさんも体調には気をつけて下さいね。……ふふっ」

やってきたファンは、それぞれ推しのメンバーと会話をし、チケットを購入している。

一番ファンが多いのは、春《はる》。続いて、杏夏《きようか》。そして、一番少ないのが……

「なんで、私のところに来る人はすぐいなくなっちゃうのよ！」

八重歯をむき出しにして、思い切り文句を言う理王《りお》だ。

「うぅ……。なんでよぉ……。『T・i・N・g・S』です！　明日ライブをやるので、よかったら観《み》に来《き》てくれませんかぁ！　……来なさいよ！　来なさいったら、来なさい！」

ファンと接する春《はる》と杏夏《きようか》を羨望《せんぼう》の眼差《まなざ》しで見つめた後、一人大きな声を出して、呼び込みをする理王《りお》。ただ、そこから一〇分程すると……

「《もうやだ！　飽きた！　休憩する！》」

「あっ！　理王《りお》ちゃん！　あちゃぁ～……行っちゃったぁ……」

「はぁ……。まったく、あの子は……」

輝きを発しながら、プンスカと大股でどこかへと去っていってしまった。

言葉だけを聞いていると、ただ不貞腐《ふてくさ》れているようにも思えるけど……。

「一時間以内には戻ってくるでしょうし、今は……」

「そだね！　まだまだ来てくれる人はいるだろうし、心配だけど……こっちが優先だね！」

僕としては、理王《りお》を追いたい気持ちもあったが、今はこらえよう。

チケット売りをやめて去っていくメンバーと、一生懸命チケットを売るメンバー。

優先すべきは、どう考えても後者だからね。


それからも、まばらではあるが『T:iNgS』のファンは劇場の前に訪れて、杏夏《きょうか》と春《はる》からチケットを購入し、ビラを受け取っている。……だけど、それももう来なくなった。

「すみません！　私達、『T:iNgS』ってアイドルグループをやってて……、よかったら明日ライブをやるので来てくれませんか？」

「え？　まぁ……いいけど……」

「わぁ～！　ありがとうございます！」

ここまでのチケット販売を見ていて思ったことは、春《はる》の観察眼の良さだ。

今、チケットを買ってくれた人は、『T・iNgS』の呼び込みを見つつも、決して自分から話しかけようとはしなかった。話しかけるのが恥ずかしくて、どうするか迷っていたのだろう。

そういう人を、春《はる》は決して見逃さない。その証拠に、普通は断られるのがほとんどなのに、春《はる》が声をかけた人は、確実にチケットを買ってくれている。

ただ、それで何もかもが上手《うま》くいくわけではないのが、難しいところだ。

「春《はる》、今何枚くらいでしょう？」

「えーっと、三〇枚……にちょっと足りない……」

「いつもより少ないです……。どうして……上手《うま》くいかないのでしょう……」

「わっ！　わわっ！　杏夏《きょうか》ちゃん、笑顔だよ、笑顔！」

「…………はい」

杏夏《きょうか》なりに、一生懸命やっているのだろう。

自分が思いつくことは、全て挑戦しているのだろう。

だけど、結果が出ない。どれだけ考えても原因が分からない。

そんな複雑な気持ちが入り混じって、あんな風に……

「……負けるもんか」

それでも、心が折れないアイドルもいる。

杏夏《きょうか》と同じ経験をしてなお、瞳に映し出すのは諦観ではなく強い闘志。

そして、

「『T·iNgS』です!!　明日、ライブをやるので、よかったら観《み》に来《き》てくれませんか？　来てくれませんかぁぁぁ!!」

春《はる》の力強い叫びは、無情にも街の中へと溶けていった……。


「《休憩おしまい！　待たせたわね、杏夏《きょうか》、春《はる》！　真打の登場よ！》」

「理王《りお》ちゃん！　待ってたよぉ！　うん！　一緒にジャンジャン買ってもらおうね！」

「おかえりなさい、理王《りお》。では、移動しましょうか」

一五時五五分。先程の杏夏《きょうか》の予想通り、四〇分程で理王《りお》が戻ってきた。

どうやら、固定ファンへのチケット販売が終わったら、別の場所へ行くみたいだ。

だけど、状況は芳《かんば》しくない。

このままでは、チケット完売なんて夢物語だろう。

……このままならね。

僕だって、この一週間何もしていなかったわけではない。

自分なりに、準備を整えていたのさ。

春《はる》達が移動する様子を確認しながら、僕はスマートフォンを取り出す。

「もしもし、キクさん。……はい、お久しぶりです。……あぁ、違いますよ。その件については断ったでしょう？　……いや、実はですね、ちょっと面白い話がありまして――」


一七時。専用劇場から移動して、向かった先は人通りの多い繁華街。そこで通りかかった人達にほんの数枚販売できたところで手売りはいったん終了。僕は三人と合流した。

「お疲れ様。今のところ、どんな感じかな？」

「え～っと……、事前販売分も含めて三八枚、かなぁ～……」

「たまたま、いつもより少ないだけですから……」

別に嫌味を言ったつもりはなかったのだが、杏夏《きょうか》にはそう聞こえたのだろう。拳を強く握りしめながら、僕の質問に答えている。

「……難しいね……」

「悔しい！　悔しい悔しい！　劇場、いっぱいにしたいのに……」

「……ちゃんとやっているはずなんです……なのに、どうして……」

弱々しい笑顔を浮かべる春《はる》、地団駄を踏む理王《りお》、静かに悔しさを溢《あふ》れさせる杏夏《きょうか》。

固定ファンがいてくれるとはいえ、やはり専用劇場を満員にできないのが歯痒《はがゆ》いのだろう。

「ごめんね、マネージャー君。いい結果を出せなくて……」

「いや、むしろ、責任は僕にあるよ。君達に全部任せて、何もしていないんだからさ」

「そんなことないよ！　マネージャー君のおかげで、今日はすっごく楽に準備ができたもん！いつもは、お昼を食べる時間もなかったからさ！　マネージャー君様々だよ！」

　春《はる》の無自覚な優しさはありがたいけど、それは誰でもできる仕事だ。

　だからこそ……。

「それだけってわけにもいかないさ」

　ここからは、僕ができる仕事をやらないとね。

「三人とも、車に乗ってくれ。今から、別の場所でチケット販売をやるよ」

「どういうこと？　定期ライブは明日だし、もう残されている時間はほとんどないから、今から移動なんて──」

「ここは、チケット販売には向いてないよ。人通りは多いけど、それだけ。重要なのは、チケットを買ってくれる人、君達に興味を持ってくれる人がいる場所だ」

　通りかかった人達がチケットを買わなかった原因は、彼女達にはない。

　春《はる》も理王《りお》も杏夏《きょうか》も、誠意を込めて精一杯声を出していたのだから。

「私達は、いつもここでチケット販売をしています。ですから……」

「今まで以上の結果を出すためには、今とは違うことをやらないとね」

「……むぅ。それは、そうですが……何だか腑《ふ》に落ちません」

ムスッと膨《ふく》れ面《つら》になり、僕を睨《にら》みつける杏夏《きょうか》がやけに可愛《かわい》らしく見えた。

「……うにゅ。マネージャー、何かいい作戦があるの？」

「もちろんあるよ。チケットを完売させる作戦がね」

「「「え？」」」

唐突な僕の発言に、三人が目を丸くする。

「さ、さすがに、それは難しくない、かなぁ～？　まだ半分以上、残ってるし……」

「マネージャー、そんなことできるの⁉　ほんとにできるの⁉」

「非現実的です。貴方《あなた》は、都合のいい催眠術か何かでも使えるのですか？」

冷静さを取り戻したところで（理王《りお》はまだ混乱中だが）、次に見せた感情は疑い。

今まで五〇枚未満が限界だった自分達が、急にその倍の一〇〇枚のチケットを買ってもらえるというのは、そう簡単には信じられる話ではないのだろう。

「買ってもらえるよ。そういう人達がいる場所の心当たりが、ちゃんとあるからね」

「なによ！　そんな絶好の場所があるなら、最初から連れて行きなさいよね！」

「いつも来てくれる人達も買いに来るんだから、最初から別の場所ってのはなしさ。それに、ちょっと時間の都合もあったしね」

「いったいどこに、私達を連れていく気ですか？　とても不安なのですが……」

「それは、着いてのお楽しみってことで。……さ。話す時間はここまで。急がないと間に合わないから、乗った乗った」

こうして、僕は三人を車に乗せ、目的地へと向かっていった。

……はて？　そういえば、チケットが完売したら、ご褒美《ほうび》に結構な値段のプリンを買ってあげる約束をしてたよな？　再就職したてで、そこまで財布に余裕はないから、できれば勘弁してもらいたいのだけど……いや、チケット販売の件でそれどころじゃないだろう。

案外、忘れている可能性も……

「ププププリ〜ン♪　甘天堂《かんてんどう》の極上プリィ〜ン♪」

……ジーザス。

☆

——一七時三〇分。

「な、ななな、なんでこんなところに……」

目的地に到着し、車を降りると同時に、春《はる》がワナワナと震え始めた。

「あれ？　ここがどこか、もしかして知らない？」

「知ってて、聞いてるの！」

爆発。ここに連れてこられた意味も、なぜここでなら、チケットが買ってもらえるかも分からないからこその反応だろう。なんせ、僕が三人を連れてやってきた場所は……

「なんで、ライブをするわけでもないのに、日本青年館に来てるの!!」

向かい側には、明治神宮球場《めいじじんぐうきゅうじょう》。隣には、新国立競技場。

そんな二つの施設の近くにそびえ立つライブ会場。整った長方形ではなく、ところどころ飛び出した部分のある、まるでブロックで組み立てたようなデザインが特徴的なビルの正式名称は、日本青年館ホール。収容人数は、約一二〇〇人。

今の『TiNgS』からすると、大きすぎるライブ会場だ。

「杏夏《きょうか》！　危ないから離れちゃダメよ！　理王《りお》様のそばにいなさい！」

「もう、なんでも構いません……。不安が的中しました……」

もはや諦めムードの杏夏《きょうか》の腕に、体を震わせた理王《りお》がピッタリとくっついている。

「ここ、私達にはこれっぽっちも関係のない場所じゃん！　チケットを買ってくれそうな人だって、全然見当たらないよ！」

その通り。人通りが全くないとは言えないが、さっきまでチケット販売をしていた繁華街と比べると明らかに少ないし、声をかけても買ってくれるような人はまず間違いなくいない。

「大丈夫だよ。ここから、沢山出てくるから」

そう言って、僕は日本青年館を指し示した。

「へ？　こ、ここから？」

「今日は、ここで『ゆらゆらシスターズ』がライブをやっている。ゆらシスは、早い時間からライブを始めて、お客さんの帰りが遅くならないようにするのが特徴なんだ」

『ゆらゆらシスターズ』……通称ゆらシスは、子供から大人気のトップアイドルユニット。

彼女達は、とある目標を掲げている都合上、毎週土曜日に必ず単独ライブを行う。ただ、ライブ会場には限りがあり、奪い合いだ。そう簡単に、大きな会場を押さえることはできない。

だから、もっと大きな会場でも十分に埋められる実力のアイドルなのだが、時折こういった（彼女達にしては）小規模な会場でライブを行うことがある。

「他のアイドルのファンの人にチケットを売るなんて、無謀すぎるよ！　しかも、ゆらシスのファンってほとんどが親子連れじゃん！　私達のニーズとは、ちょっと違うよ！」

春《はる》って能天気なように見えて、実は俯瞰的《ふかんてき》に自分達のことが見れているんだな。

「それに、根本的に許可が必要！　こんな場所で、無断でチケット販売するなんて……」

「ちゃんと許可はとってあるよ」

「……え？」

ちょうどそのタイミングで、日本青年館の入り口からスーツ姿の女性が現れた。

「おいっす、ナオっち！　おひさぁ～！　イエイ！　イエイ！」

「お久しぶりです、キクさん」

スーツがまるで似合わないハイテンションな女性……キクさんは、僕の姿を見かけるなり、ダブルピースを突き出してくる、豪快な挨拶をお見舞いしてきた。

「えっと、マネージャー君。この人は……」

「菊池英子《きくちえいこ》さん。ゆらシスのマネージャーをやってる人」

「へ？」

僕からの端的な一言に、春《はる》が固まった。三、二、一……再起動。

「どどど、どーして⁉　どーして、そんな人がこんな所に来てるの⁉」

「そうよ！　ゆらシスは、すっごく人気のグループなのよ！　ちょっと前だって、横浜スタジアムでライブをやってて……」

「ゆらシスのマネージャー……。あのゆらシスの……」

ただ、知り合いなだけなんだから、そんなに驚かなくてもいいと思うんだけどな。

「なはははは！　可愛《かわい》い反応をする子達だぞい！　……ほんじゃ、私からも自己紹介を！

『ゆらゆらシスターズ』のマネージャーをやってる、菊池英子《きくちえいこ》だぞい！」

「ぞ、ぞい？」

キクさんの奇妙な口調に、困惑する春《はる》。

相変わらず、語尾が安定しないな。前に会った時は、「ざます」だったよね？

「前から、キクさんとは仲良くさせてもらっていてね。……で、さっき彼女からここでチケット販売をする許可をもらったから、君達は何も気にする必要はない」

「そゆこと！　というわけで、まずは私が購入するぞい！　ギブミーチケット！　スリー！」

「ねぇ、マネージャー君。どうして、ゆらシスのマネージャーさんが私達のライブを……」

さすがに、説明不足が過ぎたか。

「この人、生粋のアイドル好きなんだよ」

「ナオっちが、新しいアイドルのマネージメントをするなんて興味しか持てない！　是非とも君達のライブが見たいぞい！　というわけで、チケットはよ！　はよはよ！　ハァハァ……」

「わっ！　ちょっと、変な人かも……」

これが大まかな全容。春達《はるたち》が専用劇場前でチケットを販売している間、僕はキクさんへ「新しいアイドルのマネージメントをすることになったんだけど、興味ない？　協力してくれるなら、それなりの御礼《おれい》はさせてもらうけど？」と電話で伝えた。

結果は、二つ返事。こうして、僕はここでのチケット販売の許可を得たわけだ。

「えと……、その……、お買い上げありがとうございます」

「いやいや、こちらこそありがとうだぞい！」

春《はる》から三枚のチケットを購入し、上機嫌な笑みを浮かべるキクさん。

彼女が、ただ僕と仲が良《い》いアイドル好きのマネージャーならいいのだけど、

「《なははは！　明日は久しぶりに何も考えず、羽を伸ばせそうだぞい！》」

完全な善意というわけではない、趣味と実益を兼ねた行動だから厄介なんだよね。

たとえアイドル好きでも、キクさんはゆらシスのことを最優先で考えて行動する。

だからこそ、自分達にとってライバルとなる可能性が少しでもある相手の調査は欠かさない。

その証拠に、チケットを三枚買ってるしね。……つまり、あの子達も来るってことだ。

「んじゃ、私は戻らなければならんので……ライブ、楽しみにしているぞい！　アデュー！」

まるで暴風雨のように暴れまわった後、キクさんは上機嫌な足取りで日本青年館の中へと戻っていった。あまりのことに唖然《あぜん》としていた三人だったが、徐々に冷静さを取り戻すと、

「貴方《あなた》、何者ですか？」

信じられないものを見るような目で、杏夏《きょうか》が僕にそう聞いてきた。

「君達の臨時マネージャーさ」

「ごまかさないで下さい！　ゆらシスのマネージャーさんと知り合いな点はさておき、こんな場所でのチケット販売を簡単にできるようにするなんて、普通に考えて――」

「杏夏《きょうか》ちゃん、そんなことを気にするのは後回しだよ！　それよりも、今はもっとやることがあるじゃん！」

「それは分かっていますが……」

どうしたんだ、杏夏《きょうか》？

やけに不安そうな顔をしてるけど……

「ゆらシスのファンは、ほとんどが親子連れです。それに、私達は無名で……」

「うっ！　そうかもしれないけど、それでもやるしかないよ！」

「ですが……」

「……うにゅ」

どうやら、さっきまでのチケット販売の影響がまだ残っていたようだ。

大きなチャンスを得られたことは分かっても、それを活《い》かせる自信がないのだろう。

「大丈夫だよ」

「「え？」」

『ゆらゆらシスターズ』は、最初から子供に絶大な人気を誇っていたわけではない。

駆け出しの頃の彼女達を支えて、ここまで育ててくれたのは……

「ゆらシスのファンには、親子連れ以外にもキクさん繋《つな》がりのアイドル好きが多いんだ」

これが、今回僕がこの場所でチケット販売をすると決めた理由だ。

アイドルファンの中には、キクさんのような『アイドル』が大好きという層が存在する。

そして、そういった人達は『発掘』を好むんだ。

まだ誰にも知られていないアイドルを発見し、成長する姿を初めから見る。「自分達は、人気が出る前から知っていた」、「あの子達は、自分が育てた」。言い様は様々だが、彼らに共通することは一つ。自分が知らないアイドルなんて、放っておけないということだ。

「日本青年館から出てくる人達全員に聞こえるよう、大きな声でこう言うんだ。『これから、本格活動をする「T・iNgS」です』ってさ」

そういう相手には、知名度の低さが逆に武器となる。アイドル好きの人は、自分達が知らないアイドルと聞けば、一度だけはほぼ確実にライブへ来てくれるからね。

「それで、本当にチケットは完売できるの？」

「精一杯頑張れば、完売できるさ」

春《はる》の問いに、真《ま》っ直《す》ぐに僕は応えた。

マネージャーは決して弱気にならない。たとえ臨時だとしても、そこは変わらないさ。

「いいかい？　チケットの残り枚数は、約六〇枚。対して、日本青年館にいる人は一二〇〇人。要するに、五％でいい。五％の人達の心を摑《つか》むだけでいい」

これまでにマネージャーとして培《つちか》った常識があるからこそ分かる。

トップアイドルのライブ会場で、ステージ衣装に身を包んでチケット販売をするアイドル。そんな非常識なグループに、興味を持つ人は確実に存在するんだ。

「君達に、それができない理由はない」

劇場前でのチケット販売……春《はる》も杏夏《きょうか》も理王《りお》も、自分達のライブに来てほしいという気持ちを込めて懸命に叫んでいた。残念ながら、あそこではその声は届かなかったけど、ここなら届く。だから、そんなに怯《おび》えなくていい。もっと自信を持っていいんだ。

「……ありがとう」

「え？」

どうして、このタイミングで春《はる》は僕にお礼を？　それに、理王《りお》と杏夏《きょうか》も……

「私、今回も劇場を満員にできないと思ってた……。アイドルは諦めちゃいけないのに、諦めちゃいそうだった。でも、マネージャー君は諦めないでいてくれて……ありがとう……」

「うにゅ……。ありがとう、マネージャー……。助けてくれて、嬉《うれ》しかった……」

「無礼な態度をとって、すみませんでした。本当にごめんなさい……」

その言葉が聞けただけで、十分さ。

「大丈夫だよ。そんなことよりも、今はやらなきゃいけないことがあるでしょ？」

「……うん！　そうだね！」

「ふ、ふふん！　いいわよ！　やってやろうじゃない！」

「マネージャーさんの期待に、必ず応えてみせます！」

どうやら、三人ともエンジンはかかったようだね。

「じゃあ、杏夏《きょうか》ちゃん、理王《りお》ちゃん！　始める前に……」

日本青年館に向けて春《はる》が深く頭を下げ、杏夏《きょうか》と理王《りお》も同じように深く頭を下げる。

「今日はお世話になりますっ！　すっごく助かったよ！」

「精一杯、必ず結果を出してみせます。……よろしくお願いします」

「いつか、この借りは絶対に返してやるんだからね！」

それは、感謝。この中にいる、自分達のチケット販売を許してくれた『ゆらゆらシスターズ』へ向けて、彼女達は感謝を伝えた。そして、頭を上げると、

『「「これから、本格活動する『TiNgS』です！　明日、ライブをやるので、よかったら観《み》に来《き》てくれませんか？」」』

ゆらシスのライブを観終《みお》わり、日本青年館から出てきた人達へ三人が力いっぱい叫ぶ。

すると、あっという間に多数の視線が三人に注がれ、

「わっ！　こんなに沢山……ありがとっ！　絶対面白いことするから、楽しみにしてね！」

「あっ！　ありがとうございます！　はい！　明日です！　場所は……」

「ふふん！　この理王《りお》様からチケットを買いたいなんて、あんた、見る目があるわね！」

多くの人達が集い、あっという間にその姿が見えなくなった。

「よがっだぁ〜！　今まで頑張ってきて、ほんとによがっだよぉ〜！　杏夏《きようか》ちゃんと理王《りお》ちゃんと一緒に……、一緒に劇場をいっぱいにしてライブができるよぉ〜‼」

「すみません……。もうチケットはなくなってしまって……あ、はい！　ビラならまだ残っています！　あの……ありがとうございます！　ありがとうございます‼」

「すごい！　こんなに沢山チケット買ってもらえたの初めて！　杏夏《きようか》、春《はる》！　満員だよ！　劇場を満員にできるよ！　やったぁぁぁぁぁ‼」

人混みの向こうから、三人の溌剌《はつらつ》とした声が聞こえてきて、僕もつい笑みをこぼしてしまう。

明日の定期ライブが、僕と彼女達の最後の場所になるか、それとも始まりの場所になるか。

いったい、どっちが正解なんだろうな？　ただ、今はそんなことに悩むよりも、

「経費で落ちるかな？」

高級プリンは、きっついなぁ……。

☆

──一九時四五分。

チケットを完売し、理王《りお》のリクエストである甘天堂《かんてんどう》の極上プリンで祝杯を挙げた後、三人は明日の定期ライブの最終確認のためにレッスン場へ向かっていった。

「……ふぅ」

オフィスで資料の整理を終えた後、派手な装飾のされた椅子に腰を預けて一息。

明日の定期ライブで、僕の臨時マネージャー期間は終わり。

『TiNgS』は初めて専用劇場を満員にした状態で、定期ライブに臨むことができる。

これが現時点でできる最高の結果──では、決してない。本番は、ここからだ。

「……やっぱり、そうだよね……」

オフィスで僕が確認するのは、スマートフォン。

映されているのは、入社一日目に見せてもらった『T:iNgS』のレッスンの録画。

優希《ゆうき》さんから「何とか体裁を保てる程度」と称された三人のパフォーマンスだ。

「駆け出しらしいと言えばらしいんだけど……、それじゃ明日はまずいんだよね……」

安定感のないダンスを踊り続ける春《はる》、教科書通りのことしかやらない杏夏《きょうか》、ワンテンポ遅れていることを自覚し、ダンスに必死になっているが故にまともに歌えていない理王《りお》。

それは、過去のライブ映像も同じだった。定点カメラでのみ撮られた全体が見渡せる映像でも、彼女達のパフォーマンスは変わらず……いや、春《はる》に関していえば悪化していた。

レッスンの時以上に、アタフタと左右を確認して、失われた安定感。

今のままだと、確実に明日の定期ライブは失敗に終わる。

だけど、

「やっほ、マネージャー君！　私に話ってなにぃ～？」

そうはさせないのが、マネージャーの仕事だ。

やってきたのは、春《はる》。

すでに、明日の最終確認も終えたようで、制服に三つ編み眼鏡の姿で現れた。

「実は、君に一つ話があってさ。明日の定期ライブのことでね」

「わっ！　それは何だか重要な予感がするよ！　なになに？　どんな話？」

ウキウキとした態度のまま、僕の隣へ無邪気に腰を下ろす。

今思うと、初めて僕がブライテストに来た時、優希《ゆうき》さんが春《はる》に僕を迎えに行かせたのはメッセージだったんだろうな。まずは、彼女の壁を取り払えっていう……。

「まったく……、最初から難しい問題をぶつけてこないでほしいよ」

「え？」

「ああ、ごめん。こっちの話」

春《はる》は、非常に珍しい……嘘《うそ》を一切つかない女の子だ。

それは、嘘《うそ》を見抜ける僕だからこそ分かる、彼女の大きな魅力なのだけど……今回に限っては、頭を悩ませる大きな種となった。

だって、そうでしょ？　僕は嘘《うそ》を見抜けるのだから、アイドル達の嘘《うそ》を見抜いて、彼女達の悩みに辿《たど》り着《つ》くものだと考えるじゃないか。

だと言うのに、一発目から『嘘《うそ》を一切つかない子』の悩みを見抜けときたもんだ。

完全に上級者仕様。本当に、あのスパルタ社長は容赦がない。

「明日の定期ライブだけどね、実は満員にするだけじゃダメなんだ」

「うん！　来てくれた人達に思いっきり楽しんでもらってこそ、だよね！」

ちゃんと分かってくれていて、何よりだよ。

「なら、今のままの君達でそれは実現可能かな？」

「うっ！　そ、それは……」

途端に、さっきまでの明るい笑顔は陰りを見せて、しょんぼりとする春《はる》。

根拠のない自信を頻繁に発揮する春《はる》だが、この件に関しては厳しいみたいだ。

「難しいよね？」

「……うん」

「どうして難しいと思う？」

「私が、ちゃんとセンターをできてないから……。いつも周りばっかり見てて……」

その通り。

丁寧にパフォーマンスを行う杏夏《きょうか》、ワンテンポ遅れたパフォーマンスを行う理王《りお》。二人の間に技術の差はあれど、個人で考えると杏夏《きょうか》と理王《りお》は終始統一されたパフォーマンスを行う。

そんな二人と比べて、春《はる》はバラバラ。いつもアタフタと右や左を確認していて、上手《うま》いところと下手なところの差が激しく、安定感の無いパフォーマンスを行い続けている。

そして、雪音《ゆきね》と紅葉《もみじ》からはそのパフォーマンスを『《低レベル》』と称されていた。

まったくもって、僕も同意見だ。だって、春《はる》は……

「君は、グループとしての安定したパフォーマンスを優先しすぎているよ」

「……っ！」

本当は誰よりも、バランス調整に優れた女の子なんだから。

パフォーマンス中、春《はる》が右や左を何度も見ていたのは杏夏《きょうか》と理王《りお》を確認するため。

二人が、どんなパフォーマンスをしているか。そして、春《はる》自身はそんな二人のバランスを崩さない、グループとしての見栄《みば》えを優先したパフォーマンスを行っていたんだ。

「気づいてたの⁉」

「もちろん」

本来の春《はる》は、やろうと思えば杏夏《きょうか》と同じクオリティのパフォーマンスができるんだ。

でも、自分がそれをしてしまうと理王《りお》が悪目立ちしてしまう。

だからこそ、二人の間を意識していた。理王《りお》が苦手な箇所ではあえてレベルを落とし、理王《りお》が得意な箇所ではレベルを上げる。それが、春《はる》の安定感のなさの正体だ。

「すごい気遣いだと思うよ」

初めて『T i N g S』のレッスンを見た時は、本当に驚いた。

デビューして一年しか経《た》っていないアイドルにできる芸当じゃない。

だからこそ、確信した。

この壁を乗り越えることができれば、間違いなく『T i N g S』は次のステップに進めると。

「明日は杏夏《きょうか》と理王《りお》を見るのはやめてさ、来てくれたお客さんをちゃんと見て、精一杯のパフォーマンスをやってよ。そうしたら——」

「ダメだよ！」

春《はる》が僕の言葉を遮り、叫んだ。

「グチャグチャになっちゃう！　すっごく丁寧な杏夏《きょうか》ちゃんと、ちょっと危ないけど一生懸命な理王《りお》ちゃん。私が、二人をちゃんと見てないと……」

そうだね。君は今日のチケット販売でも、ずっと杏夏《きょうか》と理王《りお》の様子を気にしてたもんね。

二人のことが本当に大切で……だからこそ、誰にも相談できなかったんだ。

丁寧に正しくパフォーマンスを行う杏夏《きょうか》に、レベルを下げろとも言えない。

必死に頑張っている理王《りお》に、もっとレベルを上げろとも言えない。

なぜなら……

「杏夏《きょうか》ちゃんも理王《りお》ちゃんも、もう十分頑張ってくれてる！　だから、私が……」

それは、二人にとって大きな負担になってしまうから。

だからこそ、彼女は一人で全ての負担を抱え込んだんだ。

「大丈夫だよ、春《はる》。別に僕は、君にバランスを取るのをやめろって言っているわけじゃないんだ。ただ、ライブ中に杏夏《きょうか》と理王《りお》を見過ぎないでほしいって言ってるだけだよ」

「そう、なの？　でも、そうしちゃうと……」

普段の前向きさとは正反対の、後ろ向きな態度。

そんな彼女の不安を取り除くように、僕はゆっくりと首を左右に振った。

「二人を見なくても崩れないよ。観客の人達に集中しながら、グループとしての統一性を維持する方法はちゃんとあるからさ」

「どうやって？　どうやったら、そんなことが……」

「それはね――」

春《はる》に伝える。彼女が明日の定期ライブですべきことを。彼女だけができることを。

「え！　えぇぇぇぇ!!　そんなこと、私にできる……かなぁ？」

「できるよ」

「……本当に？」

たとえ真実を伝えたとしても、それが真実として伝わらないことは多々ある。

こういう時、他の人も僕と同じ《眼《め》》を持っていたら……なんて、思っちゃうよね。

「もちろん、かなり難しいことを言っているのは分かってる。でも、それができれば『TiNgS』は確実に今よりも良くなる。来てくれた人を、もっと楽しませることができるよ」

「もっと沢山の人に『TiNgS』が……」

「だから、やり遂げてほしい。これは、君にしかできないことだから」

「私にしかできないこと……でも……」

まだ決意がしきれないのか、あやふやな態度で視線を右往左往させている。

だったら、使わせてもらおうか。春《はる》のモチベーションを最大限に上げる、魔法の言葉を。

「シャインポストになるんでしょ？」

「……っ！」

シャインポスト。あの子と同じ大きすぎる夢。

未《いま》だに僕は、なぜ春《はる》がこの言葉を知っていて、なぜこの夢を目指しているかは知らない。

だけど、確信を持って言えることがある。

シャインポストを目指すアイドルは、

「やる！　私、やってみる！」

どんな困難にだって、立ち向かっていくんだ。

「私は、シャインポストになる！　そのためには、みんなに知ってもらわないといけないもん！　杏夏《きょうか》ちゃんを、理王《りお》ちゃんを……『ＴｉＮｇＳ』のことをうんとうんと沢山！」

いつもの元気いっぱいな笑顔を浮かべて、春《はる》はそう言った。

☆

——日曜日。

「落ち着いて！　落ち着いてぇ～！　ヒッフッフーだよ！　ヒッフッフー！」

「ふ、ふふん！　これが満員ね！《まぁ、全然たいしたことないんじゃない？》」

「大丈夫です！　練習通り……練習通りですよ！　平常心です！　平・常・心！」

いよいよやってきた『TiNgS』の定期ライブ当日。今まで、半分程しか埋められなかった専用劇場に一〇〇人もの観客がやってきたことで、三人の緊張が最大値に。

正直、結構やばい。

「あの、マネージャーさん。もうすぐ開演なのですが……何かアドバイスとか、あったりすると喜ばしいのですが……」

「もちろん、準備してあるよ」

「……ほっ。よかったです……」

まだ残っているからね。臨時マネージャーとしての、最後の仕事が……。

「それじゃあ、……最初に、僕が考えるマネージャーの役割を伝えさせてもらうよ」

アドバイスと言われながら、まるで関係のないことを言いだした僕に三人は首をかしげた。

ライブ開始まで、残り二〇分。

「マネージャーの仕事は、ライブが始まるまで。そこから先……ライブが始まったら、僕にできることは何もない。今日の結果が成功で終わるか失敗で終わるか、それは君達次第だ」

ライブとは、アイドルと観客のために存在する、純粋で尊い空間であり時間だ。

だから、そこにマネージャーは介入しない。これが、僕の考えだ。

「つまり、もう言うことはないということでしょうか？」

より緊張が増したのか、杏夏《きょうか》が不安を宿した視線を向ける。

「いや、違うよ。まだ、ライブは始まっていないからね。ここからが、本当のアドバイスだ」

今日の定期ライブを成功させる道は、あまりにもか細く険しい。

だけど、決してないわけじゃないんだ。だからこそ、僕が彼女達を導かなくてならない。

「杏夏《きょうか》、君はとても丁寧な子だ。その丁寧さは、君の武器になる。だから、今日のライブでは君が来ている人達に伝えてほしい」

「えっと……、何をでしょうか？」

「『T・iNgS』をさ。君が崩れなければ、『T・iNgS』は崩れない。その責任を背負って、ライブをやるんだ。……いいね？」

「責任を……はい！　分かりました！」

先程までの不安は消え、責任感を宿した瞳で杏夏《きょうか》が強く返事をする。

「次に理王《りお》。君は……まぁ、そうだね……。こう……自由奔放……だよね……」

「ちょっと！　なんで、そんな歯切れが悪いの！　し、心配になるでしょ！」

「っと、ごめんね。君の自由奔放さは、良くもあり悪くもある。……だけど、ライブ中は余計なことを考えなくていい。ただ、決して諦めずに、全力を尽くすことだけに集中するんだ」

「ふふん！　そのぐらい、簡単よ！　なぜなら、私は理王《りお》様だから！」

八重歯をのぞかせた元気な笑顔で、理王《りお》が胸を張った。

さて、残すは春《はる》だけど……

「マネージャー君！　私もアドバイスを要求します！　早くしてほしいです！」

「えっと、春《はる》には昨日のうちに伝えたと思うんだけど？」

「おかわり！」

あ、そうですか。今日は今日で、欲しがっちゃうやつですか。

さて、どうしようかな？　一番重要なことは、昨日のうちに伝達済みだ。

だとすると……あ、そうだ。

「マネージャー君！　早く早く！」

分かってるって。そんなに急《せ》かさないでよ。

今日のライブは、絶対に成功させなくてはならない。

だけど、どうせ成功させるなら……、大成功を狙ってみようじゃないか。

「春《はる》、君はもう少し分《わ》かり易《やす》くしてみようか」

「え？　ん〜、それってどういう……」

口元に指を添えつつ、春《はる》が思い切り首をかしげた。

「あっ！　そういうことかぁ！」

「そういうこと。…………できる？」

「春《はる》ちゃんにお任せあれ！」

その前向きな笑顔ができるなら、きっと大丈夫だね。

これで、僕の臨時マネージャーとしての仕事は全部おしまいだ。

「じゃあ、僕は一番後ろで様子を見てるから……」

「楽しみにしててね！　思いっきり、盛り上げちゃうからさ！」

「ふふん！　偉大なる理王《りお》様の実力にひれ伏させてやるんだから！」

「誠心誠意頑張りますので、見ていて下さい！」

背を向けて舞台裏を後にすると、三人の少女はそんな言葉を送ってくるのだった。


ライブ開始まで、残り一〇分。

やってきている観客は、主に二種類のタイプに分けられている。

一つが、前列にいる以前から『TiNgS』を応援しているファン。彼らは、早くライブが始まらないかと、どこか浮足立った様子だ。

そして、もう一種類のタイプが中列以降の『TiNgS』を初めて観《み》るアイドル好きの観客。彼らは前列のファンとは異なり、落ち着いた様子が目立つ。「いったい、この子達はどの程度だ？」、そんな期待と疑惑の入り混じった瞳を、まだ誰もいないステージへと向けている。

加えて、最後尾にはスタッフ着に身を包んだ二人の少女がいて、

「ふん。たとえ劇場を満員にしようと、それとライブの成功は別の話だ」

「すべくもってその通り」

「紅葉《もみじ》、それを言うならまったくもってだ」

仏頂面《ぶっちょうづら》の祇園寺《ぎおんじ》雪音《ゆきね》と、ちょっと不思議な発言をしている伊藤《いとう》紅葉《もみじ》だ。

「はぁ～い、ナオっち！　昨日ぶりだぞぃ！」

ギリギリになって、会場入りをする観客が三人——キクさんと、帽子を深くかぶった二人の女の子。整理番号はもっと前だったはずだけど、あえて最後尾を狙ってきたか……。

「はい。昨日は無理を聞いてくれて、ありがとうございました」

「いやいや、構わないぞい！　た・だ・しぃ～、約束した物は……」

キクさんがそう言うと、一緒についてきた二人の女の子が、どこかソワソワした様子で僕のほうをジッと見つめてきた。

「分かってますよ。……はい、これです。全部で三パターン作っておきましたから」

そう言って、僕はA４サイズの封筒をキクさんへと手渡した。

中に入っているのは、毎朝、レギュラー放送されている子供向け番組についての、こうすればいい数字を取れるのではないかという新コーナーの提案。つまり、企画書だ。

「さすが、ナオっち！　仕事が早いぞい！　ほら、君達も……」

キクさんに促され、二人の女の子が帽子を外して僕に向けて頭を下げる。

「ありがとうございます、ナオさん。ふふふ、ご機嫌麗しゅう……」

ナターリヤ・カバレフスカヤ。ロシア生まれ、日本育ちの一六歳。上品なしゃべり方をする、その辺の日本人よりも遥《はる》かに大和撫子《やまとなでしこ》という言葉が似合う女の子だ。だけど、その優雅な仕草に騙《だま》されてはいけない。こう見えて、闘争心の塊みたいな子だからね。

「ふわぁ～！　ナオさんの企画書、ゲットです～！　これは、お宝です～！」

広瀬実唯菜《ひろせみいな》。まだあどけない、一〇歳の少女。おっとりとした性格をしているが、ダンスの実力はピカ一。アイドルの中でも、五本の指に入るのは間違いないだろう。

「二人とも、元気そうだね」

彼女達は、二人組アイドルユニット『ゆらゆらシスターズ』。子供から絶大な人気を誇り、ライブでは最高で五万人のファンを集めたこともある、トップアイドルだ。

「ええ。この通り、元気モリモリですわ。ナオさんも、お変わりないようで」

「みぃは、元気ですよぉ～。ナオさんにまた会えて、うれしいですぅ～！」

子供らしく、僕の足に抱き着く実唯菜《みいな》は、何だか犬っぽくて可愛《かわい》い。

「ふふふ。これが手に入ったなら、安い買い物だったぞい」

昨日の日本青年館でのチケット販売。いくらキクさんがアイドル好きとはいえ、あんな大それたことをタダで許可してくれるわけがない。交換条件として、僕が用意した『御礼《おれい》』。

それが、ゆらシスがレギュラー出演している朝番組で行う、新コーナーのアイディア。

まさか、入社して最初に作る企画書が、他事務所のアイドルの企画書になるなんてね。

本当に、世の中というのは何が起きるか分からない。

「念のため言っておきますけど、案が通らなかった時の責任はとりませんからね？」

「なはは！　ナオっちの企画書が、通らないわけがないぞい！」

そこまで信用されるのも、困りものだ。

「ふふふ。これで、また目標に一歩近づけますわ」

「みいも、もっともっと頑張ります！　目指せ二〇〇万越えです！」

ゆらシスが、毎週土曜日に必ずライブを行う理由。それは、彼女達が掲げている目標が、去年『絶対アイドル』螢《ほたる》が達成した、年間観客動員数二〇〇万を超えることだから。

そのために、その時押さえられる最も大きな会場を押さえる。

ここで、際立《きわだ》つのがキクさんの手腕だ。毎週分のライブ会場を、ゆらシスの集客力に合わせて事前にしっかりと押さえるなんて、この業界でもできるのは彼女くらいのものだろう。

「二人とも、やる気があって結構だぞい。なははは！」

「当然ですわ、キクさん。螢《ほたる》さんを越えるのは、わたくし達ですから」

全てのトップアイドルが目指す『絶対アイドル』越え。

だけど、『T·i N g S』が目指すのは……。

ライブ開始まで、残り三分。

「……で、どんなライブになりそうか、少し教えてほしいぞい」

緊迫した空気の中、隣に立つキクさんが興味深そうにそう聞いてきた。

「それなり……って、印象を持たれるんじゃないですかね」

「……え？　それはまずいぞい。だって、今日来ている人は……」

その通りだ。『T・iNgS』は昨日、無事にチケットを完売させた。

ただ、その完売させた相手は、半分以上がアイドル好きの人達。つまり、目が肥えている。

彼らが、こういった小規模な会場でのライブで探し求めているものは原石。

自分達が今後も応援するに足る可能性を秘めているか、どこまでのアイドルに成り得るか。

これまでに培《つちか》った豊富なアイドル知識で、一挙手一投足を確認し評価する。

さらに厄介なのが、彼らの求めている原石が、ただの原石ではなくダイヤモンドの原石であること。これまで数多《あまた》のアイドルのライブを観《み》てしまっているが故に、普通の原石ではもう彼らは満足できなくなってしまっている。

もちろん、可能性を示すことができなくとも、ライブを盛り上げることには協力してくれるが、そこまで。彼らは、二度と『T・iNgS』のライブへやってくることはないだろう。

そんな人達を相手に、今から『T・iNgS』はライブをやらなくてはならない。

変なプレッシャーをかけるのは危険だと判断して伝えていないけど……、彼らを満足させられるか否《いな》か、『T・iNgS』の真価はそこで分かる。

「分かっていますよ。けど、これくらい越えられなければ、そもそも先はないと思うので」

……っと、そろそろ定期ライブが始まるな。

【TiNgS】


ライブ開始まで、残り一分。

「やっと、ここまでこれたね。杏夏《きょうか》ちゃん、理王《りお》ちゃん……」

「ええ。本当に長かったです……」

「ふふん！　何言ってるのよ！　ここからが始まりでしょ！」

「うん！　そうだね！　ここは、まだゴールじゃない！　……ううん、アイドルにゴールなんてないよ！　私はずっとずっとキラキラの、シャインポストになるんだもん！」

「くすっ……。本当に、春《はる》はいつもそれですね」

「もちろんだよ！　だって、私はそのためにアイドルになったんだもん！」

「ちょっと、あんた達！　もう時間がないんだから、早く手を出しなさいよ！　ほら！」

「あっ！　そうだね！　ごめん、理王《りお》ちゃん！」

「順番はいつも通り、私、春《はる》、理王《りお》で行きましょう。では……」

「猪突猛進《ちよとつもうしん》！」

「日進月歩《にっしんげつぽ》！」

「獅子奮迅《ししふんじん》！」


「「「全身全霊！　ＴｉＮｇＳ！」」」

☆

劇場内が暗闇に包まれ、ステージだけが明るい光に照らされた。

「ふわぁ～。はじまりました～」

劇場を包み込むように流れる、ライブの開始を告げる前奏《オーバーチユア》。

その音楽に合わせて、観客が歓声をあげる。

……一分後、舞台袖からステージ衣装に身を包んだ、春《はる》、杏夏《きようか》、理王《りお》が現れた。

立ち位置は、以前のレッスンでも見ていた通り。センターに春《はる》。サイドに杏夏《きようか》と理王《りお》。

前奏《オーバーチユア》が終わりを告げ、曲が切り替わる。

彼女達が一曲目に選んだのは、以前レッスン場で僕に見せてくれたものだった。

さぁ、いよいよ始まるぞ。『T・i・N・g・S』の定期ライブが。

…………………………

…………………………

……

「……うん。そうなるよね……」

一曲目の様子を見ながら、僕はそうつぶやいた。

「……っ。……っ。……っ」

練習通りの動きを粛々とこなす杏夏《きょうか》。取り分けて目立つ要素も、心に刺さる要素もない。

抱く感想は、「駆け出しのアイドルを見せられているな」ということだけ。

「……やっ！　……んしょっ！　……わっ！　んん～！」

以前と比べると良くはなっているが、やはりワンテンポ遅れたダンスをする理王《りお》。

ギリギリ、悪目立ちしない程度にはなっているが、そこまで。しかも、ダンスに集中しすぎているせいで、まるで歌が歌えていない。……本番になって、むしろ悪化している。

「……ほっ！　……うん。……いえい！」

今日も安定感のないダンスを踊る春《はる》。場面によっては、以前にレッスンで見た時よりも下手になっているところまである……けど、ちゃんと真《ま》っ直《す》ぐに観客席を見ているね。

概《おお》ね、予想通りの展開だ。

「やっぱり、安い買い物だったぞい」

「彼女達のマネージャーがナオさん？　宝の持ち腐れですわ」

「ふわぁ〜。……むにゅ……」

キクさんとゆらシスの二人も、『T・iNgS』を『それなり』だと判断したのだろう。実唯菜《みいな》に至っては、眠たそうにあくびまでしてしまう始末。

「駆け出しのアイドルだったか……」

「ふむふむ……。歌三点、ダンス二点。体裁をギリギリ保てている程度ですね」

「伸びても、そこそこ。これじゃあな……」

それは、中列から後列にいる目の肥えたアイドル好きの人達も同様だ。

空気を読んで、かけ声は出してくれてはいるが、その瞳が映す感情は落胆。

その印象をぬぐえないまま……最悪と言ってもいい状況で、一曲目は終わりを告げた。

「皆様、本日はわざわざお越しいただき、ありがとうございます！　『T・iNgS』の玉城《たまき》杏《きょう》夏《か》です！　では皆さん、《さようなら》」

まずはお辞儀をして、次にヒラヒラと手を振った。過去のライブ映像でも、メインMCは杏夏《きょうか》が務めていたが、今日も同様のようだ。淡泊な表情のまま繰り出された一言に、前列にいるファンが「かえりませーん！」と元気よく返事をしている。

「ふふっ。お茶目なジョーク、大成功です。では、次は……」

「青天国春《なばためはる》だよ！　こんないっぱいの人達の中でライブをやるのって初めてだから、緊張しちゃった！　でも、まだまだ盛り上げちゃうから、一緒に楽しもうね！」

明るい春《はる》の一声に、観客達は元気よく「オッケー！」と答えているが、中列以降の人達の体は光り輝いている。つまり、形だけの言葉ということだ。

「聖なる舞を魅せる理《ことわり》の王者！　それが私、聖舞理王《せいぶりお》！　理王《りお》様よ！　私の超偉大なる実力に恐《おそ》れ戦《おのの》きなさい！　なぜなら、私は理王《りお》様だから！」

ふんぞり返る理王《りお》に対して、「《がんばれぇ〜！》」とほぼ全ての人達が光り輝く言葉を贈る。

ファンも含めて、まだ浸透率が低い証拠だ。

「ナオっち。再就職先を探す時は、まず私に連絡するんだぞい」

キクさんは、すでに『TiNgS』を見限ったか。だけど……

「その予定はないですよ」

僕は自信たっぷりに、そう返事をした。

「ナオっち、君をこんな場所で腐らせておくのは……」

「まぁ、二曲目もちゃんと観《み》てて下《くだ》さいよ。案外、面白いことが分かるかもしれませんよ？」

「ほむぅ……。ナオっちが、そう言うなら……」

「面白いこと、ですか？　本当に楽しませていただけるなら、幸いですが……」

「むにゅ……。今、何曲目ですかぁ～？」

いぶかしげな表情をするキクさんとナターリャ、うつらうつらと揺れる実唯菜《みいな》。

最後列にいる雪音《ゆきね》と紅葉《もみじ》も落胆を隠せない表情で、ライブを見つめている。

「……大丈夫です……。まだ始まったばかりです……」

「……うにゅ」

ステージに立つ『ＴｉＮｇＳ』も、今の会場の盛り上がりは、観客達が空気を読んだ仮初《かりそめ》のものだと気づいてしまったようだ。

ギリギリ表情には出ていないが、杏夏《きょうか》と理王《りお》の所作から不安が感じ取れる。

「みんな、見ててね！」

だけど、たった一人。会場の誰とも異なる表情を浮かべている少女がいた。

自信に満ち溢《みあふ》れた、どこまでも明るい満面の笑顔。

心の底から今この瞬間のライブを楽しみ、その気持ちのままに、

「私、今から輝くから!!」

青天国春《なばためはる》が叫んだ。

…………

……

始まった二曲目。観客の反応に変化はない。……いや、むしろ悪化した。

もう、いい。早く終わってくれ。……その気持ちが強まったからだろう。

それでも、ライブに集中はしてくれている。……いいぞ、全て予定通りだ。

「ふわっ！　ふわわっ！」

そこで、実唯菜《みいな》が寝耳に水でも受けたような反応を示した。

「みい、どうしました？　なにを、そんなに驚いて……」

「ふわぁ～！　あの子、面白いです！」

満面の笑みを浮かべた実唯菜《みいな》が、ステージに立つ一人の少女を指し示す。

「……ん？　いや、そんなはずは……っ！　まさか、アレを狙ってやって……」

「いったい、みいは……え？　もしかして……」

やっぱり、最初に気がついたのは、キクさんとゆらシスの二人だったか。

「これは、楽しめそうですわ」

そうだよ……。あの子は、アレを狙ってやっている。一曲目からそうだったからね。

三人の目を釘付《くぎづ》けにした人物。それは、『ＴｉＮｇＳ』のセンターを担《にな》う少女……

「……よいしょ！　……うん。……こうだね！」

青天国春《なばためはる》だ。

何度見ても、本当に驚くな。……彼女の調整力は。

「ナオっち、君も人が悪いよ。あれがそれなりだって？　それなりの……化け物じゃない」

久しぶりに、キクさんが変な語尾を使わずに、素で喋《しゃべ》るのを聞いたな。

種明かしをされても、チープだと思う人はチープだと思うだろう。

しかし、実際に春《はる》がやっているのは、高等技術なんて言葉でも生温《なまぬる》い超高等技術だ。

初めてのレッスンで『TiNgS』のパフォーマンスを観《み》た時、僕は理王《りお》がワンテンポ遅れたパフォーマンスだと思った。……だけど、それは大きな間違い。

あの時も、そして今も……、理王は常に、ツーテンポ遅れている。

にもかかわらず、ワンテンポ遅れていると錯覚した。……いや、させられたんだ。

いつも明るく前向きな態度を崩さない女の子……青天国春《なばためはる》によって。

理王《りお》が悪目立ちせず、杏夏《きょうか》ばかりが注目されない絶妙なバランス調整。それがあるからこそ、本来であればツーテンポ遅れている理王《りお》のダンスが、ワンテンポ遅れて観客達には観《み》える。

ここまでなら、他のアイドルでもできる人間に何人か心当たりがある。むしろ、アイドルグループではダンスの上手《うま》いメンバーが、他の子のレベルに合わせるなんてよくある話だ。

だが、春《はる》の本領発揮はここから先。

今までの春《はる》は、サイドの二人の状況を把握するために、アタフタと左右を確認していた。

だけど、今日は違う。彼女は観客全員の反応を見ることで、真《ま》っ直《す》ぐに前を向いたままパフォーマンスに集中しつつ、ステージの状況を全て把握しているんだ。

「……うん！　このくらい！　多分！」

春《はる》の武器。それは、調整力……そして、優れた観察眼。

チケット販売の時も春《はる》は、通りかかる人達全ての表情を確認し、自分達に対してどういう感情を抱いているかを的確に見抜いていた。その力をチケット販売に活《い》かしていた。

なら、その力をライブに活《い》かしたらどうなるか？　見ての通りさ。

「ふわぁ～！　あの子だけじゃありません！　みんなです！　ここにいるみんながいるから、できてます！　すっごいライブです！　こんなの見たことないです！」

「本当に、ナオっちはとんでもない手段を使ってくるね……。まさか、あえて目の肥えた厳しい評価を下す観客を集めるなんて……」

春《はる》のパフォーマンスは、彼女一人では理解させられない。他にも、様々な条件が必要だ。

「……っ！　……っ！　……っ！」

一つ目が、主軸となる『TiNgS』のパフォーマンス。

玉城《たまき》杏夏《きょうか》が決してペースを乱さず、一切のミスをせずにパフォーマンスを続けることで、観客は『TiNgS』の基本の形を理解することができる。

「……んっ！　……やっ！　……まだ、まだぁ！」

二つ目が、決して諦めない懸命な努力。

聖舞理王《せいぶりお》は、実力では至らない点があるが、気持ちだけは誰にも負けない。彼女が二人に追いつこうと挑む姿があるからこそ、観客達はたとえ落胆していてもライブから目を離さない。

「……よし！　……ここだねっ！」

三つ目が、気づかせるきっかけ。

抜群の調整力と観察眼で、状況に応じて自在にダンスのレベルを操る春《はる》。

この時点でも超高等技術なのだが、そこに加えて一つ、さらに難しいことを僕は要求した。

「やりますわね。合間のコンマ一秒だけレベルを上げて、僅かに違和感を与えたら、すぐ元に戻していますわ。少しでもタイミングがずれたら、ライブはメチャクチャになるのに」

これが、僕が最後のアドバイスで春《はる》に要求した『分《わ》かり易《やす》さ』。

ほんの一瞬……曲調が変わる瞬間のコンマ一秒だけ、杏夏《きょうか》と同じレベルのパフォーマンスを魅せることで、観《み》ている人達が気づけるきっかけを与えているんだ。

そして、四つ目の条件が……

「気のせいか？　でも、あの子……いや、やっぱりそうだ！　なんだあれ！」

「ふむふむ……。一人、いましたね。随分と面白いことをできる子が……」

「おい……。おいおいおい！　これは、大当たりなんじゃないのか!?」

三曲目。災い転じて福となす。

四つ目の条件……それは、目が、肥えて、いる、観客の存在だ。

アイドルの知識が豊富で、ライブの細かなところまで確認してくれる目の肥えたアイドル好きの観客だからこそ、『T:iNgS』の秘密に気づくことが……いや、気づいてくれるんだ。

このライブは、春《はる》だけでは成立しない。『T:iNgS』だけでも成立しない。

『T:iNgS』と、ここにきている観客だからこそ、成立する今日限りのライブ。

それが今……成り立った！

「抜群の観察力、調整力ね。……本当に、素晴らしいじゃない」

キクさんがどこか達観したような声をあげる。

「面白い子が出てきましたわ！　んんん！　たぎりますわ！」

「ふわぁ～！　楽しいですっ！　みぃ、もっと見たいです！」

ゆらシスの二人が、歓喜と闘志を宿した瞳をステージ上の春《はる》へと注ぎ続けている。

そして、最後列でライブを観《み》ている雪音《ゆきね》と紅葉《もみじ》は……

「まさか、こんな方法でライブを成功させるなんて……」

「か、かつてない衝撃……」

自分達の予想だにしない事態に、驚きを隠せない様子だ。

「「「「ハルルン！　ハルルン！　ハルルン！」」」」

劇場を破壊しかねない程の歓声が、一斉に響きわたる。

一曲目の時の様子が嘘《うそ》のように、全員が『T:iNgS』に釘付《くぎづ》けになっている。

アイドルが想《おも》いを伝え、観客がその想《おも》いに応える。

たった一度だけの奇跡……、本当の輝きが生まれた、理想的なライブの形だ……。

「春《はる》ちゃんに、お任せあれ！」

曲終わり、春《はる》がイタズラめいた笑顔でそう言うと、再び歓声。

その歓声は、今まで彼女達がずっと待ち望んでいたもので……

「杏夏《きょうか》ちゃん、理王《りお》ちゃん、もっともっと……もぉぉぉっと！　盛り上げちゃおうね！　大丈夫！　私達ならできる！　多分！」

「はい！　来てくれた方々に満足してもらう！　アイドルとして当然の矜持《きょうじ》です！」

「あたりまえでしょ！　何度でも、ずっと来たくなるようなライブをやってやるんだから！」

「二人とも気合はバッチリだね！　じゃあ、次の曲にいってみようか！」

「せーの……」

「「「TOKYO WATASHI COLLECTION!!」」」

きっと、ステージ上に立つ彼女達は、忘れてしまっているんだろうな。

今日のライブの結果次第で、僕がマネージャーをやめてしまうかもしれないということを。

だけど、それでいい……。それがいいんだ……。ライブは、アイドルとファンのもの。

アイドルはファンだけを想《おも》い、ファンはアイドルだけを想《おも》う。

他は、全部余計な雑念なんだからね。


アンコールに応え、ラストの曲を歌い切ったところでライブは終了。

一曲目の時の最悪な状態が嘘《うそ》のような、名残惜しさと高揚感に支配された専用劇場。

そこに、落胆の表情を浮かべる人なんて、誰一人として……いや、三人だけいたな。

「皆様、本日はお越しいただきありがとうございました！　よろしければ、また観《み》に来《き》ていただけると幸いです！」

「みんな、また来てね！　また一緒に楽しもうねっ！」

「ふふん！　当然来るわよね！　だって、この理王《りお》様がいるんだもの！」

三人の言葉に、やってきた観客達が「もちろんだよ！」と元気な声で返答。

その中に、光り輝いている人なんて誰もいない。

間違いなく、『T·i·NgS』は今日のライブで一歩前へ踏み出した。

「これは、次も来ないとダメだな！　『T·i·NgS』は、間違いなく伸びる！」

「ふむふむ……。確実に『T·i·NgS』は昇りますね。……となると、こうして気軽に会えるのも今だけかもしれません。しばらく、付き合わせていただきましょうか」

「ゆらシスもいいけど、『TiNgS』もいい！　あぁ、ライブがかぶったらどうしよう？」

意気揚々と、来週分の定期ライブのチケット販売が行われている列へと並ぶ観客達。

自分達のすぐそばに、トップアイドルのゆらシスがいることに気づかぬままに……。

「はぁ～、またナオっちにやられた……。根こそぎ持っていかれて、高い買い物になっちゃったじゃない。……まさか、ふむ姉さんまで持ってかれるなんて……」

ダメ押しの大成功を示す、キクさんの言葉。

今日来ている人達の半数以上は、元々はゆらシスのファンだ。

恐らく、キクさんの中では『TiNgS』のライブを観《み》ても、ファン達の心はゆらシスに押さえられると、駆け出しのアイドルになんて負けないと思っていたのだろう。

だけど、実際の結果は違った。

青天国春《なばためはる》によって、彼らはゆらシスと『TiNgS』のファンになってしまったのだから。

……ちなみに、『ふむ姉さん』とは、アイドル好きの中でも特に辛口な評価を下す、その界隈《かいわい》では少々有名な人だ。毎回、ライブ中に「ふむふむ……」と言うので、一部から『ふむ姉さん』と呼ばれているが、本名は誰も知らない。

「キクさん、すぐに帰りましょう。わたくし、レッスンをしたいですわ」

「みいも、みいも！　みい、あの子より上手《うま》くなる！　もっとがんばる！」

春《はる》に触発された二人が、やる気に満《み》ち溢《あふ》れた声を出す。

「ふふふ。さすが、ナオっちがマネージャーを務める子達なだけあるね。……三人共、とても素敵な才能を持っているじゃない」

さすがキクさん。たった一回のライブで、そこまで見抜いてきたか。

そう……。春《はる》だけじゃない。玉城《たまき》杏夏《きょうか》、聖舞理王《せいぶりお》……彼女達にも別の輝きがあるんだ。

「今のあの子達なら、話にならない。だけど、もしもあの才能を開花させたら……あぁぁぁぁぁ！　こっちも気を引き締めないといけなくなっちゃったじゃん！」

キクさんが、嬉《うれ》しそうに文句を叫んだあと、パチパチと両手で自分の頬を叩《たた》いた。

「ほんじゃ、私達は帰るぞい！　……あっ！　もうチケット販売には協力しないぞい？　どんな損害を受けるか、分かったものじゃない！」

ちぇ……。さすがに、そこまで甘くはなかったか。

「失礼しますわ、ナオさん。よろしければ、今度はゆらシスのライブに来て下さい」

「バイバイです、ナオさん！　また、いっしょに遊ぶの楽しみにしてるですー」

「うん。二人とも頑張ってね。応援してるから」

最後にそう言葉を交わすと、キクさんとゆらシスの二人は劇場をあとにしていった。

さて、そろそろ僕も行こうかな。

「マネージャー君！」「あっ！　マネージャーさん！」「マネージャー、きたっ！」

舞台裏へ向かうと、三人の少女が活気あふれた笑顔で僕を見つめてきた。

「ありがどぉぉぉぉぉ!!　私、こんなことができるなんて知らなかった！　こんなにいっぱいの人達に喜んでもらえるなんて、知らなかった！　ありがとぉ……ありがどぉぉぉぉぉ!!」

涙でグチャグチャになった笑顔を、僕へ向ける春《はる》。

「本当に、ありがとうございます。こんな素敵な……劇場に来ていただけた方、皆様に満足していただけたライブができたのは初めてで……本当に、ありがとうございます！」

瞳に涙を浮かべながら、杏夏《きょうか》が深々と僕に頭を下げた。

「今日のライブすごかった！　いつもと全然違う！　こんなに、『TiNgS』がみんなの力になれたの初めて！　すごかった、すごかった！　また、こんなライブやりたい！」

八重歯をのぞかせる、無邪気な笑顔の理王《りお》は、感情のままに飛び跳ねている。

僕も自然と笑みがこぼれる反面、寂しい気持ちもあったので、

「僕も、臨時マネージャーとして誇らしく思うよ」

少しだけ、いじわるをしてしまうのであった。

「「「あっ！」」」

まったく、ライブが終わったら思い出してくれてもいいじゃないか。

「ダ、ダメだった、かな？　一応、私なりにやってみたんだけど……」

感情を的確に見抜き、自分のレベルを自在に操る調整力を持つ少女……青天国春《なばためはる》。

「あの、えと……、それで……」

教科書通りのことしかやらず、……いや、教科書通りのことしかやらないからこそ、新しい可能性を秘めた少女……玉城《たまき》杏夏《きょうか》。

「ね、ねぇ、いいでしょ？　あの、ダメなところは頑張るから……、だから……」

二人の足を引っ張っていると思ったら、本当に引っ張っていたのは自分の足で、本人すらも気づいていない才能を持つ少女……聖舞《せいぶ》理王《りお》。

僕の臨時マネージャーとしての仕事は、もう全て終わっている。

だから、ここからは……

「今日から、君達の専属マネ、ー、ジャ、ー、になる日生《ひなせ》直輝《なおき》だ。よろしくね」

専属マネージャーとして、仕事を始めないとね。

「正式に君達の専属マネージャーになるよ。……いや、やらせてほしい」

こんな面白い子達を、放っておけるわけがないじゃないか。

「わぁぁ！　こちらこそ、これからもよろしくね！　マネージャー君！」

「よかった……っ！　本当に、よかったです……っ!!」

「〜〜〜っ！　やったぁぁぁぁぁ!!」

目指してみよう。優希《ゆうき》さんが目指す、誰も辿《たど》り着《つ》いたことのない未来へ。

だけど、まだまだ問題は山積みだ。今日は、あくまで目の肥えた観客がいたからこそ、通用したライブ。もし普通の観客だけだったら、大失敗もいいところだったろう。

誰が観《み》ても楽しめるライブ。そこに、『TiNgS』はまだ至っていない。

今のままの彼女達では、たとえ定期ライブを成功させることができても、噴水広場でのライブを成功させることはできないだろう。……今のままならね。

「これで……、これで本当にスタートラインです！　ありがとうございます、マネージャーさん！　これからもよろしくお願いします！　《やっと、私の夢が叶《かな》えられます！》」

「東京ドームまったなしね！　《この調子で、私の偉大さを世界に轟《とどろ》かせてやるわ！》　なぜなら、私は理王《りお》様だから！」

定期ライブで大成功をおさめながらも、未《いま》だ嘘《うそ》をついてしまう杏夏《きょうか》と理王《りお》。

彼女達の壁は未《いま》だ残っていて、その正体は分からないままだ。

だけど、二ヶ月後までに必ず間に合わせてみせる。

春《はる》だけじゃない。杏夏《きょうか》と理王《りお》が持つ、とびっきりの才能を開花させてみせる。

「今日はほんっとに大満足！　いいことしかなくて、困っちゃうよ！　この調子で、噴水広場のライブもばっちり成功させてみせるんだから！　だって、私は……」

今日のライブの立役者、青天国春《なばためはる》が大成功を噛《か》みしめるように両拳を握りしめる。

アイドルとしての夢、大成功への喜び、手に入れた多くのファン。

それら全ての想《おも》いを爆発させるかのように、

「シャインポストになるんだもん！」

TiNgS!

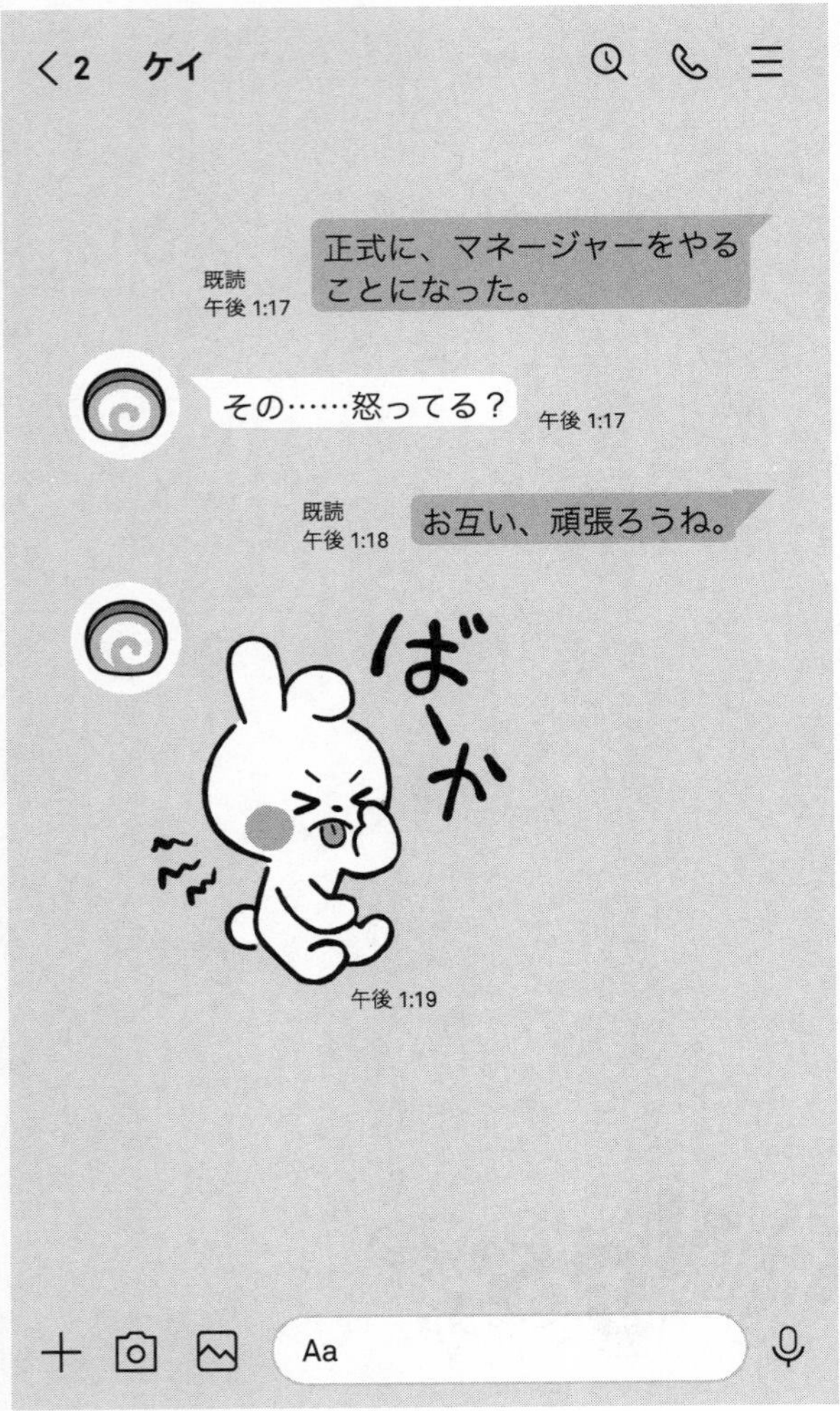

2
ケイ
正式に、マネージャーをやることになった。
既読
午後 1:17
その……怒ってる？
午後 1:17
既読
午後 1:18
お互い、頑張ろうね。
ばーか
午後 1:19
Aa

SHINE POST
シャインポスト

Did you know? The most ordinary, natural, and unique magic to make me an absolute idol

第四章
玉城杏夏は
《センターに立たない》

あの定期ライブから、一週間と一日が経《た》った四月下旬の月曜日。

『T·iNgS☆正式専属マネージャー』と、派手な装飾をされた椅子の背もたれに寄りかかりながら、僕は思案する。

今のところ、彼女達の調子は悪くない。あの日の定期ライブで、『T·iNgS』が得たファンはアイドル好き。彼らが持つ独自のネットワークのおかげで、『T·iNgS』(主に春《はる》だが……)の評判が拡散され、自然と興味を持つ人が増えてきたからだ。

その証拠に、土曜日のチケット販売は劇場前で即完売。

事前販売の時点で半数以上がさばけていたが、残ったチケットが僅か二〇分でなくなったのは、三人にとっても驚きだったようで、飛び跳ねるように喜んでいた。

……が、それで何もかもが順調とはならない。

確かに『T·iNgS』の評判は上々。だけど、それはあくまでもアイドル好きの中でだけ。

ようするに、一部の玄人《くろうと》にしか受けていない。

今の『T·iNgS』の魅力を理解して楽しむためには、『アイドルファンとしての知識』が必要不可欠となり、一般的な人達に自分達の魅力を理解してもらえないんだ。

「だからこそ、優希《ゆうき》さんは噴水広場を押さえたんだろうな……」

六月中旬に『ＴｉＮｇＳ』がミニライブを行う会場は、サンシャインシティ噴水広場。

会場を埋められなかった場合、『ＴｉＮｇＳ』は解散。

この条件から見えてくる、優希《ゆうき》さんが『ＴｉＮｇＳ』に求めているもの。

それは、『一般受け』だ。

もしも、これが二〇〇〇人規模のライブ会場を埋めろという条件だったら、ライブが始まるまでに二〇〇〇人のファンを獲得して、チケットを完売しなくてはならない。

だけど、噴水広場で行われるミニライブはそうじゃない。

まず、根本的にチケット販売自体を行わなくても問題ないので、明確に二〇〇〇という数字を達成しなくてもいい。あくまでも、目視した範囲で噴水広場が埋まっていればいいんだ。

つまり、実際には二〇〇〇に僅かに届かなくても、情状酌量の余地はあるということ。

加えて、今回のミニライブで最も重要視されているターゲットは、アイドル好きのファンではなく、アイドルにあまり興味のない一般客。

そういう人達でも楽しめる『分《わ》かり易《やす》い魅力』を手に入れて、ライブが終わるまでに約二〇〇〇人の観客を獲得して、噴水広場を埋めることができれば、『ＴｉＮｇＳ』は解散という未来を迎えずに済む。

「どうしたものかな……」

春《はる》がぶつかっていた一つ目の壁を乗り越えたことで、『T・iNgS』は本来の力の一端を発揮できるようになったが、それはあくまでも『一端』。

未《いま》だに残っている壁によって、彼女達の実力の全ては発揮できていない。

抜群の観察眼と調整力を操ってライブを盛り上げる春《はる》はもちろん、杏夏《きようか》と理王《りお》も本人達は気づいていないが、素晴らしい可能性を秘めたアイドルなんだ。

いったい彼女達はどんな壁にぶつかって……ダメだ。ここでこれ以上頭を悩ませていても、何も進展しない。ひとまずは、あの子達にこれからの予定を伝えないとね。

「ねぇ、『モーニングキッズ』で先週から始まったゆらシスの新コーナー、知ってる？」

「ゆらゆらダンスチャレンジでしょ？　すごい話題になってるよね」

「始まってから、視聴率二%も上がったらしいね。あんないい企画、誰が考えたのか……」

正面に座る先輩達の会話を耳にしながら、僕はレッスン場へと向かっていった。

さぁ、未来への第一歩を踏み出そう。

☆

「ねぇねぇ、春《はる》、杏夏《きようか》！　見て見て！　これが、理王《りお》様の編み出した新たなる究極のパフォーマンス、『リオ・ザ・タイフーン』よ！　すごいでしょ？」

「わぁ〜！　理王《りお》ちゃん、かっこいい！　これなら、大盛り上がり間違いなしだね！」

「ただ回っているだけですね」

未来への第一歩は、断崖絶壁だったかもしれない。

レッスン場で僕が最初に目にしたものは、手を広げてクルクルと回る理王《りお》。

そんな理王《りお》に対して、明るい笑顔で拍手を送る春《はる》と、冷めきった態度の杏夏《きょうか》。

これ、僕が担当してるアイドルグループなんですよ……。

「あっ！　マネージャー君だ！」

「え？　マネ……んきゃっ！　い、痛い……」

「回っているのに、急に止まるからですよ。……マネージャーさん、どうしたのですか？」

ほんの一瞬だけ現実逃避をしていた思考を戻して、僕は彼女達の下へと向かった。

「昨日はお疲れ様。大盛り上がりだったね」

「つつつ……。ふふん！　当然よ！　なぜなら、私は理王《りお》様だから！」

観客の半分以上は、春《はる》目当てだったけどね。まぁ、理王《りお》が頑張ってくれるからこそ、春《はる》の技術が引き立つわけだけど……このままだと、君、やばいよ？

「理王《りお》、調子に乗ってはダメですよ。……その、色々とありがとうございます。マネージャーさんのおかげで、劇場の定員を満たせるようになったので……」

謙虚に頭を下げる杏夏《きょうか》。彼女のライブでの評判は、良くもなければ悪くもない。

一部のファンを除いては、『普通』という印象を抱かれているだけだ。

「君達が頑張ったからこその結果だよ」

「私は、サイドにいるだけですよ……」

表情を曇らせ、諦観した言葉。羨望《せんぼう》の眼差《まなざ》しの方角は右隣。春《はる》だ。

「それでそれで！　マネージャー君は、どうしてレッスン場に来たの？」

杏夏《きょうか》の気持ちを悟ってか、普段より一割増しの元気で僕に問いかける春《はる》。

「少しレッスンの様子を見にね。それと――」

「分かったわ！　東京ドームね！」

「違います」

このくだり、二週間前もやった。

「なによ、マネージャーのケチ！」

ほほう。定期ライブの度に、どこぞの超高級プリンを要求されても、嫌な顔一つせずに応えているこの僕に「ケチ」と申したか？　いい根性をしているではないか。

「理王《りお》、非現実的過ぎますよ。その前に私達には、やるべきことがあるではないですか」

「そうだよ、理王《りお》ちゃん！　東京ドームの前に、噴水広場だよ！」

「まぁ、そうね！　噴水広場も理王《りお》様に相応《ふさわ》しい会場と言って差支《さしつか》えはないわ！」

差支《さしつか》えがありまくるから、困っているんだけどね。

今日はそのあたりの事情を、ちゃんと説明しようと思っていたんだけど……

「はぁ～！　楽しみだなぁ！　専用劇場よりずっと大きい場所で、たっくさんの人の前でライブができるなんて、考えるだけでワクワクが止まらないよ！」

「そうですね。とても大きなチャンスです。絶対に成功させ……いえ、専用劇場を満たすことのできた私達なら、絶対に成功するに決まっています！」

「ふふーん！　当然の話ね！」

笑顔が希望に満《み》ち溢《あふ》れすぎていて、とても言いづらい。

「ねぇねぇ、杏夏《きょうか》ちゃん。噴水広場って、どのくらいの人に観《み》てもらえるか知ってる？　すっごく大きな会場なんでしょ？」

「ええ、地下一階から三階までの吹抜け構造になっていて、確か人数は……最大で二〇〇〇人程の人が観《み》ることができたはずです」

「二〇〇〇人！　そんな沢山の人に観《み》てもらえるの⁉」

「といっても、今の私達にはそこまでの人を集めるのは難しいと思います。……なので、二〇〇〇という数字はあくまでも夢物語の最大値と考えるべきですよ」

まさにその通りなんだけど、それだとアウトなんだよね……。

「そうですよね、マネージャーさん？」

やめて、そんなキラキラした目で僕を見ないで。

「ぼ、僕としては、二〇〇〇を絶対に満たしたいかなぁ〜って……」

「ふふふ。相変わらずマネージャーさんは厳しい人ですね。わざと不安を煽《あお》るような態度をとって、私達に危機感を与えてくれているのでしょう？」

知らぬが仏。果てしなきポジティブシンキングである。

「残念ですが、お見通しですよ」

残念ですが、お見通せていませんよ。

予定変更。解散について伝えるのは、やめておこう。

これだけ楽しみにしていて、やる気に溢《あふ》れているんだ。

その気持ちを削《そ》ぐことは、絶対にしてはいけない。

「ひとまず、これからのことを相談させてもらってもいいかな？」

「うん！　噴水広場を成功させるための作戦会議だね！」

大丈夫。本人達が知らなかったとしても、最終的に噴水広場を埋められるだけの知名度と実力を身につければ万事解決。何も問題は……きっついわぁ。

「定期ライブだけど、次からは特典会を導入しようと思うんだ。……どう？」

『TiNgS』は今、着実にファンを増やしている。

だけど、ファンは一度ファンになってもらったらそれで終わりじゃない。

より一層強い絆《きずな》で結ばれるためにも、ファン一人一人と直接交流する特典会などのイベントは積極的に入れていくべきだ。

「特典会ですか……。具体的には何をするのでしょう？」

「まずは、握手会からかな」

この件を彼女達に相談したのは、アイドルによっては特典会を避けるケースもあるからだ。

理由は主に二つ。

一つが、人気の差が顕著に表《あら》われてしまうから。

特典会は、それぞれのファンが推しのアイドルと交流するイベントだ。

だからこそ、人気のあるメンバーには長い列が、人気のないメンバーには短い列ができる。

それは、どちらにとってもいい結果を残さない。

ただ、『T·iNgS』の場合は、このデメリットを解消する方法が存在するから問題ない。

むしろ、問題はもう一つのほうだ。

それが、マナーの悪いファンの存在。

特典会に於《お》いて、極々稀《まれ》に悪質なファンが紛れているケースがある。

アイドルに対して無礼な態度を取ったり、不躾《ぶしつけ》な発言をする。

ファン本人としては悪気がないケースもあるが、特典会を通して傷ついてしまって、もう二度と特典会に参加しないと決めたアイドルなんて、ごまんといる。

だから、もしも彼女達が特典会を避けたいのであれば……

「なにそれ、すっごい素敵！　私は大賛成だよ！」

「私もです。ファンの方々と直接交流できる機会は、多いに越したことはありません」

「ふふーん！　この理王《りお》様の偉大さを余すことなく伝えてやるわ！　変なことを言ってくる奴《やつ》がいたら、プリンプリンの刑に処してやるんだから！」

その心配はなかったみたいだね。

特典会のデメリットを理解しつつも、メリットを優先する。前向きなアイドルらしい選択だ。

「じゃあ、次の話にいこうか」

さぁ、前座はここまで。いよいよ本題に突入しよう。

「噴水広場でのミニライブに向けて、君達にそれぞれ教えてほしいことがある」

僕の少し神妙な声色を感じ取ってか、三人の表情が自然と引き締まった。

楽しみにしつつも、やるからには本気でやる。そんな気持ちがよく伝わってくる。

「折角の公演だし、最高のものにしたい。だから、現在の活動において君達に悩みがあれば、教えてほしいんだ。悩みを抱えたままだと、最高のパフォーマンスは発揮できないでしょ？」

優希《ゆうき》さんが言っていた「メンバーそれぞれがぶつかっている壁」。

グループのために負担を背負い込んでいた春《はる》とは別に、杏夏《きょうか》や理王《りお》にも間違いなく何か大きな悩みがある。そして、それが原因で自分の才能を発揮しきれていない。

僕は、もう臨時マネージャーじゃない。『T・i N g S』の専属マネージャーだ。

彼女達の悩みなら、どんなことでも力になってみせる。だから――

「最近ちょっとご飯が美味《おい》しくて体重が……って、マネージャー君！　こんなこと女の子に言わせるなんて、デリカシーないよっ！」

春《はる》さん、ちょっとその悩みは力になりづらいです。して、理王《りお》と杏夏《きょうか》は……

「《別に悩みなんてないもん！》」

「《特に悩みなどありません》」

あ、そっすか……。

「教えてくれて、ありがとう」

「なんですか、そのしかめ面《つら》は？」

「今の感情を、素直に表現した結果だよ」

僕の《眼《め》》は、あくまでも嘘《うそ》が見破れるだけだ。

だから、彼女達に悩みがあるのは分かるけど、その正体までは分からない。

自分だけが持つ能力だからこそ、その能力の限界を理解させられると、ジレンマがある。

ただ、そう簡単に話せる悩みだったら、そもそも抱え込むようなことはしない、か……。

仕方がない。切り替えていこう。

「それじゃあ、僕はオフィスに戻るから、君達はレッスンを続けてくれ。……それと、次の定期ライブの選曲は君達に任せるよ。決まったら、教えてもらえるかな？」

「分かりました。理王《りお》、春《はる》……まずはミーティングをしましょう。定期ライブでやる曲の選定。レッスンは、その曲に合わせて行う方向にします」

「オッケー！　それじゃ、大盛り上がりする曲を選んじゃおう！」

「ふふん！　構わないわよ！　なんでもきなさい！」

☆

「……どうしろと？」

オフィスに戻りスマートフォンを確認すると、『ばーか』というメッセージが全部で五七件。若干恐怖を感じながらも、『すみません』と返信。直後、スマートフォンの画面を下に向けて机に配置。二分後に不吉な振動を示したが、仕事中なので確認はしていない。

「ひとまずは、噴水広場までのプランニングだ。今のままだと間違いなく――」

「『T・i・N・g・S』は、解散することになるだろうな」

「え!?」

背後から端的に聞こえてきた言葉に、内心で心臓が飛び出しそうなくらい驚きながらも、どうにか冷静さを装《よそお》って振り向く。すると、そこには……

「やぁ、マネージャーちゃん」

「やほ、マネージャーたん」

祇園寺《ぎおんじ》雪音《ゆきね》と伊藤《いとう》紅葉《もみじ》が立っていた。

「な、何の用かな？」

しまった。冷静さを装《よそお》うとしたのだけど、声が震えてしまった。

「なに、少しブライテストに寄りがてら、哀れな未来が約束されている『T·iNgS』について、マネージャーちゃんがどう考えているかを聞きに来ただけだ」

「噴水広場が失敗したら、『T·iNgS』はおしまい。かつてない危機」

「なんで君達がそのことを知っているのかな？」

僕は『T·iNgS』の三人はもちろん、社内の誰にも優希《ゆうき》さんが『T·iNgS』に提示した課題については話していない。なのに、どうして雪音《ゆきね》と紅葉《もみじ》は……

「《偶然にも、マネージャーちゃんと優希《ゆうき》さんの会話を耳にしてな》」

「《マネージャーたんが初めてブライテストに来た日に、たまたま聞いちゃった》」

なるほど。どうやら、僕と優希《ゆうき》さんの会話を盗み聞きしていたようだ。

「サンシャインシティ噴水広場……無料で観《み》られるミニライブとは、気軽に来られるというメリットはあるが、所詮はミニライブという印象を持たれる。故に、わざわざ足を運んでくれる観客というのは限りがあるだろう」

「今の『T·iNgS』の面白さは、普通の人には絶対分からない。だから、集められても二〇

○くらい。これはとてもピンチ」
「二人とも詳しいね」

「このくらい、アイドルとして当然だ」

「だ！」

言葉ではそう言いつつも、誇らしげな表情を浮かべる雪音《ゆきね》。

紅葉《もみじ》は腰に両拳をつけて、胸を張っている。

「して、優希《ゆうき》さんからの課題は『T・iNgS』にも伝えているのか？」

「いや、伝えてないよ。変にプレッシャーを与えると、悪い結果を生み出しそうだからね」

「むぅ……。それは、つまらんな」

雪音《ゆきね》が、顔をしかめた。

「どういうことかな？」

「『T・iNgS』の問題を、本人達が理解していないのはつまらん」

真《ま》っ直《す》ぐに僕を見つめて、雪音《ゆきね》がそう言った。

「たった一週間で、『T・iNgS』を劇場が満員にできるようになるまでに成長させた手腕は評価に値するが、マネージャーちゃんは随分と視野が狭いな」

ほんの一瞬だけ、真《ま》っ直《す》ぐに僕を見つめていた雪音《ゆきね》の瞳が逸《そ》れた。

「視野が狭い？　いや、僕は……」

「『TiNgS』に言ってやればいい。噴水広場のライブに、どんな難題が潜んでいるかを」

――ナオは、何でも一人で抱え込みすぎ。

ふと、以前に幼馴染《おさななじみ》から言われた言葉が頭をよぎった。

「マネージャーたんが言えないなら、私が言おうか？」

「絶対にやめてくれ」

「むぅ……。じゃあ、私と雪音《ゆきね》たんからは言わない」

「頑固者だな……。しかし、そう言うのであればマネージャーちゃんの意志を尊重しよう」

もしも、雪音《ゆきね》と紅葉《もみじ》から解散の事実が伝えられてしまったら、かなり厄介な事態を生み出してしまう。だけど、その心配はなかったらしい。

「……が、私様と紅葉《もみじ》が言っていることに間違いはないと思っていいか？」

「うん。今のままだと、噴水広場を埋められずに、『TiNgS』は解散することになる。

……君達の言っていることに間違いはないよ」

「ふっ……」「にんまり」

僕からその言葉を聞くと、雪音《ゆきね》と紅葉《もみじ》が満足気に微笑《ほほえ》んだ。なぜだ？

「やはり、視野が狭いな」

「一応、僕なりに彼女達のことをちゃんと見てるつもりなんだけど？」

「約束通り、私達は言わなかった。言ったのはマネージャーたん」

「うむ。これは、マネージャーちゃんの自業自得《じごうじとく》だ」

言ったのは僕？　自業自得《じごうじとく》？　意味が分からない……んだけどさ、何だか雪音《ゆきね》と紅葉《もみじ》の視線がおかしくないかな？　僕じゃなくて、まるでその後ろにいる誰かを見ているような……

「くっくっく……。話は聞いたな？　精々足掻《あが》いてみるといい」

意地の悪い笑みを浮かべる雪音《ゆきね》。背後から、一枚の紙が地面に落ちる音。

全身を駆け巡る悪寒《おかん》のままに振り返ると、

「えっと……ミ、ミニライブの選曲が終わったから……報告に来たんだけど……」

そこには、引きつった笑顔を浮かべる春《はる》が立っていた。

「もしかして、聞いちゃった？」

「き、き、き……聞いちゃった……」

ですよねぇ～！　そういう展開ですよねぇ～！

「春《はる》、よかったじゃないか。噴水広場のライブが成功すれば、君の夢にまた一歩近づくことができるぞ。……まぁ、失敗したら断崖絶壁から落ちることになるがな」

「今の『ＴｉＮｇＳ』には絶対無理だと思うけど、楽しみにしてるね」

最後に、嫌味成分たっぷりな言葉を残すと、『ゆきもじ』は満足気に去っていった。

そして、その場に残されたのは僕と春《はる》の二人になったので、

「……とりあえず、会議室に行こうか」

これからは、もっと視野を広く持とう。そう固く決意をした。

「うん、選曲に関しては問題ないね」

会議室に春《はる》と二人で入室した後、すぐに本題に入るのをためらった僕は、まずは春《はる》から受け取った選曲リストを確認。言葉の通り、全く問題はないのだけど、疑問が一つ。

僕がマネージャーについてからこれまでのライブで、『T:iNgS』には絶対にライブでやらない曲が二曲存在する。

しかも、うち一つの曲は、過去の映像でも一度も歌われていなかった。

まだ、そこまで持ち曲が多いわけでもないし、バリエーションを持たせるためにも……いや、今はそれよりも気にすべきことがあるか……。

「それじゃあ、さっきの話をしようか」

選曲リストをたたんだ後、覚悟を決めて、僕はそう言った。

「聞き、間違いだよね？　噴水広場のライブが失敗したら、私達が……、『T:iNgS』がカイサンなんて……、私の聞き間違い、だよね？」

会議室で僕の正面に座る春《はる》が、震える声で一言。

ここで、「うん、聞き間違いだよ」と言えば、素直な春《はる》なら信じてくれるかもしれないが、

「ごめん。聞き間違いじゃないいんだ……。噴水広場のライブで二〇〇〇人を集められなかった

ら、『T・iNgS』は解散。これはもう決定事項だ」

聞かれてしまった以上、ごまかすのはなしだ。ちゃんと真実を伝えよう。

「……そっか。……そっか。……そっかぁ～……」

僕から告げられた真実がよほど効いたのか、春《はる》がしょんぼりと落ち込む。

「うん！　分かったよ！　なら、頑張らないとだね！」

が、すぐさま顔を上げて、いつもの明るい笑顔を僕に向けてくれた。

この子はすごいな……。まさか、こんなすぐに気持ちを立て直すなんて――

「まさかまさかの展開にビックリだよ！　私達が海の幸になるなんてさっ！」

「それは海産。僕が言ってるのは、解散です」

どうやら、現実逃避に走っただけのようだ。

「ひどいよ、マネージャー君！　僅かな可能性に賭けたのに！」

どこにその可能性を見出《みいだ》したのか、問いただしたい気持ちでいっぱいだ。

「どどど、どうして！　どうして、私達が解散なの⁉　これからって時にどうして⁉」

現実へ戻って来てくれて何よりだ。問題は何も解決してないけど……。

「マネージャー君！　私と一緒に優希《ゆうき》さんにお願いして、噴水広場のライブを中止にしてもらおうよ！　解散なんてやだよ！　『TINGS』がなくなっちゃうなんて。やだよぅ……」

瞳に涙をにじませ、必死に訴える春《はる》。彼女の気持ちは痛いほど分かる。だけど……

「ダメだ。噴水広場のライブは決行する」

「どうして⁉　だって、今の私達じゃ……っ！」

「一年間で、それに見合った結果を出せないグループに先はないよ」

「定期ライブで、劇場を埋められるようになったじゃん！」

「それで十分だと、本当に思ってるの？」

「……っ！」

もちろん、普通のアイドルなら十分だ。厳しすぎることを言っているのは、分かっている。

だけど、優希《ゆうき》さんは『ＴｉＮｇＳ』に『普通のアイドル』なんて求めていない。

求めているのは、トップアイドルを越えた『絶対アイドル』の領域。限界の向こう側だ。

「なら、マネージャー君にはあるの？　私達が噴水広場で、ちゃんとライブを成功させられるようになる方法が？」

「なかったら、こんな話はしないさ」

確かに、噴水広場は今の『ＴｉＮｇＳ』にとって難しすぎる会場だ。

だけど、あくまで難しいだけ。決して、不可能な会場ではない。

「本当にあるんだよね？　気休めで言ってるんじゃないんだよね⁉」

「君達ならもっと先にいける。そう確信しているからこそ、中止にしないんだ」

真《ま》っ直《す》ぐに僕を見つめる春《はる》の瞳を、真《ま》っ直《す》ぐに見つめ返す。

「………分かった。………………分かったよ」

僅かな沈黙の後、春《はる》が小さな決意を口にした。

「私、頑張る！　絶対に、絶対に『T:iNgS』を解散になんてさせない！　ぜぇ～ったいに噴水広場のライブを成功させて、優希《ゆうき》さんをビックリさせてやるんだから!!」

元気いっぱいに立ち上がり、拳を握りしめる。

予想外の事態だったけど、解散のことを知ったのが春《はる》でよかった。

「その意気だよ」

「まっかせてよ！　やると決めた時の私はすごいんだから！」

一つの壁を乗り越えられた今の春《はる》は、『T:iNgS』で一番頼りになる存在なのだから。

「あっ！　でも、マネージャー君、このことは杏夏《きょうか》ちゃんと理王《りお》ちゃんには内緒にしてもらってもいい？　二人に、変な負担はかけさせるわけにはいかないもん！」

「分かった。杏夏《きょうか》と理王《りお》には、内緒にしておくよ」

というか、僕も最初からそのつもりだったしね。

「ありがとっ！　……よぉ～し！　マネージャー君、そうと決まれば作戦会議だね！」

「え？　作戦会議？」

「教えて！　マネージャー君が、これからやろうとしてること！　どうしたら、『T:iNgS』が噴水広場のライブを成功させられるか！　私も協力するから！」

意気揚々とテーブルを叩《たた》き、前に乗り出す春《はる》。本当に、前向きな子だ。

確かに、僕は一人で抱え込みすぎていたのかもしれないな……。

「分かった。実はね——」

それから、僕は春《はる》に伝えた。杏夏《きょうか》や理王《りお》が、何らかの壁にぶつかっているであろうこと。

そして、その壁が原因で彼女達が本来の力を発揮できずにいることを……。

「良かった……。マネージャー君も杏夏《きょうか》ちゃんと理王《りお》ちゃんに悩みがあること、ちゃんと気づいてくれたんだね！　まだちょっとしかいないのに、さすがだよ！」

「まぁ……、そのくらいはね」

自分の《眼《め》》で見抜いたとは言えないけど。

「杏夏《きょうか》ちゃんと理王《りお》ちゃんが悩みを解決して、みんなに魅力を伝えられるようになったら、噴水広場のライブなんてちょちょいのちょいだね！　よぉ〜し、マネージャー君！　私達で二人の悩みを解決しちゃおう！」

フンフンと少し荒い鼻息を吐きながら、やる気満々な態度。

「そうだね……。ありがとう、春《はる》」

「お礼を言うのはこっちのほうだよ！　いつも私達を助けてくれて、ありがとっ！」

そんなことないさ。僕も、君達には本当に助けられているんだから。

「ちなみに、春《はる》は二人の悩みに心当たりはあったりする？」

「う～ん……。それが、あんまりないんだよねぇ。杏夏《きようか》ちゃんは真面目でしっかり者だし、理王《りお》ちゃんはいつも元気いっぱいでしょ？　……だけどさ、レッスンの時、たまに二人がどこか遠慮してる時があって……それで、何か悩みがあるって気がついたんだけど……」

さすが、良い《い》観察眼を持つだけある。

ただ、その観察眼を以《もつ》てしても悩みの正体までは見抜けていない。……難しそうだな。

「でも、大丈夫！　私、完璧な作戦が思いついちゃったから！」

「完璧な作戦？」

「春《はる》ちゃんにお任せあれ！」

元気なVサイン。どうやら、相当自信がある作戦のようだ。

「というわけで、善は急げだよ！　さぁ、マネージャー君！　私と一緒にレッスン場に行って、二人の悩みを教えてもらっちゃおう！」

「え？　ちょ、ちょっと、春《はる》！」

「ほら！　急いで急いで！　早く来ないと、おいてっちゃうよ！」

いや、完璧な作戦があるなら、その内容を……あぁ、ダメだ。

あっという間に会議室を飛び出して、レッスン場に向かってしまった。

「杏夏《きょうか》ちゃん、理王《りお》ちゃん、お待たせ！　マネージャー君に選曲の報告をしてきたよ！」

「報告にしては随分と時間が……おや？　なぜ、マネージャーさんまで？」

「分かったわ！　この理王《りお》様の華麗なるレッスンが見たかったのね！」

「えーっと、まぁ……、少し見学にね」

本当は、杏夏《きょうか》と理王《りお》の悩みを探りにきたんだけど、それを伝えるとややこしくなるからね。嘘《うそ》ではないギリギリのラインの真実を伝える。僕がよくやる手法だ。

「まぁまぁ、細かいことは気にしないで、レッスンの続きをやろっ！　ほら、練習練習！」

「春《はる》？　……分かりました」

半ば勢いで押し切ったところはあるが、僕としてはありがたい展開だ。

前向きで明るく、観察眼と調整力に長《た》けた春《はる》。ライブ中、パフォーマンスを行いながら、あれだけ周りに気を配れるのだから、僕なんかよりもずっと悩みを聞き出すのは上手《うま》いだろう。

本当に、心強い子が味方になってくれたよ。

「じゃあ、いくよ！　はい！　ワン・ツー、ワン・ツー！」

始まったダンスレッスン。『T・i N g S』に、振付師はいない。曲の振り付けは、主に春《はる》が考えて、そこに杏夏《きょうか》や理王《りお》の意見を取り入れていくというスタイルをとっているそうだ。

持ち曲の作詞作曲は、全て優希《ゆうき》さん。社長業で忙しいはずなのに、ブライテストの所属アイドルの曲は、ほぼ全てあの人が作っているというのだから、さり気なくすごい。

恐らく春《はる》の作戦はレッスンの後に実行されるだろうし、今は見学に集中して——

「ワン・ツー！　ワン・ツー！　ナヤ・ミガ！　キキ・タイ！」

……………はて？　何やら掛け声に妙な言葉が混ざっていたような……。

まさか、春《はる》の完璧な作戦って……いや、まさかね。まさか、そんな……

「はい！　ナヤ・ミヲ！　オシ・エテ！　スナ・オニ・イオウ！」

誰か嘘《うそ》だと言ってくれ……。

レッスン場で繰り広げられる、リズミカルな悩みを聞きたいコール。

ライブではセンターに立ち、周囲の様子が見えずとも、観客の反応から状況を察知して自らのレベルを調整しライブを盛り上げる少女、青天国春《なばためはる》。そんな彼女が……

「はい！　ナヤ・ミガ！　シリ・タイ！　ハヤク・オシ・エテ！」

想像を絶する、ポンコツ具合を披露していた。

「ちょっと待って下さい。……春《はる》。貴女《あなた》は何を言っているのですか？」

杏夏《きょうか》が問答無用でレッスンを中断。とても辛辣な視線を春《はる》へ。

「え？　ええ!?　えーっとね、ちょっと杏夏《きょうか》ちゃんの悩みを知りたいなぁ～って……」

正直すぎるというのも、難点なのかもしれない……。

「どういうことですか？《私に悩みなんてありませんよ》」

輝き一丁、入りました。

「うっ！　で、でも、本当はあるんでしょ？　ほら、何か私に言えない悩みがさ！」

「仮に春《はる》に言えない悩みがあるとしたら、春《はる》に言わないのではないでしょうか？」

「言われてみれば、その通りだった！」

言われる前に気づいて下さい。

「くっ！　私が悩みを聞き出して、マネージャー君が解決する完璧な作戦が……っ！」

「ほう。マネージャーさんが、ですか……」

おっと、巻き込み事故が発生だ。杏夏《きょうか》が、とても険しい瞳を僕に向けているじゃないか。

「じゃあ、理王《りお》ちゃん！　理王《りお》ちゃんはあるよね！　悩み！」

「んにゃっ！　な、何言ってんのよ！　《べ、別に私は……》」

「理王《りお》ちゃん、言わないとくすぐるよ！　くすぐり続けるよ！」

「ちょっと春《はる》、あんた何を……うにゃっ！」

「ほ〜ら！　理王《りお》ちゃん、首筋が弱かったよね？　わしゃわしゃわしゃ〜！」

「や、やめて！　首筋はダメなの！　首筋は……んにゃぁぁぁぁ!!」

さながら、猫の悲鳴のような声をあげる理王《りお》。これのどこが完璧か問いただしたい。

「ほらほら〜！　早く素直になりなさぁ〜い！　言わないと、やめてあげないよぉ〜！」

「んにゃぁぁぁぁ！　あんたがくすぐってることよぉぉぉぉ!!」

そうだね。それも、れっきとした悩みだね……。

さて、悩みは聞き出せそうにないし、これ以上ここにいたら巻き込まれることは必至。

可及的速やかに撤退を……おや？　誰かが僕の肩に手をポンと乗せているのですが……あぁ、杏夏《きょうか》さんですか。

「少し、お話をさせてもらってもよろしいですね？」

……なんてこったい。

☆

「春《はる》に余計なことをさせるのはやめて下さい」

「……すみませんでした……」

レッスン場から再び会議室に戻ってきた僕は、真正面に座る杏夏《きょうか》からとても怒られていた。

一五才の女の子に一対一で説教をされるとは、なんと情けないことか……。

「いいですか？　噴水広場のライブまであと一ヶ月と二週程度しかないのですよ？　最低限の結果を出すためにも、変なことに時間を費やしている場合ではありません」

さすが、『TiNgS』いちのしっかり者。

自分達の状況もちゃんと理解しているようだ。

でも、だからこそ君達の悩みを解決したいわけで……。

「あ、あのさ……、それなら、杏夏《きょうか》の目から見た現状の課題は何かな？」

このまま怒られっぱなしで終わるのも悔しかったので、少しだけ抵抗。

「認知度でしょうね」

杏夏《きょうか》は、僕が思っていた以上にアイドルのことをちゃんと分かっているな。

認知度はアイドルにとって、実力と同等かそれ以上に求められるものだ。

実力だけならばトップアイドルに匹敵するにもかかわらず、認知度を得られなかったが故に解散していったグループなんてごまんといる。だけど……

「それは『T·iNgS』の課題だよね？　僕が知りたいのは、杏夏《きょうか》の課題なんだけど……」

「私のことなんて、後回しで構いません。優先すべきは、『T·iNgS』です」

「つまり、君自身にも課題があると思っていいんだね？」

「……っ！　か、勝手にして下さい……」

よかったよ。初めて、自分に悩みがあることを認めてくれたね。

「なら、それを教えてもらえないかな？」

「マネージャーさんが、個人の課題を解決したいのであれば、まずは理王《りお》からではないでしょうか？　理王《りお》の実力を向上させることができれば、自然と春《はる》の実力の向上につながり、ひいては『T·iNgS』の向上につながります。それくらい、分かっていらっしゃるでしょう？」

驚いたな。まさか、『T·iNgS』のことをそこまで分かっているなんて……。

彼女の言っていることに間違いは何一つない。ただ……

「《ですから、私は二人のサポートに徹します》」

その輝きを見過ごす理由にはならないね。

「ねぇ、杏夏《きょうか》。本当は、君もセンターに立ちたいんじゃないかい？」

「……っ！　《そ、そんなことありません！》」

やっぱりね。

「そっか……。分かったよ」

本当は、もっと踏み込みたい。……だけど、これ以上は危険だ。

人は、嘘《うそ》を指摘されすぎると恐怖を宿す。

だから、今はここまでにしておかないと、杏夏《きょうか》の信用を完全に失うことになる。

「……では、私はレッスンに戻りますので」

テーブルに強く両手をつき立ち上がると、乱暴に背を向けて僕の前から去っていく。

抑えたつもりだったんだけど、これは警戒されたかもしれないな……。

それから、杏夏《きょうか》はドアの前で一度立ち止まると、

「私の役目は、『TINGS』を守ることです……」

そう静かにつぶやいた後に、会議室から出て行った。

「……最初から最後まで、『TiNgS』のことを気にしていたね」

冷静に自分達の現状を分析する視野の広さ、自分よりもグループを優先する思いやりのある性格、そして強い責任感。本人は気づいていないかもしれないが、将来的に杏夏《きょうか》は『TiNgS』を引っ張っていく存在になれる可能性を秘めている。

だけど、それが故に彼女は……

「少しだけ、見えてきたよ」

僅かに顔を出した、杏夏《きょうか》の悩み。その原因の一端は、彼女の性格にもあるのだろう。

「マネ～ジャ～くぅ～ん！　理王《りお》ちゃんに引っかかれたぁ～！　いたい～！」

入れ違いで、顔に面白い引っかき傷を作った涙目の春《はる》が会議室にやってきた。

まさか、あの後もずっとくすぐり続けていたなんてことは……あるかもしれないな。

「おかしいなぁ～。絶対に成功するはずだったのに……」

が、まるでめげてはいないようで、難しい顔をして首をキョトンとかしげている。

「ねぇ、春《はる》。一つ、聞きたいことがあるんだけど」

「ん～？　どうしたのぉ？」

「杏夏《きょうか》って、どうしてセンターをやりたがらないか、心当たりはある？」

「杏夏《きょうか》ちゃんがセンターを？　う～ん……あっ！　それだったら、心当たりあるかも……」

曇った表情。どうやら、杏夏《きょうか》がセンターをやりたがらない理由は、春《はる》にとってもあまりいい思い出ではないようだ。

「多分、アレが原因だと思う……。マネージャー君も知ってるかもだけど……」

「教えてもらえるかな？」

「うん……。実は、三ヶ月前にあった定期ライブで――」

☆

今日は、定期ライブ。昨日のチケット販売は、もちろん完売。

もう彼女達にとって、定員一〇〇名の専用劇場が満員というのは当たり前になっているが、

「よかったぁ～！　今日も沢山の人が来てくれたね！」

「はい。本当にありがたいです……」

「ふふーん！　この理王《りお》様がいるんだもん！　当然の結果よ！　……やったぁぁぁ」

それを当たり前と思わないのが、彼女達の強みだろう。

「理王《りお》ちゃん、元気いっぱいだね！　よ～し！　その調子で、悩みをポロッと……」

「んにゃっ！　春《はる》はそれ以上近づかないで！　またやったら、許さないんだからね！」

「もうしないよぉ～！　だから、そんなに警戒しなくても……」

「誠心誠意ライブに臨む。……難しいことではありません」

以前の、劇場が初めて満員になった時の緊張が嘘《うそ》のように、リラックスした状態の三人。

これなら、僕から言うことはないだろう……強いて言えば、理王《りお》と春《はる》の関係がくすぐりを介して微妙に変化しているような気もするけど、多分大丈夫だ。

それより問題は……

「あ〜、あのさ……、杏夏《きようか》」

「マネージャーさん、私はライブに集中したいので、後にしてもらえますか？」

僕と杏夏《きようか》の関係だ。

あの日以来、杏夏《きようか》にかなり警戒されてしまったようで、築かれたのは新たなる壁。

話しかけても淡泊な反応しか返ってこず、まるで彼女の悩みへと踏み込めていない。

「杏夏《きようか》ちゃん、少しくらいマネージャー君の話を聞いても……」

「必要ありません。……春《はる》も、くれぐれも余計なことはしないで下さいね」

「うっ！　わ、分かったよぉ……。うぅ〜、難しいなぁ〜……」

おまけで、春《はる》も撃沈。僕よりは警戒されていないが、それでも杏夏《きようか》の悩みに踏み込めないという点に於《お》いては同じ状況だ。

「ふふん！　マネージャー、心配いらないわよ！　この理王《りお》様が用意した秘密兵器があれば、大盛り上がりは間違いなし！　安心しててていいんだから！」

困ったな。不安の種が一つ増えた。

「二人とも、そろそろ時間ですよ。早く行きましょう」

「そうだね！　もっともっと沢山の人に、『T・i・N・g・S』を知ってもらっちゃおう！」

「やっと出番ね！　理王様《りお》の伝説をまた一つ、増やしてやるんだから！」

春《はる》と理王《りお》に声をかけるが、僕のほうはまったく見ようとしない杏夏《きょうか》。

本当は、もっと色々と話したいところではあるんだけど……いや、今はライブに集中しよう。

「……あ、理王《りお》。念のため言っておきますが、リオ・ザ・タイフーンとかいう妙ちきりんな回転は、ライブでは禁止ですからね」

「うにゅっ！　わ、分かったわよ……」

あれ、本気でやろうとしていたのか……。とりあえず、不安の種はつぶれた……よね？


三人がステージ袖でスタンバイを始めている間に、僕は観客席の最後列へ。

来ている人達の八割は以前も見かけた顔だけど、残りの二割は新顔。

恐らく、アイドル好きのネットワークで、興味を持って来てくれたのだろう。

加えて、スタッフという形で見学をする、『ゆきもじ』の二人。

険しい表情をして、睨《にら》みつけるようにステージを見つめている。

……ところで、普段『ゆきもじ』って、どこでレッスンをしてるんだろう？

『T・iNgS』はいつも、ブライテストのレッスン場を使っている。もちろん、そのレッスン場は『T・iNgS』専用というわけではなく、他のアイドルと合同で使う場合もある。

だけど、そこで一度も『ゆきもじ』の二人を見かけたことはない。

いったい二人はどこで……

「青天国春《なばためはる》だよぉ～！　みんな、今日も一緒に盛り上がろうね！」

「どうも！　『T・iNgS』の玉城杏夏《たまききょうか》です！」

「聖なる舞を魅せる理《ことわり》の王者！　聖舞理王《せいぶりお》様、降・臨！　あんた達、待たせたわね！」

今回は前奏《オーバーチュア》を使わずに、曲のイントロと同時に『T・iNgS』が登場。

三人とも元気な声を上げながら、観客へ向けて手を振っている。

「頑張ろうねっ！　杏夏《きょうか》ちゃん、理王《りお》ちゃん！」

…………

……

「ふむふむ……。ハルルンは今日もさすがですね……」

「リオ様、頑張れぇ～！」

「おキョン、調子悪いのかな？」

ライブの調子はいつも通り……なのだけど、少しだけ杏夏《きょうか》の動きが固いな。

だけど、彼女の責任じゃない。これは、僕の失態だ。

恐らく杏夏《きょうか》のメンタルは、普段と比べてかなり悪い状態だ。

原因は、僕が踏み込み過ぎたからだろう。

彼女の悩みの根幹を探るためとはいえ……ライブにまでそれを引っ張るべきではなかった。

早急に解決しないと、……まずいな。


「ハルルン！　ハルルン！」

「今日もハルルンは、さえわたってるな！」

「おキョン、ファイト！」

定期ライブもいよいよラスト一曲。

結果に関しては、良《い》い意味でも悪い意味でも、いつも通り。

来てくれた人の大半がアイドル好きということもあって、その出来栄《できば》えには満足している。

だけど、初めて満員にできた時の定期ライブから成長できているかと言うと……難しいな。

何とか、もう一つ上のレベルに……

「……うにゅ」

理王《りお》の様子が少しおかしいな。声援のほとんどが春《はる》と杏夏《きょうか》へのもので、自分への声援が少ないのを気にしているのは分かるけど、理王《りお》。

「うぅ……っ！　こうなったら……」

いったい、何をするつもりだ？

もう定期ライブはラストが近いんだ。だから、あとは今のままやれば……

「今よ！　リオ・ザ・サイクロン！」

あのじゃやじゃ馬はっ！　まさか最後の最後で、クルクル回りだすとは……。

「はにゃ〜……んきゃ！」

しかも、そのまま回り続けたせいで、平衡感覚を失って尻餅をついてるし。

「い、いつつ……にゃ、にゃんでこうにゃるにょよぉ〜……」

曲のラストでポーズを決める二人と、尻餅をつく一人。

当然ながら、見ていた観客は全員そろって唖然《あぜん》としているわけで……

「皆さま、大変お見苦しいものを見せてしまい、申し訳ありませんでした」

杏夏《きょうか》が、深々と頭を下げるのであった。

「み、見苦しいってなによ！　見苦しいって！　……うにゃっ！」

平衡感覚を失っているんだから、無理に立とうとしないほうがいいよ、理王。

「本人が一番よく分かっているようなので、どうか許してあげて下さい」

「《分かってないもん！　ちゃんとできたもん！》」

キャンキャンと文句を言う理王《りお》に、冷めた態度の杏夏《きようか》。その様子が、見ていた観客の笑いを誘発する。……上手《うま》いな。理王《りお》の暴走を咄嗟《とつさ》のアドリブでこう変えたか。

「あははは！　理王《りお》ちゃん、元気すぎだよぉ～！　びっくりしちゃったじゃん！」

「ふ、ふふん！　びっくりしたなら、大成功ね！」

尻餅をつく理王《りお》に手を差し伸べ、立ち上がらせる春《はる》。

「まったく、ライブ前にあれ程やるなと言ったのに……」

「だから、右回転のリオ・ザ・タイフーンはやってないでしょ！　さっきのは、左回転のリオ・ザ・サイクロンなんだから！」

【どっちも一緒だよ！】

今、この場にいる理王《りお》以外の人間が、同時にそう言った。

「うぎっ！　ご、ごめんなさい……」

「大丈夫だよ、理王《りお》ちゃん！　私は楽しかったから！　ほら、元気出して！」

全員からツッコミを受け、しょんぼりと落ち込む理王《りお》の頭を、春《はる》が優しく撫《な》でた。

「……うにゅ」

瞳に浮かんだ涙を隠すためか、理王《りお》が春《はる》の胸に顔を深くうずめる。……悔しいんだな。

「では、特典会に移りたいと思います。是非とも皆様と交流させていただきたいので、気兼ねなく参加していただけると幸いです」

さて、そろそろ僕もステージに向かおうか。

特典会からは、少しだけやらなきゃいけないことがあるからね。


「ふむふむ……。今日もハルルンは抜群でしたよ」

「あっ！　また来てくれたんだ！　ありがとっ！　すっごく嬉《うれ》しいよ！」

「お疲れ様、おキョン！　今日もリオ様に振り回されちゃったか！」

「回ったのは、理王《りお》です」

「ふふっ！　でも、二人のやり取りは最高だったよっ！」

「リオ様が頑張ってるところを見てたら、私も元気が出たよ！　ありがとねっ！」

「ふふん！　礼なんて不要よ！　なぜなら、私は理王《りお》様だから！」

ステージ上で行われる特典会では、それまで観客だった人達もステージにあがり、それぞれメンバーと握手、加えて軽い会話をする。僕の立ち位置は、そんなファンの後ろ側。

特典会には、一人一人に制限時間が設けられているので、もしも長時間会話をするファンがいたら、次の人に順番を回すために移動を促さなくてはいけない。剝がしと呼ばれる役割だ。

「ふふーん！　この理王《りお》様との握手よ！　全身全霊で堪能《たんのう》しなさい！」

「ふふふっ！　リオ様は今日も元気だね！」

特典会に存在するデメリット……『人気の差』。その解決方法は至ってシンプルだ。

『TiNgS』には横に三人で並んでもらって、ファンは一人一人と順番に握手をする。

こうすれば、人気の差は表《あら》われることなく、全員が均等になる。

もちろん、これは一〇〇人規模のライブだからできることで、『TiNgS』がもっと大きくなった場合は難しいだろうけど、今はその知名度の低さを逆に利用させてもらおう。

この様子なら、問題なく……

「……っ！　きょ、今日も来てくれたんですね。……トッカさん」

どうしたんだ、杏夏《きょうか》の様子がおかしいぞ。

正面に立つのは、アプリコット色のカチューシャが印象的な女の子。身長は低めだが、小綺《こぎ》麗《れい》な格好に大人びた顔立ちをしているから、恐らく大学生くらいだろう。

不審者ってわけではないと思うけど、どうして杏夏《きょうか》はあんな余所余所《よそよそ》しい態度を……。

「その、ありがとうございます」

「…………」

カチューシャの女の子……トッカさんは、何も話そうとしない。

だけど、それから少し経《た》つと、

「ねぇ、おキョン。もう、あれはやらないの？」

握手をすることもなく、そう尋ねた。

「《……やらない、とは何をでしょうか？》」

杏夏《きようか》が、光り輝《ついた》いた。

「私、また聞きたいよ。……おキョンの歌」

「その、今も歌っていますから……」

まずいな。あまりいい雰囲気じゃないぞ。

「違うよ！　私が聞きたいのは――」

「すみません。お時間です」

あまり刺激をしないよう、そっとトッカさんへ語り掛け、移動を促す。

「……あっ。分かりました……」

トッカさんは、仕方ないという表情を浮かべながらも杏夏《きようか》から引いてくれた。

だけど、去り際に、

「おキョン、また、聞かせてね！　『一歩前ノセカイ』！　おキョンなら歌えるから！」

そう叫んでいった。

「………」

杏夏《きようか》は、何も答えない。ただ、静かに女の子と目を合わせないよう、努めるだけだ。

それから先、特典会は滞りなく進行し、『ＴｉＮｇＳ』の定期ライブは終了した。

☆

「今日はお疲れ様。大盛り上がりだったね」

「ありがとっ！　私も、いい感じにできてよかったと思うんだぁ！」

「《ふふん！　と、当然よ！　にゃぜなら、私は理王《りお》様だから！》」

「…………」

帰りの車内、春《はる》と理王《りお》はいつも通りとも言える様子だが、杏夏《きょうか》だけは明らかに違う。

おかしくなったのは、特典会でトッカさんと話してから。

あの子は『TiNgS』の中でも、間違いなく杏夏《きょうか》を推している子だ。自分を推してくれているファンというのは、アイドルにとって非常に大切な存在。なのに、あんな態度を……。

「杏夏《きょうか》、元気を出しなさいよ！　その、今日は悪かったわよ……。ごめんなさい……」

隣に座る理王《りお》が、ビクビクしながらも杏夏《きょうか》に謝罪。きっと、元気づけてあげたいんだろう。

「別に気にしていません……」

「……うにゅ」

杏夏《きょうか》を元気づけるのに失敗したのが原因か、理王《りお》までしょんぼりと落ち込んでしまった。

そんな理王《りお》の頭を春《はる》が優しく撫《な》でつつ、バックミラー越しに僕へ何かを訴える視線を送っている。……分かってるよ、僕もそうするつもりだったさ。

「杏夏《きょうか》、事務所に戻ったら少し話がある。……いいね？」

「別にマネージャーさんと話すことなんて――」

「じゃあ、私は理王《りお》ちゃんと一緒に反省会をしてるよ！　杏夏《きょうか》ちゃんは、マネージャー君との話が終わったら合流だね！」

「春《はる》……、貴女《あなた》はまた余計なことを……っ！」

「ひっ！　べ、別に余計なことじゃないよぉ～……」

「はぁ……、分かりましたよ……」

助かったよ、春《はる》。君のおかげで、何とか杏夏《きょうか》と二人で話せそうだ。

どうして、彼女の元気が突然なくなってしまったかの理由には、見当がついている。

『T・iNgS』が、決してライブで歌うことのない二曲。

うち一曲は、過去のライブ映像でたった一度だけ歌われていたんだ。

それが、『一歩前ノセカイ』。

杏夏《きょうか》が、センターを務める曲だ。

☆

「なんで呼ばれたかは、分かってるよね？」

事務所に戻り、杏夏《きょうか》と共に入った会議室で、開口一番に僕はそう言った。

「《見当もつきませんね》」

「分かっているようで何よりだよ」

「何でもかんでも、見透かさないで下さい」

さらに、警戒されたかもしれないな。……難しい。

「はぁ……。特典会の件でしょう？　誤解無きようにお伝えしますが、トッカさんは以前から来て下さっている大切なファンの一人です。むしろ、悪いのは——」

「歌詞を飛ばして、歌えなかった自分自身かな？」

「……っ！　そ、その程度のこと、マネージャーとして調べていて、当然です……」

声を震わせながら、せめてもの抵抗をする杏夏《きょうか》。

三ヶ月前の定期ライブで、『T・i・N・g・S』は新曲を歌った。

それが、杏夏《きょうか》がセンターを務める曲……『一歩前ノセカイ』。

だけど、杏夏《きょうか》は歌いきれなかった。初めてのセンターに緊張をしてしまったのか、間奏の後にくるサビのソロパートで歌詞が飛んでしまい……。

何とか歌詞を思い出そうとするも、思い出せずにうろたえる杏夏《きょうか》。

その異変に気がついた春《はる》が、咄嗟《とっさ》にソロパートを務めたので事無きを得たが……いやはや、センターにいてもサイドにいても、春《はる》の調整力には驚かされるばかりだよ。

一昨日、彼女の口から「私が余計なことをしちゃったからかも……」と、この件の詳細を聞くまでは、そういう曲だと勘違いさせられたくらいだからね。

だけど、実際は違った。本来であれば、センターを務めるはずだった杏夏《きようか》はサイドに移動。定点カメラの映像ではどんな表情をしているかまでは分からなかったが、あの時に杏夏《きようか》が何を感じていたかなんて、見ずともよく分かる。

僕が確認したライブ映像で、『T·iNgS』が『一歩前ノセカイ』を歌ったのは、後にも先にもその時だけだ。

「また歌えばいいじゃないか。もう歌詞は覚えてるでしょ？」

「必要ありません。『T·iNgS』のセンターは春《はる》です。私の曲なんて、なくてもいいんです。こんな下らないことを気にしている暇があったら、もっと『T·iNgS』の認知度を上げる方法を考えたらどうなんですか？」

「考えた結果、杏夏《きようか》の問題を解決すべきだと判断したから、こうして話している」

「……っ！　私よりも、『T·iNgS』のことです！」

また、『T·iNgS』か……。

「もし！　もしですよ！　仮に私がもう一度あの曲を歌えたとして、春《はる》以上のものが見せられるのですか⁉　……見せられないでしょう！　『T·iNgS』に興味のない人からしたら、ただアイドルの曲が一つ増えただけです！　そんなものに、価値はありません！」

「君やファンにとっては、価値のあるものじゃないか？」

「うっ！」

「ねぇ、杏夏《きょうか》。本当は、また歌いたいんじゃないのかい？」

ここで踏み込まなかったら、もう決して杏夏《きょうか》の本音に辿《たど》り着《つ》けない。

あと少し……、あと少しだ。

「《……う、歌いたくありません！》」

どれだけ意地を張ろうと、僕の《眼《め》》はごまかせないぞ。

「君はアイドルだろう？　なのに、センターを避けるなんて――」

「アイドルには、それぞれの役割があるんです！　……あっ！　す、すみません……」

語気が強まっていたことにようやく気づいたようで、申し訳なさそうに体を縮める杏夏《きょうか》。

別に謝ることなんて、ないのに。

「私は、後ろで支えているのが向いているんです……。MCをやってファンの皆さんと接し、曲ではサイドに立って春《はる》のサポート。それが、一番向いています」

「……そうか。分かったよ」

見えたよ……君のぶつかっている壁が。

「色々と踏み込んだことを言っちゃって、ごめんね」

「本当ですよ……。何でも分かっていているみたいな顔をして、……貴方《あなた》は不気味な人です」

「よく言われる」

最後にきつい一言をお見舞いすると、杏夏《きょうか》は静かに会議室から出て行った。

……無理をしてでも、踏み込んだ価値はあったな。

あとはこの壁を壊して、先に進むだけだ。

☆

「それじゃあ、ミーティングを始めようか」

翌日、レッスン場で僕は、いつもより少しだけ元気を出してそう言った。

「今度の定期ライブだけど、新しいことに挑戦してみようと思う」

「分かったわ！　本格的に『リオ・ザ・タイフーン』をパフォーマンスに取り入れるのね！」

「違います」

「マネージャーのいじわる！　いいもん！　それなら、私一人で……」

「今度の定期ライブがトラブルなく成功出来たら、今後の景気づけも兼ねて甘天堂《かんてんどう》の極上プリンをみんなにごちそうするよ」

「もぉ～う！　仕方がないから、我慢してやるわ！　マネージャー、優しい！」

チョロい。

「……新しいこととは、いったい何をするつもりですか？」

杏夏《きようか》が、警戒心を強く表した目で僕を見た。

「今のままの『TiNgS』で、噴水広場に挑むわけにはいかないからさ、色々なことを試していきたいだけだよ。というわけで……」

一度、杏夏《きようか》から目を逸《そ》らし、僕は別の少女へと視線を向ける。

「プププリ～ン♪　甘天堂《かんてんどう》の極上プリィ～……あれ？　どうしたの、マネージャー？」

「次の定期ライブでは、理王《りお》にメインMCをやってもらうよ」

「え？　えぇぇぇぇぇ!!　わ、私がっ！」

「……っ！　ど、どういうことですか!?」

「理王《りお》ちゃんがメインMC！　なにそれ！　すっごく面白そう!!」

感情のままに驚く理王《りお》と杏夏《きようか》は予想通りの反応。春《はる》は、驚くと思ったら喜び始めた。

「理王《りお》にメインMCなんて、危険すぎます！　この子は、脳みそがプリンみたいにツルツルな子なんですよ？　こんな子がメインMCをやったら、滅茶苦茶《めちゃくちゃ》になること間違いなしです！」

「どういう意味よ！」

「信頼と実績から成る言葉です！」

杏夏《きようか》、言いすぎ。いや、僕もね、正直に言えば危険だとは思ってはいるよ。

ただ、理王《りお》にメインMCをやらせる理由がちゃんとあるわけで……

「ねぇねぇ、マネージャー君！　どうして突然、理王《りお》ちゃんがメインMCなの？」

ウキウキした調子で、たずねる春《はる》。

これから、どんな風になるのだろう。そんな期待が大きくこもった瞳をしている。

「今回の定期ライブでは、メンバーそれぞれが際立《きわだ》つようにしたいんだ。春《はる》は、いつも通りセンターだから、それで十分。だけど、理王《りお》はいつもサイドにいるだけでしょ？　だから、今回はメインMCをやってもらうってわけ」

「で、でも、私がメインMCをやっちゃうと……」

どこか気まずそうに理王《りお》が見つめるのは、杏夏《きょうか》。目立ちたがり屋の理王《りお》なら、メインMCをやらせてもらえると知ったら飛び跳ねるように喜ぶと思ったが、そうではなかったらしい。

「それなら、杏夏《きょうか》ちゃんは？　いつもメインMCをやってくれてる杏夏《きょうか》ちゃんは、何を……」

「そんなの、一つしかないじゃないか」

「えっ！　それって、つまり……」

春《はる》の感情が、期待から驚きへと移行した。

「……っ！　まさか……」

「今回の定期ライブ。最後にやる曲は、『一歩前ノセカイ』。トリのセンターは、杏夏《きょうか》。これで、三人ともそれぞれ際立《きわだ》つようになる」

「ふ、ふざけないで下さい！　歌いたくないと、昨日あれだけ……」

「言われた結果、やることにした」

「嫌です！　もし、それでまた失敗したら、それこそ取り返しがつかないことになります！」

強い拒絶反応を示す杏夏《きょうか》。居心地が悪そうに、体を縮ませる理王《りお》。アタフタとした様子で僕と杏夏《きょうか》を交互に確認する春《はる》。「大丈夫なの？　本当に大丈夫なの⁉」、言葉ではなく仕草でそう語っているような気がした。

「なら、成功させれば問題ないわけだね」

「簡単に言わないで下さい！　私はあくまでサポート！　それが、私の役目です！」

「あ、えと……、んと……、あんまり喧嘩《けんか》は……」

僕と杏夏《きょうか》の言い争いにうろたえる理王《りお》が、怯《おび》えながらも何とか制止しようとする。が、その方法が思い浮かばなかったのだろう。助けを求めるような視線を春《はる》へ送った。

「……っ！　わ、私はマネージャー君の案に賛成だよ！」

そんな理王《りお》のSOSに、春《はる》が予想外の形で応えた。

「春《はる》！　貴女《あなた》まで、何を言い出しているのですか！」

「だって、私も杏夏《きょうか》ちゃんの『一歩前ノセカイ』聞きたいんだもん！」

「なっ！　そんな個人的な都合で……」

「個人的でも何でもいい！　私は、『一歩前ノセカイ』が聞きたいし、ライブでやりたい！

だから、マネージャー君に賛成！　理王《りお》ちゃんもだよね？　賛成してくれるよね⁉」

「うにゃっ！　わ、私も、やりたい……けど……」

怯《おび》えつつも、自分の意見を懸命に伝える理王《りお》。

こうなってくると、明らかに不利な立場になるのは杏夏《きょうか》なわけで……

「わ、私は……」

「やろうよ、杏夏《きょうか》ちゃん！　私、知ってるよ！　あの日から杏夏《きょうか》ちゃんがずっと練習してたの！　だから、絶対できる！　一緒に乗り越えようよ！」

杏夏《きょうか》の両手を握りしめ、力強く訴える春《はる》。

さすがに、ここまでやられて、自分の意見を押し通すことはできなかったようで、

「……っ！　……分かりましたよ。グループの決定には従います……」

どう見ても納得した態度ではないが、渋々と僕の提案に乗ってくれた。

「よし。それじゃあ、定期ライブに向けてレッスンを開始しよう。今回のメインＭＣは理王《りお》。そして、最後に杏夏《きょうか》がセンターの曲で締める。……いいね？」

「もっちろん！　よぉ～し！　これは、いつもよりレッスンを頑張らないとね！」

「ふ、ふふん！　まっかせなさい！　こ、怖かったぁ～……」

「……分かりました」

無事に話もまとまったところで、レッスンを開始。

ただ、その日のレッスンでは、杏夏《きょうか》の精彩を欠いた動きが目立っていた。

【Ｔｉｎｇｓ】

――誰かにとって、特別な存在になりたい。

それが、私――玉城《たまき》杏夏《きょうか》が、アイドルを目指した理由です。

私は、ずっと真面目に生きてきました。学校で先生に怒られたことなんて一度もありませんし、最後に両親から怒られたのも、いつだったか思い出せないくらいです。

両親に言われたとおりに、先生に教えられたとおりに、しっかりやる。

別に、無理をしてそうなったわけではありません。ただ、自然とそうなっていたのです。

だからでしょうか？　自分には何かが足りないという気持ちが、いつも渦巻いていました。

一つくらい、特別なことをやってみたい。当たり前から脱却してみたい。ですが、何をやっていいか分からない。教わっていないから。

想《おも》いばかりが沸々と溜《た》まり、胸の中に鬱憤を抱えたまま、私は中学生になりました。

そんなある日のことです。友人から、アイドルライブに誘われたのは。

一緒に行く予定の人が来られなくなった。チケット代はいらないから、一緒に来てほしい。正直に言えば、興味のないことに時間を割くのは嫌だったので、断ろうかとも考えたのですが、友人があまりにも必死に頼んでくるものだから、つい了承してしまいました。

私は、押しに弱いのです。

渋々と、私は彼女と共に向かいました。……日本武道館へ。

アイドルにとって、ここで単独ライブをやれることに大きな意味があると知ったのは、後のこと。この時の私は、あまりにも無知でした。

現地に到着すると、そこは大勢の人で溢《あふ》れ返《かえ》っていました。

混雑している場所は苦手なのですが、仕方ありませんね。早く並んで、自分の席に座ってしまいましょう。そうしたら、少しは落ち着くはずです。

しかし、私のその思惑はあっという間に崩れてしまいます。友人が私を連れて並んだのは、入場列ではなく、物販の列だったのですから。

早く自分の席に行きたいと訴える私に、「ここじゃなきゃ買えないんだよ！」と意気揚々と語る友人。私の意見なんて、聞く気がありません。フラストレーションがたまりました。

大体、貴女《あなた》は何を買っているのですか？　Tシャツやタオルは、まだ分かります。使用用途は色々ありますから。ですが、その棒は何ですか？　……え？　キラキラ光る？

だから、どうだと言うのです？　懐中電灯の代わりにでも使うつもりですか？

こんな無駄な物に貴重なお小遣いを使うなんて、理解に苦しみます。様々なグッズを購入する友人を横目に、私は特に何も購入することなく会場へと入場していきました。

はぁ……。来るべきではなかったですね。心の中で、不平を漏らします。

そこから先も最悪でした。何やら不手際《ふてぎわ》でもあったのか、開始時刻になっても肝心のライブが始まらないのですから。時間通りに始められないなんて、いい加減です。

私のフラストレーションはたまりにたまってしまい、全部終わったら友人に思い切り文句を言ってやろうと決意しました。

そして、本来の開始時刻から一〇分後……武道館は、暗闇に包まれました。

明らかに変化をした会場の雰囲気、それまで座っていたのに立ち上がった観客さん達は、その暗闇を待っていたと言わんばかりに、恐らく物販で購入したであろう棒を光らせました。

私は立ちませんよ。ここで静かに見ていられれば――

――さぁ、輝こう！

その時、ステージに光が灯《とも》され、『絶対アイドル』……螢《ほたる》さんが現れました。

白一色の光に染まった武道館。ステージにたった一人で立つ螢《ほたる》さん。

彼女が歌を歌い始めた瞬間、本当に世界が輝きだしたのです。

なんて……、なんて、綺麗《きれい》な場所なのでしょう！　なんて、素敵な場所なのでしょう！

目に映る輝き以上の輝きが、そこには広がっていました。フラストレーションはあっという間に吹き飛び、気がつけば私は他の観客さんと同様に立ち上がって、声を張り上げていました。

あぁ！　どうして私は、あの棒を買っていなかったのでしょう！　買っていれば、螢《ほたる》さんと一緒に輝けたのに！　まさか、あんなにも素晴らしい棒だとは夢にも思いませんでした！

隣で幸せそうに棒を振る友人に歯ぎしりをしながら、せめて少しでもと私は懸命に何も持っていない手を振ります。

無我夢中。まさに夢の中にいるような錯覚に陥り、気がつくとライブは終わっていました。

本当にあっという間で……とても素敵な時間でした……。

帰り道、幸いにもまだ物販コーナーが運営されていたので、私は大慌てで棒を買いました。

ふふっ……。これで、次のライブでは私も一緒に輝けます。

そこから先は、感想会です。本来であれば言う予定だった文句は何一つ口にすることなく、私はただただライブの感想を友人と語り合いました。とても有意義で楽しかったです。

螢《ほたる》さんは、私のフラストレーションと、これまでたまっていた鬱憤を全て晴らしてくれたのです。私にとって、特別な存在になったのです。

だからこそ、決意しました。

私も、螢《ほたる》さんのような特別な存在になりたい。アイドルになって、いつか武道館に立ち、誰かにとって特別な存在になりたい。……私の胸の中に、燃え盛る炎が生まれました。

一度決めたら、行動するのは早いほうです。

家に帰ると同時に、どうすればアイドルになれるのかを調べ始めました。

なるほど……。色々な方法があるみたいですが、私の場合、一番の近道はオーディションで合格することのようですね。では、応募開始です！

私は、様々なオーディションに挑戦しては、不合格になる日々を過ごしました。

――丁寧なのはいいんだけど、君だけの特徴が見えてこない。

たった一度だけ残ることのできた、最終選考で言われた言葉です。悔しかったです。

ですが、炎が消えることはありません。あの時の螢《ほたる》さんのような、特別な存在になる。

その想《おも》いを胸に、私は何度もオーディションに挑戦しました。

そして、七回目のオーディション。残念ながら、そのオーディション自体は不合格だったのですが、偶然にも居合わせた優希《ゆうき》さんの目に止まり、私はスカウトという形で芸能事務所プライテストに所属することになったのです。

――君は、誰よりも確固たる輝きを見せられるよ。

優希《ゆうき》さんは、ちょっと変なことを言う不思議な人でしたが、とても優しい人でした。

こうして、私は『ＴＩＮＧＳ』のメンバーになりました。

夢の第一歩を、ようやく踏み出せたのです。ですが、ここから先もまだまだ苦労続きです。

学校後のレッスン、まるで人の来ない定期ライブ、成果の出ないチケット販売。

学校の勉強は、頑張れば頑張った分だけ結果につながると言うのに、アイドルは頑張っても結果につながらないことは多々あります。

悔しい想《おも》いをした回数なんて、数えきれません。それでも、私は懸命にやり続けました。

ですが……、いつしか私の胸の中の炎は勢いを失い、灯火になっていました。

アイドルとしての活動が、上手《うま》くいかないからではありません。

出会ってしまったからです。二人目の特別な存在……青天国春《なばためはる》に。

彼女は、神様に愛された存在でした。

メンバーを気遣い、状況に合わせて臨機応変にパフォーマンスを変化させる調整力。教えられたことを教えられたとおりにしかできない私には、とても真似《まね》できません。

年齢の差ではなく、才能の差。身近にいる特別な存在。

彼女に思い知らされました……。特別な存在とは、特別だからこそ成り得るということを。

私は、普通の女の子。教えられたことしかできません。特別な、螢《ほたる》さんにはなれないのです。

それでも、胸の炎を消したくない私は、少しだけ方向性を変えることにします。

特別な存在に、自分一人でならなくていい。春《はる》を、『TINGS』を特別な存在にしよう。

偶然にも出会えたこんな素敵な仲間達と一緒に武道館に立てたら、最高じゃないですか。

なので、私は自分の向いていることに徹することにしました。

パフォーマンスでは春《はる》に敵《かな》わなくても、MCでしたら自信があります。学校でも、学級委員を務めることが多かったので、人前で話すのは慣れていますから。

それに、教わったことを教わったとおりにできる私は、引き立て役にも向いています。

だから、……これでいいのです——チクリと、何かが胸に刺さりました。

チクチクと痛む胸に気づかないふりをしている日々を過ごしていると、一つ予想外のことが起きました。優希《ゆうき》さんから、私がセンターを務める曲をやると言われたのです。

驚きました。教科書通りのことしかできない私が、春《はる》を差し置いてセンターに立つなんて。

チクチクはなくなって、灯火が再び炎となって燃え盛ります。

センターを担当させてもらえるということは、実力を認められた証《あかし》です！

もしかしたら、私は特別な存在になれるのかもしれません！

春《はる》と……、神様に愛された青天国《なばため》春《はる》と、肩を並べられるかもしれません！

希望を胸に、私は少し張り切りすぎともいえる状態で、定期ライブに臨みました。

しかし、そこで大きな失敗をしてしまうのです……。

初めてのセンターという重圧。特別な存在になりたいという想《おも》い。

それらが暴走した結果、私は思考力を失ってしまいました。初めは何とかなったのですが、
肝心のサビのソロパートで、歌詞がすっぽりと頭から抜けてしまったのです。

どうしましょう、どうしましょう！　このままでは、折角のライブが台無しになってしまいます！　来て下さった皆様に申し訳が立ちません！

思い出して下さい！　お願いですから、思い出して下さい！

心で脳を必死に揺さぶるも、記憶は眠ったまま。

もうダメだと諦めそうになった時、後ろから聞こえました。……私が忘れてしまった歌詞が。

歌っていたのです、春《はる》が。私の……私の歌を……。

咄嗟《とっさ》のカバーであることは分かっています。ですが、サビ前の間奏という短い時間で、私の状態を見抜き、ファンの方々に一切の不安を与えずに曲を歌い上げるセンターの春《はる》。

気づけばサイドに立ち、いつも通り教科書通りのことをやり続ける私。

どちらが特別な存在かは、一目瞭然です……。

曲が終わった後、専用劇場には大きな歓声が上がりました。

生み出したのは、私ではありません。

私が生み出したのは、アプリコット色のカチューシャを付けた女性……トッカさんの悲しそうな顔だけ……。胸の炎は完全に消え去り、ズキズキとした痛みだけが残りました。

やっぱり、私は向いていなかったのです。やっぱり、私は特別な存在になれないのです。

ですが、春《はる》は違います。『T・i・N・g・S』は違います。

だから、私の役目は守ること。春《はる》や理王《りお》を守り、彼女達を高みへと導く土台になれればいい。

いいじゃないですか。たとえ理想の形でなくとも。

『T・i・N・g・S』さえ残っていれば、私はアイドルでいられるのですから……。

「最悪です……」

レッスンを終えた後、私は一人で事務所から帰りました。

外に出ると同時に、少し大きめの帽子を被《かぶ》り、マスクをつける。初めてこの格好をした時は、アイドルになれた、なんて実感しましたね。私程度がやっても、意味はないというのに……。

鬱々とした想《おも》いを抱えたまま、両親の待つ家に帰りたくはなかったので、私は近くのファーストフード店に寄ることにしました。寄り道なんて、学校帰りにしたら怒られてしまいます。

「いらっしゃいませぇ！　ご注文は？」

「チーズバーガーセット。ドリンクはアイスティーでお願いします」

「かしこまりました！　四〇〇円になります！」

ファーストフード店で、店員さんに五〇〇円玉を渡します。おつりの一〇〇円を受け取ってから少し経《た》つと、トレーに乗ったチーズバーガーセットが運ばれてきました。

なので、私はそれを持って階段をのぼります。

……あ、ちょうどいい場所が空いていますね。あそこにしましょう。

私が座ったのは、二階のカウンター席の端。

ここなら目立ちませんし、安心です——私はまた身の丈に合わないことを……。

お食事中に帽子を被《かぶ》っているのは、マナー違反ですね。

帽子とマスクを外し、私はチーズバーガーの包装を解きました。

「……どうしましょう」

チーズバーガーを頬張るはずのお口が、本来の目的とは異なることをしました。

今度の定期ライブ、最後にやる曲は『一歩前ノセカイ』。

あれほど嫌だと言ったのに、やらせようとするマネージャーさんは悪魔に違いありません。

ですが、グループの決定である以上、ここから覆《くつがえ》すわけにはいきません。

「なぜ、私なのでしょう？」

『TiNgS』は、春《はる》によって成り立っているグループです。

彼女が均衡を保ってくれているからこそ、『TiNgS』はバランスを維持することができ、来てくれている人達に、存分に楽しんでもらえています。素晴らしい才能です。

そして、そんな春《はる》に隠れて、まだ気づかれていない才能を持つ……理王《りお》。

我侭《わがまま》で子供っぽく、いつも迷惑をかける理王《りお》ですが、彼女には一つ、春《はる》に匹敵するかそれ以上の才能があります。本人に伝えようかとも考えたことはありますが、理王《りお》の性格を考えると危険だと判断したので、自分で気がつくまで黙っているつもりです。

ですが、もし彼女が自分の才能をいかんなく発揮することができたら、『TiNgS』はもっともっと上へ行くことができます。

こんな二人と同じグループにいられることは喜ばしくもありますが、情けなくもあります。

私は、彼女達と比べてあまりにも平凡ですから……。

だからこそ、せめて『T·iNgS』を守らなければいけないのです。

春《はる》や理王《りお》という才能に恵まれた子達を、このまま埋もれさせておくわけにはいきません。

非凡な彼女達を守るのが、平凡な私の……平凡な私は、本当にアイドルなのでしょうか？

「ねぇねぇ、『HY《ハイ》：RAIN《レイン》』の新曲聞いた？　レンさん、まじ超かっこよかったよ！」

「やばかったよねぇ～。個人的には、ヤワランが一番だったかなぁ～！」

「私は、アオっちとイトっち……カラシスのダンスパートが好きだったよ！」

「いやいや！　『HY《ハイ》：RAIN《レイン》』はやっぱり、ナノンの歌でしょ！」

ふと、後ろのテーブル席に座る女子高生達の会話が耳に入りました。

話しているのは、新鋭人気アイドルグループ『HY《ハイ》：RAIN《レイン》』のことですね。

つい最近も、いともたやすく一万人ものファンを集めてライブを行っていました。

年齢もほとんど変わりません。メンバーの中には、私より年下の子だっています。

だけど、開いている差はあまりにも大きいです……。

「一度でいいから、『HY《ハイ》：RAIN《レイン》』のメンバーに会ってみたいよねぇ！」

「なに言ってんの？　特典会で会えるじゃん」

「違うよぉ～。特典会じゃなくて、プライベートで会いたいの！　アイドルのプライベートってどんな風になってるかって、ちょっと憧れない？」

「確かに！　きっと、こういうお店には来ないんだろうなぁ～！」

私も、アイドルなんです……。こういうお店に、アイドルも来るんです……。

おこがましいと分かっていても、そう考えてしまう自分がいます。

――ねぇ、あの人。『TiNgS』のおキョンじゃない⁉

――ふふっ。気づかれてしまいましたか……。

――わぁ～！　アイドルも、こういうお店にも来るんですね！

――ええ。実はそうなんです。好きなんですよ、チーズバーガー。

ただの夢想です。実際には、こんなこと起こりえません。

私は普通の女の子なんです……。特別な存在じゃないんです……。

素顔を見せても、誰も私のことなんて知らないのです……。

今の自分がたまらなく滑稽に思えて、今の自分を誰にも見られたくなくて、私は帽子を深く被《かぶ》りました。お食事中にこんなことをしてしまうなんて、マナー違反です。

「……しょっぱいです」

フライドポテトを一口。少し、塩が効きすぎています。

……悔しいです。……情けないです。どうして、私は平凡な才能しかないのでしょうか？

ほんの少しでいいから、欲しかったです。特別な存在になりえる才能が。

だけど、私にはそれがない。教えられたことしかできない人間です。

こんな私に気づいて、声をかけてくれる人なんて――

「あの、すみません。『T・iNgS』の玉城《たまき》杏夏《きょうか》さんですよね？」

「……え!?」

☆

レッスンを終えた後、いそいそと帰っていった杏夏《きょうか》を追うと、彼女はファーストフード店に入店した。好都合だ、あそこなら杏夏《きょうか》とゆっくりと……って、これだと、怪しいストーカーみたいだ。一五歳の女の子を追い回すなんて……見ようによっては逮捕案件だよ。

「いらっしゃいませぇ！　ご注文は？」

「ベーコンバーガーセット。ドリンクはウーロン茶で」

「かしこまりました！　四〇〇円になります！」

何も買わずに入店するのもどうかと思ったので、夕食がてら注文をする。

……しまった。ピクルスを抜いてほしいと頼み忘れた。苦手なんだよね、ピクルス。

トレーを持ち、二階へ向かう。……さて、杏夏《きょうか》はどこだ？

「一度でいいから、『HY:RAIN《ハイレイン》』のメンバーに会ってみたいよねぇ！」

「なに言ってんの？　特典会で会えるじゃん」

「違うよぉ～。特典会じゃなくて、プライベートで会いたいの！　アイドルのプライベートってどんな風になってるかって、ちょっと憧れない？」

「確かに！　きっと、こういうお店には来ないんだろうなぁ～！」

案外、来ると思うよ。心の中で、テーブル席に座る少女達へ返事をする。

すると、そんな少女達の会話を聞きながら、背中を丸めて帽子を深々と被《かぶ》る少女を発見。

僅かに震える体が、彼女が今どんな言葉をかけてほしいかを表しているようで、不謹慎ながら少しだけ可愛《かわい》らしいなと思ってしまった。

仕方がない。アイドルのリクエストに応えるのも、マネージャーの仕事だ。

「あの、すみません。『TiNgS』の玉城《たまき》杏夏《きょうか》さんですよね？」

「……え!?」

最初に杏夏《きょうか》が見せた反応は期待。やけにキラキラとした瞳をこちらへ向けてきた。

が、僕の顔を確認すると同時に、かつてないほどのしかめ面《つら》。

「……人生で一番落胆した日です」

「そこまで言わなくてもいいじゃないか」

言葉と同時に、杏夏《きょうか》の隣へ着席。

赤みを帯びた瞳は、僕が声をかけるまでに彼女が何を考えていたかを如実《にょじつ》に表している。

「これからだよ。まだまだ、君達はこれからだ」

ベーコンバーガーの包装をはがし、バンズとパテに挟まれたピクルスを抜き取って、一口。

「その『これから』に余計なことをしているのは、どこの誰ですか？」

「君じゃないかな？　僕は、『これから』に必要なことしかしてないからね」

「本当に腹の立つ人です」

これは、とことんまで嫌われたかもしれないな。

「センターをやるのは、嫌かい？」

「分かりきったことを聞くのはやめて下さい」

「分かりきっているから、後は本人の口から聞けば万事解決だね」

「……むぅ」

膨《ふく》れ面《つら》でフライドポテトを一口、ハムスターみたいだ。それから、二本、三本、四本、五本。

そこまでフライドポテトを食べた後に飲み物をすすると、杏夏《きょうか》が口を開いた。

「私にやらせるなら、理王《りお》にやらせるべきなのです」

「あのじゃじゃ馬の面倒は、一人では見きれないよ」

言わんとしていることは分かる。理王《りお》には理王《りお》で、一つとびっきりの才能がある。

だからこそ、彼女をセンターに立たせて、みんなにも分からせるべきと考えているのだろう。

「やっぱり、杏夏《きょうか》はメンバーのことがよく見えているんだね」

「当然です。それぐらいしか、私にはできないのですから」

「しっかりし過ぎてるから、気づいちゃったのか。……自分と、二人の違いに」

「……っ！　また、何でも分かっていることを……っ！」

　瞳を潤ませながら、杏夏《きょうか》が強く拳を握りしめる。

「そうですよ！　私には……、私には平凡な才能しかありません！　非凡な才能を持つ、春《はる》や理王《りお》とは違うんです！　でも、それでも、アイドルでいたい！　『TiNgS』のメンバーでいたい！　もっと大きな舞台に立ちたいんです！　いつか、私が憧れた螢《ほたる》さんのように……」

「そのために、自分はサポートに徹すると？」

「いいじゃないですか！　そちらのほうが、私には向いているんです！　指示された通りにやることに関して言えば、誰にも負けません！　だから、私はサイドに徹する！　後は、少しだけMCをやって、ファンの皆様に楽しんでいただければ……」

　杏夏《きょうか》の体が、光り輝く。

「《それで十分なんです！》」

　分かってるよ。だから、そんなに自分を殺さなくていい。

「『TINGS』を守ることが私の役目です！　それが、平凡な私に唯一できることで――」

「ねぇ、杏夏《きょうか》」

「なんですか？」

「君の言っていることは、あながち間違っていない。……アイドルは、グループ内でも戦いがある。人気には優劣がつき、ステージ上でも人気のあるメンバーは目立つ場所、人気の劣るメンバーは目立たない場所に立たされがちだ」

大勢のファンが求めていることを魅せる以上、それは避けて通れない事実だ。

「それを理解してしまったからこそ、君は自分が立つ場所を自分で見極めたんだね？　そして、本当の想《おも》いを犠牲にして、『TiNgS』のためにずっと行動していたんだね？」

「いけませんか？」

正しいか、間違っているかで聞かれたら、正しい側面もある。

だけどね、アイドルっていうのはさ、

「どれだけ勝ち目がなくても、決して諦めずに夢を追う姿を見せるのがアイドルだよ」

「……っ！　それは……」

希望を背負って、希望を与える。そんなアイドルが、希望を捨てちゃいけないんだ。

「杏夏《きょうか》。君の憧れたアイドルは、自分の限界を定めていたか？　自分の身の丈を考えて、行動していたか？」

「していません……。ですが、それは才能のある人だからこそで……」

「違うよ」

僕は知っている……。本当は普通の女の子なのに、想《おも》いだけで輝き続けたアイドルを。

「君は僕に言ったよね。『グループとして特別な存在になれればいい』って。賢い君だからこその言葉なんだろうけど、一つ教えておくよ」

「何をですか？」

「アイドルは、正しいことをやるんじゃない。……やりたいことをやるんだ」

「…………っ！」

これが、杏夏《きょうか》がぶつかっていた『壁』の正体。

やりたいことがあるのに、自分には向いていないとずっと我慢していた。

自分に向いているのはサポートだと、ひたすらに陰に徹していた。

でも、それは彼女の本当の姿じゃない。

誰よりも冷静で、誰よりもしっかり者で、そして……

「心の中で燃え盛る炎を無理矢理抑えていたら、火傷《やけど》するよ」

誰よりも野心家な少女。それが、玉城《たまき》杏夏《きょうか》だ。

「……でしたら、私はなれるのですか？　私がなりたい、私が憧れる特別な存在に……」

体を震わせながら、すがるようにたずねる杏夏《きょうか》。「君ならなれるよ」なんて言うのは簡単だ。

でも、それは嘘《うそ》。杏夏《きょうか》が、彼女の目指すアイドルになれるかなんて、僕には分からない。

「言ったでしょ？　アイドルは？」

「やりたいことを……やる。でも、それで間違えてしまったら……」

「僕がいるから、そこに怯《おび》える理由はどこにもない」

「……っ！」

涙をにじませた瞳が、僕を力強くとらえた。

やりたいことをやった結果、時に間違えてしまうことはある。

そんな時、アイドルを支え導くのが……マネージャーの仕事だ。

「……あ、ありがどうございまじゅ……」

ポロポロと涙をこぼしながら、僕に返事をする杏夏《きょうか》。

どれだけしっかりしているように見えても、一五歳の女の子。まだまだ、子供だな。

「ところで、一ついいですか？」

「ん？　どうしたの？」

ゴシゴシと瞼《まぶた》をこすった杏夏《きょうか》が、ジッと僕を見つめる。やれやれ……。もう十分にアドバイスはしたというのに、まだ欲しがるなんて本当に子供な——

「ピクルス、ちゃんと食べて下さい。好き嫌いをするなんて、子供ですか？」

「……はい。すみません……」

☆

定期ライブ当日。……あの日から、杏夏《きょうか》は誰よりもひたむきにレッスンに取り組むようになった。だから、練習通りにいけば問題のない結果になるはず……なのだが……

「だ、大丈夫です！　できますっ！　できるはずなんですっ！　できるできるできる……」

まるで、壊れた人形。今朝からすでに、一〇〇回以上は「できる」って言ってるよ。

しかも、緊張しているのは杏夏《きょうか》だけじゃなくて……、

「《ふ、ふん！　理王《りお》様の華麗なるMCの幕開けね！　余裕すぎて、あくびが出るわ！》」

昨日、緊張しすぎて眠れなかったんだね、理王《りお》。目の下の隈《くま》がすごいよ。

「お、おおおお落ち着いて、二人とも！　まずは、呼吸を整えよう！　ヒッフッフー！」

そんな二人に思い切り影響され、アタフタと慌てる春《はる》。……大丈夫か、これ？

ステージ袖から観客席を確認すると、劇場は今日も満員御礼《まんいんおんれい》。まずはひと安心。

おや？　あの子は……

「……おキョン」

最前列でどこか心配そうな瞳をステージに向けるのは、アプリコット色のカチューシャをつけた女の子……トッカさんだ。今日も来てくれたんだね。ありがとう……。

「杏夏《きょうか》。トッカさん、来てくれてるぞ」

「トッカさんが！　どうしましょう⁉　どうしましょう、どうしましょう！」

しまった。勇気づけられると思って伝えたが、逆効果だったか。

「もし、彼女が見ている前で無様な姿を晒《さら》してしまったら……はっ！　閃《ひらめ》きました！　ナオさん、貴方《あなた》はクロロホルムという薬品をご存じで？」

「存じているけど、やりません」

神妙な顔をして、何を言っているんだ君は。

「そんなっ！　今、この状況で彼女の意識を奪えるのは、ナオさんだけなんですよ⁉」

「鬱陶しい。離しなさい」

「お願いしますぅ〜！　ナオさんにしか頼めないんですぅ〜！」

「おっと、そろそろ本番だな。それじゃあ、僕は観客席の最後列にいるから頑張るんだぞ」

「ひどいです！　薄情です！　ナオさんは、裏切り者です！」

文句が、とてもうるさい。いつも杏夏《きょうか》がしっかりしていたのは、自分が常にサイドにいるという気持ちの余裕があったからなのかもしれないな。

だとしたら、それは甘えなので今日で一皮むけなさい。僕は結構、スパルタなのである。

「あぁ、そうだ。杏夏《きょうか》」

「うぅ……。なんですか……」

恨み節でもかましてきそうなジト目で、こっちを見ないでくれよ。

「今日は、やりたいことを全部やるんだよ？」

「……あっ！　もちろんです！　任せて下さい！」

スイッチ、オン。その笑顔ができるなら、きっと大丈夫だよ……。

さてと……、僕は僕で、マネージャーとしての仕事をさせてもらおうかな。

杏夏《きょうか》には、まだ教えなきゃいけないことが残っている。

舞台裏から観客席へ。ステージと観客席を隔てる柵の向こう側から、最前列へ向かう。

そして、一人の女性の前まで辿《たど》り着《つ》くと、

「今日、楽しみにしていて下さいね」

そう伝えさせてもらった。


前奏《オーバーチユア》が奏《かな》でられ、一斉にステージ脇から飛び出す三人。

「やっほー！　青天国春《なばためはる》だよ！　今日も、みんなが元気そうでよかったよっ！」

「ふっふっふ！　聖なる舞を魅せる理の王者！　聖舞理王《せいぶりお》様、推参！」

「こ、こんにちは！　『TiNgS』の玉城《たまき》、杏夏《きょうか》、で、す！」

同時に沸き立つ歓声に応えながら、それぞれ一言を発するが、杏夏《きょうか》が少し固いな……。

いや、不安になるな。やれることは全部やった。だから、後は信じるだけだ。

「じゃあ、このままいっちゃうよぉ～！　せーの！」

曲が切り替わり、いよいよ一曲目がスタート。さぁ、定期ライブの始まりだ。

…………

…………

……

今のところ、定期ライブは至って順調。相変わらず、理王《りお》のダンスが遅れていて、さりげなく春《はる》がフォローをしているが、大きな問題は起きていない。むしろ、ここからが本番だ。

「ん～！　思いっきり歌ったねぇ！　それじゃ、ちょっと休憩タイムかな、理王《りお》ちゃん？」

「《しょ、しょうね！　この理王《りお》様は、ぜ、ぜんぜんぜん疲れてないけど、超スペシャルに休憩タイムには、は、はいってあげるわ！》」

落ち着け、理王《りお》。「ぜん」が一個多い。初めてのメインMC。一応、前もって杏夏《きょうか》にコツを伝えてもらい、練習もしたのだが、いざ本番を迎えてみると、カッチコチだ。

「《ま、まったく、いつも雁首揃《がんくびそろ》えて同じ顔ね！　てや、てゃみゃにゃにゃ……》あっ！」

観客いじりをしようとして、盛大に噛《か》んだ。慣れないことはやめておきなさい。

「あはは！　理王《りお》ちゃん、かみすぎだよぉ～！」

「《常に獲物を見定める理王《りお》様は、食事をしている気分でいるだけよ！》」

一応、春《はる》のサポートもあるおかげで、ギリギリどうにかなってはいるな。

できることなら、杏夏《きようか》も理王《りお》のフォローを……

「り、理王《りお》は食欲旺盛ですからねぇ～！　あは！　あははははは！」

どうやら、それどころではないらしい。

「きゅ、休憩タイムはおしまい！　ここから先も、鼻の穴をかっぽじってよく聞きなさい！」

耳ね。

…………

……

メインMCの重圧が原因か、いつもより少し調子の悪い理王《りお》、緊張でやや動きが固くなってしまった杏夏《きようか》、二人に合わせてレベルを調整する春《はる》。

そんな定期ライブも、いよいよ終盤。

「「「アンコール！　アンコール！」」」

一度、舞台裏へと去っていった『TiNgS』へ、ファン達が定番の掛け声を出す。

そして、そこから三分後、その声に応えた三人が再びステージ上へ現れた。

「《まったく、アンコール、アンコールうるさいわね！　仕方がないから、出てきてやったわよ！》だけど、これが本当に最後の曲だから！　ま、最後はすっごいのだけど!!」

ライブを通して、理王《りお》がさりげなくMCが上達している。

ただ、それが逆効果になったかもしれない。杏夏《きょうか》の体が、ビクリと震えた。

そんな杏夏《きょうか》の異変に、ファン達も気づいたのだろう。

あるファンは憂慮を、あるファンは疑問を抱いたようで、会場内に神妙な空気が流れ始めた。

さぁ、いよいよ今日の天王山。杏夏《きょうか》がセンターを務める曲、『一歩前ノセカイ』だ。

これまで、センターに立ち続けていた春《はる》が後ろに下がり、代わりに杏夏《きょうか》が前に出る。

普段とは違う『TiNgS』の様子に、ファン達の間でざわめきが起きた。

「ねぇ、これってまさか……」

「うそ！　もしかして、『一歩前ノセカイ』⁉」

「……っ！　おキョン……っ！」

イントロが流れ始めると同時に、巻き起こる歓声。古参のファン達から。

さぁ、聞かせてやれ、杏夏《きょうか》。君が主役の、君が特別な存在になれる曲を。

「………うん。予定通りだ」

歌い出しは問題なし。ついさっきまでの緊張が嘘《うそ》のように、杏夏《きょうか》は見事に歌っている。

Aメロは突破して、次はBメロ。ここも問題なし。

「……っ。……っ」

笑顔の中に不安をひそめる春《はる》。Bメロの後の間奏の先に待つサビのソロパートは、かつて杏夏《きょうか》が歌詞を飛ばしてしまった箇所だ。……もしもの時、自分がフォローに入るべきか迷っ

ているのだろう。そして、いよいよソロパートを歌う時が来ると、

「……っ？」

ほんの一瞬、春《はる》が呆気《あっけ》にとられた表情を浮かべた。

その理由は簡単。聞こえてきたからだ。……二つの歌声が。

一人は、もちろんセンターを務める杏夏《きょうか》。もう一人は、フォローに入った春《はる》……ではない。

一言一句違えることなく、『一歩前ノセカイ』のソロパートを歌っているもう一人の人物は、
アプリコット色のカチューシャが目立つ……トッカさんだ。

瞳を閉じて、懸命に祈りを届けるように、杏夏《きょうか》と共に歌っている。

あぁ……。よかった……。気づいてくれた、気づいてくれたんだ。

ライブ開始直前に告げた、僕のシンプルで分かりにくい言葉の真意を……。

「……ありがとう」

小さくつぶやいた感謝の声は、二人の歌声の中へ溶けていく。

マネージャーは、ライブが始まったら何もできない。後は全て、アイドルに託すだけだ。

だけど、ちゃんといるんだよ。

ライブ中、アイドルを助けることができる……ファンっていう人達がさ。

「……っ！」

杏夏《きょうか》も、トッカさんが歌っていることに気がついたのだろう。

ほんの一瞬だけ目を見開くと、すぐさま気持ちを切り替え、瞳に涙を浮かべながらも優しい笑顔を浮かべて、トッカさんを見つめている。

「……おキョン！」

今まで閉じていた目を開き、ステージ上を見つめるトッカさん。

すると、そこには彼女の待ち望んでいた光景が映し出されていた。

「……歌えてるっ！　おキョンが歌ってる！　この声！　この声が、聞きたかったのっ！」

分かるかい、杏夏《きようか》？　君は、もうなれているんだよ……。

誰かにとって……、トッカさんにとって、特別な存在にさ……。

だから、我慢なんてしなくていい。自分に向いていることだけやらなくていい。

もっと我侭《わがまま》に、自分がやりたいことをやっていいんだ。

「丁寧で優しくて綺麗《きれい》……。それが、おキョンだよ！　よかったぁ……よがっだよぉ～！」

杏夏《きようか》は『一歩前ノセカイ』を歌い切り、定期ライブは終わりを迎えた。


「もう！　こんな隠し玉まであるなんて、どれだけ驚かせてくれるのよ！　『TiNgS』！」

「ふむふむ……。当たり前のことを当たり前にやり遂げる。……見事ですね。また一つ、彼女達を見ていたい理由が増えてしまいました」

「やっぱり、定期ライブは毎週来るに限る！　こんな発見があるなんて！　来週分も買って……土曜日にもう一枚。……一人、仲間を増やすか……」

「ふん……。少しは成長したか」

「今日の杏夏《きょうか》たんは、ちょっとだけ面白い」

今日の定期ライブは、大成功。また一つ、『T:iNgS』の新しい魅力を伝えられた。

教科書通りのことしかやらない杏夏《きょうか》。……だけど、彼女の武器はそこにある。

杏夏《きょうか》は、絶対に、ミ、ス、を、し、な、い。

どれだけ激しいダンスをしようと、音程が、決、し、て、ず、れ、な、い、ん、だ。

ほんと、玄人好《くろうとごの》みのパフォーマンスだよ……。

こんな細かいこと、ライブに来慣れている人じゃなきゃ気づけないからね。

だけど……っと、いけないいな。最後まで、ちゃんと見届けないと。

「皆さん、本日は誠にありがとうございました！　これから、私も『T:iNgS』もまだまだ成長していきますので、今後とも応援のほうよろしくお願いします！」

歌い終わると同時に、杏夏《きょうか》が深々と頭を下げると、観客席からは笑いと共に「かたぁ～い！」なんて言葉が飛んでくる。

「《はぁ……。教養のない人が多いですね……》」

一部のファンの表情が、軽く凍り付く。

「ふふっ。お茶目なジョーク、大成功です」

だから、君のジョークは分かりづらいって……。

ただ、本人としては満足したようで、どこか照れくさそうに笑っている。ほんの一瞬だけ、トッカさんと目を合わせると、可愛《かわい》らしいウインクを一つ。トッカさんは、気絶した。

「では、理王《りお》。あとは、お願いしますよ」

憑《つ》き物《もの》が落ちたかのように晴れやかな笑みを浮かべて、理王《りお》にメインMCを託す杏夏《きょうか》。

今日は、本当に実りのある定期ライブになったな……。

小さいけどまた一つ、『T・i・N・g・S』は大きな一歩を踏み出したよ。

玉城《たまき》杏夏《きょうか》。彼女は、自分がぶつかっていた壁を乗り越えることができたんだ。

これから、彼女はまだまだ成長していくだろう。

……だけど、まだ足りない。

まだ、噴水広場のライブを成功させ得る力を、『T・i・N・g・S』は身につけられていない。

だからこそ……。

「《MC飽きた！　もう、やりたくない！》春《はる》、あとはあんたがやりなさい！」

「えぇぇぇ！　わ、私がぁ!?　うぅ～……分かったよぅ……」

確実に、解決しないといけないな。

噴水広場のライブを成功させるための、最大の鍵を握っている少女の悩みをね……。

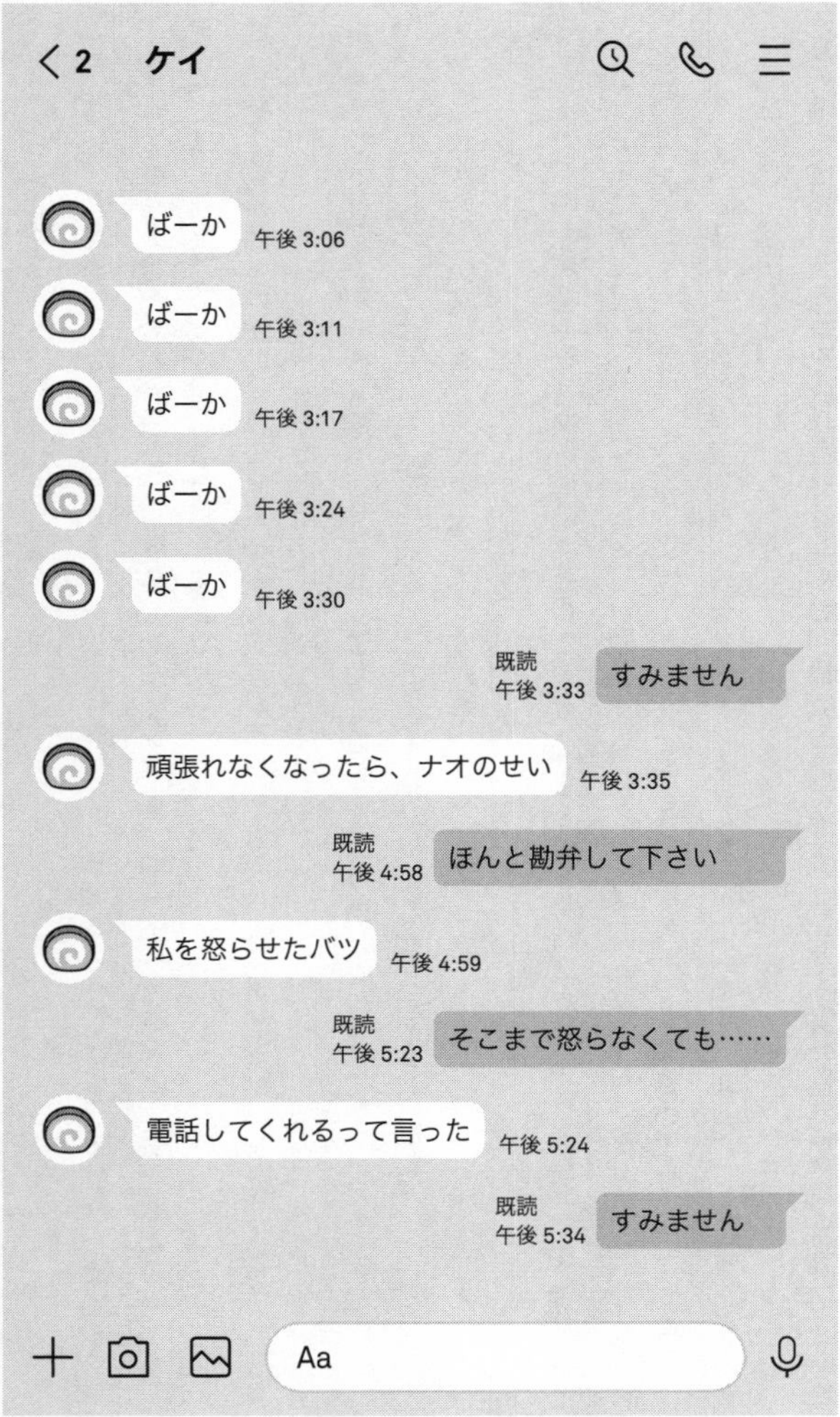

2
ケイ
ばーか
午後 3:06
ばーか
午後 3:11
ばーか
午後 3:17
ばーか
午後 3:24
ばーか
午後 3:30
既読
午後 3:33
すみません
頑張れなくなったら、ナオのせい
午後 3:35
既読
午後 4:58
ほんと勘弁して下さい
私を怒らせたバツ
午後 4:59
既読
午後 5:23
そこまで怒らなくても……
電話してくれるって言った
午後 5:24
既読
午後 5:34
すみません
Aa

第五章

《目立ちたがり屋》の
聖舞理王

「……はい。……はい。……申し訳ありません。その日程ですと、全員そろってというのは難しく……え？　玉城《たまき》がいれば大丈夫？　でしたら、玉城《たまき》ともう一人という形で……はい。……わかりました。ありがとうございます。……はい。今後ともよろしくお願いします。……では、失礼します。…………よし」

五月下旬。あの定期ライブから、九日後の火曜日。

僕は、ブライテストのオフィスで、受話器を置いた後に小さくガッツポーズをとっていた。

「いいぞ、杏夏《きょうか》。少しずつだけど、確実に……」

「もしもし、警察ですか？　何やら私の名前をつぶやき、少々グロテスクな笑みを浮かべる男性がいます。至急パトカーを一台。加えて、屈強なツキノワグマのような警察官を三名ほど――」

「お茶目なジョークかな？」

背後から聞こえてきた声に、少々寒気を感じながらも返答。

振り向いた僕の目に映ったのは、心なしか上機嫌な杏夏《きょうか》。

「ふふっ……。こんにちは、ナオさん」

格好は制服。どうやら、事務所につくと同時にオフィスに顔を出したようだ。

「相変わらず、心臓に悪いね」

「おかしいですね？　爆笑必至、会心の出来だと自負していたのですが……」

いったい、どうしたらこの子のギャグセンスを磨くことができるのか？　難問だ。

「ところで、なぜナオさんは私の名前をつぶやいていたのでしょう？」

期待を乗せた声、好奇心に満ちた瞳。以前までの少し後ろ向きだった杏夏《きょうか》とは違い、前向きな感情を向けられたことに、ささやかな喜びを感じる。

「杏夏《きょうか》にいい話が来てね。……いや、正確に言うと杏夏《きょうか》と理王《りお》にかな」

「私と理王《りお》に？」

「うん。細かいことは、三人がそろってから——」

「あ〜！　杏夏《きょうか》ちゃん、ずるい！　二人でマネージャー君に声をかけようって約束してたのに、先に声かけてる！　罰として、ギュッ一回だよ！」

「きゃっ！　春《はる》、突然抱き着かないで下さい」

「ん〜！　杏夏《きょうか》ちゃんの髪、ふわふわぁ〜！　気持ちいいぃ〜！」

三つ編み眼鏡に制服姿の春《はる》が、背後から杏夏《きょうか》を抱きしめた。

杏夏《きょうか》は少しだけ迷惑そうだけど、本気で嫌がっているわけではなさそうだ。

「えっと、二人はどうしたのかな？」

いつもなら、更衣室で着替えたら真《ま》っ直《す》ぐにレッスン場に向かっているのに、今日はわざわざオフィスに顔を出すなんて。

「今のところ、噴水広場にどのくらいの人が集まりそうか聞きたかったの！」

杏夏《きょうか》を抱きしめながら、春《はる》が元気な一言。

なるほど、その話か……。

二日前の定期ライブ、全ての曲を終えた後、ついに『TiNgS』は公式に発表した。

約一ヶ月後に、サンシャインシティ噴水広場でミニライブをやることを。

そんな新情報に、来てくれたファンは大盛り上がり。

ついに『TiNgS』が新たな一歩を踏み出したと、祝福してくれた。

「定期ライブと違いチケット販売はありませんが、それが大勢の人が来ることとは直結しません。重要なのはファンの皆さんの熱度と私達の認知度……春《はる》、少し苦しいのですが？」

「あっ！　ごめん、杏夏《きょうか》ちゃん！」

春《はる》がつい抱きしめる力を強めてしまったのは、杏夏《きょうか》と違って事情を知っているからだろう。

噴水広場に二〇〇〇人を集められなければ、自分達に解散の未来が待っていることを。

「それで、マネージャー君！　今のところ、どのくらいの人が来てくれそう!?」

杏夏《きょうか》の体を解放して、鬼気迫る表情を僕に向ける。ちょっと近い。もう少し離れて。

「そうだね……。最低でも、椅子席の二〇〇〇は満たせると思う」

「あぅ……。そ、そっかぁ～……」

「……まだ地下一階すら埋められないんですね……」

　以前までの『TiNgS』は、定期ライブで五〇枚を販売するのがやっとだったのだから、すごい進歩なんだけど……目標人数は二〇〇〇人。

　残り一ヶ月で、それを満たす認知度と実力を身につけるのは至難の業だ。

　だけど……、

「大丈夫だよ。前よりは、希望が見えてきてるからさ」

「なぜでしょう？」

「お茶目なジョークを言う子が、しっかり成長してくれたからね」

　あの定期ライブ以降、杏夏《きょうか》は変わった。

『TiNgS』には、春《はる》だけじゃなくて自分もいる。その気持ちがパフォーマンスにも繋《つな》がり、教科書通りではあるのだが熱のある、不思議と人を引きつける魅力を手に入れたんだ。

　結果として、定期ライブへ来るファンの中に、杏夏《きょうか》のファンが増え始めた。

『絶対にミスをしないアイドル』

　ライブでは分かりづらく、キャッチコピーとしては分かり易《わやす》い、杏夏《きょうか》が手に入れた称号だ。

　これによって、『TiNgS』の認知度はより向上。アイドル好きの人以外にも、彼女達に興味を持つ人が徐々にだけど増え始めている。

「いえい、やりました」

可愛《かわい》らしいVサイン。淡泊な表情ながらも自信に溢《あふ》れたその姿は、頼もしさを感じる。

「杏夏《きょうか》ちゃんが悩みを解決して、沢山の人が杏夏《きょうか》ちゃんの良さを分かってくれた……。『TiNgS』はもっともっと良くなった……。なら、ここからやることは一つしかないね!」

感情を噛《か》みしめるような春《はる》が、元気よく声を出す。

「というわけで、マネージャー君! 超朗報があります!」

「ん? どうしたの?」

「なんと、杏夏《きょうか》ちゃんも協力してくれることになりました!」

「協力?」

「うん! 私がね、理王《りお》ちゃんの悩みを解決したいって杏夏《きょうか》ちゃんに相談したら、手伝ってくれるって言ってもらえたの! ……ね、杏夏《きょうか》ちゃん!」

「はい。理王《りお》が悩みを解決し、彼女本来の力を発揮することができれば、『TiNgS』は間違いなく新たな一歩を進めますから」

確かに、超朗報だ。しっかり者の杏夏《きょうか》が協力してくれるなんて、心強いことこの上ない。

これで、もし理王《りお》の悩みを解決できれば……。

「助かるよ。……ということは、もしかして杏夏《きょうか》は理王《りお》の悩みを知っているのかな?」

「内容は知りませんが、以前から理王《りお》はどこか遠慮がちというか、肝心な時に引っ込み思案なところがありました。恐らく、それが悩みに繋《つな》がるヒントとなり得るはずです」

「あっ！　それは、私も思った！　理王《りお》ちゃんって、普段はすっごく元気なのに、たまに大人しくなっちゃうんだよね。……なんでだろ？」

やっぱり、二人もそれに気づいていたか……。

「まったく、悩みがあるなら素直に相談すればいいというのに……困った子です」

「杏夏《きようか》ちゃん、自分のことを棚に上げてない？」

「……っ！　あ、上げていません！　私は、最終的にはちゃんと相談しました！」

そうだね。最終的には、したね。最終的には。

「……こほん。と、とにかく！　理王《りお》が悩みを抱えているのであれば、このままにしておくわけにはいきません。私達三人で彼女を助けるべきです」

理王《りお》の悩み……、小さなヒントはあるのだけど、未《いま》だに僕は核心には辿《たど》り着《つ》けていない。だけど、『TiNgS』いちのしっかり者の杏夏《きようか》が協力してくれるなら……。

「前回は、私の完璧な作戦がなぜか失敗しちゃったけど、今回は杏夏《きようか》ちゃんがいるし安心だ！」

なぜか？　なぜかと申したか？

「春《はる》、あれのどこが完璧な作戦なのですか？　あんな雑な方法で聞き出せるわけがないでしょう。もっと、頭を使わないとダメですよ」

言ってやって。ほんと、もっと言ってやって。

「うっ！　た、確かに、ちょっとだけ勢いに任せちゃったかもだけどさぁ～……。っていうか、そこまで言うなら、杏夏《きょうか》ちゃんには何かいい作戦があるの？」

「当然です。私が準備した作戦は、完全無欠。確実に、理王《りお》の悩みを聞き出せます」

「わぁ～！　さすが、杏夏《きょうか》ちゃんだよ！」

僕もそう思う。……と言いたいんだけどね、なぜだろう？

自信満々のドヤ顔で完全無欠とか言ってるのを聞くと、逆に不安になってしまうのは……。

「というわけで、善は急げです！　さぁ、ナオさん！　私達と一緒にレッスン場へ向かい、理《り》王《お》の悩みを教えてもらいましょう！」

「オッケー！　ゴーゴーゴーだね！」

「ちょっと待って、二人とも。まずは、作戦の内容を――」

「急いで下さい。早く来ていただけないと、置いていってしまいますよ」

あれ？　デジャヴ？　何だか前にもそっくりなやり取りを……あぁ。二人があっという間に、レッスン場へ向かっていってしまった……。


「春《はる》、杏夏《きょうか》、遅い！　もうレッスン開始二〇分前よ！」

レッスン場へ向かうと、すでに着替えを済ませ熱気を放つ少女が一人。理王《りお》だ。

様子を見る限り、二人よりも先に来て一人でレッスンをしていたのだろう。

「あっ！　マネージャー！　私、もうメインMCはやらないから！　《めんどくさいし、やりたくない！》これからは、春《はる》か杏夏《きようか》にやらせなさい！」

不機嫌の残滓《ざんし》か、僕の姿を見るなり、八重歯をむき出しにしてクレームを一つ。

前回と前々回、春《はる》と杏夏《きようか》にはそれぞれセンターの曲があるから、メインMCを理王《りお》に担当してもらったのだけど、本人としては思うところがあったようで、二回ともライブ途中でメインMCを放棄して、杏夏《きようか》か春《はる》へ押し付けるような形で代わってもらっていた。「《MC飽きた！　もうやりたくない》」。理王《りお》が、メインMCを代わってもらう際に、必ずついていた嘘《うそ》。

普段は自己主張の塊のような彼女が、嘘《うそ》をついてまで自分が目立てる環境を手放す。

そこにどんな思いが潜んでいるかは、まだ分からない。

「理王《りお》、少しいいですか？」

淡々と声をかける杏夏《きようか》。恐らく、本人曰《いわ》く『完全無欠な作戦』とやらを実行するつもりなのだろう。これで、理王《りお》の悩みが聞ければ理想的な展開だが、果たして……。

「ん？　どうしたのよ、杏夏《きようか》？　あんた、早く着替えてきなさいよね！　その格好じゃ――」

「実は、ここに貴女《あなた》のため用意した、甘天堂《かんてんどう》の極上プリンがあります」

あの～、杏夏《きようか》さん？　まさか、貴女《あなた》の完全無欠な作戦って、プリンで釣って悩みを聞き出すという内容では？

いやいや、しっかり者の杏夏《きょうか》に限って、そんなことがあるはずが……

「ふふふ。理王《りお》の大好物の甘天堂《かんてんどう》の極上プリンを餌に悩みを聞き出す。……完全無欠です」

どうして、そうなった？

「プリン！　甘天堂《かんてんどう》の極上プリン！」

「ええ。食べたいでしょう？　ですが、条件があります。このプリンを食べたくば――」

「ん～！　やっぱり甘天堂《かんてんどう》の極上プリンは最高ねっ！　ありがと、杏夏《きょうか》！」

「なっ！　い、いつの間に、私からプリンを……」

疾風。甘天堂《かんてんどう》の極上プリンを視認した理王《りお》は、即座に杏夏《きょうか》からプリンを奪い取り、上機嫌に頬張り始めた。さて、どうする杏夏《きょうか》？　しっかり者の君なら、失敗した場合のことも……

「くっ！　策が尽きてしまいました……」

尽きるんかい。

「杏夏《きょうか》ちゃん、どうするの!?　私、何も考えてないよ！　ノープランだよ！」

考えておこうよ。

「はぁ～！　美味《おい》しかった！　じゃ、これでレッスンを……」

「り、理王《りお》……。貴女《あなた》は私のプリンを食べましたね？　では、その代償として、貴女《あなた》の悩みを聞かせていただきましょうか。さぁ、言いなさい！　今すぐに！」

勢いで攻め始めた。ついさっき、春《はる》へ偉そうな口上を述べていたのはなんだったのやら。

ただ、理王《りお》に甘天堂《かんてんどう》の極上プリンを食べさせるという条件は満たせているし、まるでなしというわけでもないような気もする。もしかしたら、ワンチャンあるんじゃない？

「んにゃっ！　なによ、いきなり……《そんなん、ないわよ》。それより、レッスンを――」

「杏夏《きょうか》ちゃん、こうなったらアレしかないよ！」

「ええ！　そうですね！　アレしかありません！」

あ、ないね。これ、失敗する流れだね。

「私が押さえつけますから、お願いします、春《はる》！」

「春《はる》ちゃんにお任せあれ！」

「え？　あ、あんた達、何を……うにゃぁぁ!!　首筋はダメ！　やめて！　ほんとにやめ……んにゃぁぁぁぁぁぁぁぁぁぁ!!」

「ふっふっふ！　理王《りお》、どうですか？　悩みを言わなければ、春《はる》は止まりませんよ！」

「わしゃわしゃわしゃ～！　ほら～、早く素直になりなさぁ～い！」

完璧な作戦も、完全無欠な作戦も、なぜ最後にはくすぐりに行き着いてしまうのか……。

「ふっ……。時として狡猾《こうかつ》な手段も必要となる。これが……アイドルです！」

「私達は止まらない！　どこまでも、駆け巡るんだから！　だって、アイドルだもん！」

そんなアイドル知らない。知りたくもない。

「さぁ、理王《りお》！　年貢《ねんぐ》の納め時です！　正直に言ってみなさい！　貴女《あなた》の悩みを！」

「そうだよ、理王《りお》ちゃん！　早く悩みを言っちゃうんだ！」

「あんた達のくすぐりよぉぉぉぉぉ!!」

どうやら、頼れる味方が一人増えたのではなく、ポンコツが二人になっただけのようだ。


「マネージャー！　その二人を私に近づけないで！　うぅぅぅぅ!!」

五分後、何とかくすぐりから脱した理王《りお》は、即座に僕の背中へと撤退。

顔だけをヒョコッと出して、杏夏《きようか》と春《はる》を睨《にら》みつけている。

「……い、いたいです……」

「うぅ～……。またやられちゃったよぉ～……」

そんな僕の正面には、顔に面白い引っかき傷を作って正座をする杏夏《きようか》と春《はる》。

「二人とも、やりすぎ。理王《りお》に謝りなさい」

「すみません……理王《りお》」

「ごめんねぇ、理王《りお》ちゃん」

一番年下の理王《りお》に、情けなく謝罪をする二人の少女。もし、彼女達が自信を持って何らかの作戦を実行しようとしたら、絶対に事前確認をしよう。そう決意した。

「ほら、理王《りお》もそっちに行って。もう、大丈夫だから」

「うにゅ……。分かったわよ……」

「じゃあ、ミーティングを始めようか。……実は、君達に相談があるんだ」

「この理王《りお》様に相談？　……分かったわ！　と――」

「東京ドームじゃないよ」

「なによ！　変に期待させないでよね！」

むしろ、なぜ勝手に変な期待をしてしまうかを教えてほしい。

「金曜日にオファーが二つ入ったんだ。一つが一日店長、もう一つが地方テレビのロケだよ」

「えぇぇぇ！　私達にお仕事が入ったの？」

「……っ！　オファー……初めて、こんな話をいただきました……っ！」

「なによそれ！　最高じゃない！」

三者三様の反応。だけど、共通してある感情は喜びと驚き。

これまで、定期ライブしかやったことがなかった自分達に、オファーが入る。

それは、彼女達がアイドルとして認められた一つの証《あかし》だ。

「あの、ナオさん……」

「なんだい、杏夏《きょうか》？」

春《はる》と理王《りお》が大喜びをしている中、先に冷静になった杏夏《きょうか》がわずかに不安げな瞳を向ける。

初めてのオファーに緊張しているのだろうか？

「一日店長というのは、大丈夫なのでしょうか？　私達に店長業務の経験はないのですが……」

なるほどね。しっかり者の杏夏《きょうか》らしい悩みだな。

「いや、本当に店長をやるわけじゃないよ。あるお店で、売り子さんをやってもらうだけ。お店側としては集客目的だけど、君達としてもファンを増やせるチャンスになる」

これが、先程僕が電話で話していた件。パッと聞くと、地方テレビのロケのほうが華やかで重要度が高いように思えるけど、今の『TiNgS』の場合、重要なのは一日店長のほうだ。

一日店長は、認知度を高めるのには向いていないが、『ファンを増やす』という目的に於《お》いて、非常に高い効果が期待できる。対して、地方テレビには『認知度を上げる』という大きな効果があるけど、テレビを通してとなると、どうしてもファンに至る人数は限られてくる。

どちらも一長一短だけど、今の『TiNgS』に最も必要なのは、自分達に興味を持ってライブにやってきてくれる人達。しかも、今回『TiNgS』を呼んでくれたお店は、一日の平均来客数が二〇〇人にも及ぶ人気店だ。『TiNgS』と縁もゆかりもなかった人達二〇〇人と直接触れ合えるチャンス、これを逃す手はない。

「一日店長には三人で行ってもらおうと思ったんだけど、ちょうどブッキングしちゃってね。だから、一日店長に二人、ロケに一人、行ってもらう」

今回の仕事は代役というわけではなく、どちらも『TiNgS』に入ったオファーだ。

ただ、少し妙なのは地方テレビのロケ。

元々、ブライテストの看板アイドル『FFF《フライ》』にオファーが入っていたんだけど、そこに加えて、急遽《きゅうきょ》『T:iNgS』からも誰か一人来てほしいという話がやってきた。

番組制作者の中に、『T:iNgS』のファンがいるのかと思ったけど、そうでもないようで……どうして、まだ無名の彼女達にオファーが入ったかは分かっていない。

「なぜ、そのような割り振りなのでしょう？」

「元々、ロケは一人しか行けなかったからさ。一日店長のほうは、『T:iNgS』にオファーをしてくれたんだけど、ロケと日程も時間もかぶっちゃってね。その事情を伝えたら、二人でも大丈夫って話になったんだ」

「なるほど。それで、相談というわけですね」

「そういうこと。……ただ、一人はどっちに行くか決まってるんだけどね」

本来であれば、それぞれに希望をとってという形を取りたかったが、そうはならない。

なぜなら……

「杏夏《きょうか》。君には、一日店長に行ってもらう。……向こうの担当さんが、是非杏夏《きょうか》には来てほしいって言ってくれてるからさ」

この仕事は、杏夏《きょうか》の力で得たものだから。何とか『T:iNgS』のファンを増やそうと、片っ端から営業をかけていたら、四七回目の営業で当たった人が、『一歩前ノセカイ』を杏夏《きょうか》が初めて歌い切った定期ライブに来てくれていた観客の一人だった。

友人の付き合いで来て、そのまま杏夏《きょうか》のファンになったそうだ。

——そういった話でしたら、是非我が店舗で多くの人と接して下さい！　私も『T·iNgS』を少しでも沢山の人に知ってもらいたいです！

電話の向こうから、そんな熱のこもった言葉が届けられた。

「私が？　もしかして、先程言っていた『いい話』というのは……」

「うん。この件だよ」

「……分かりました」

胸の前で小さく両拳を握りしめ、微笑《ほほえ》む杏夏《きょうか》。もっと大袈裟《おおげさ》に喜んでもいいのに。

「なら、私と理王《りお》ちゃんが、どっちに行くかを話し合いで決めればいいのかな？」

「そうだね。ちなみに詳細を伝えると、ロケは、農家で野菜の収穫と食レポ。それで、一日店長をするお店は……甘天堂《かんてんどう》南青山支店だよ」

「甘天堂《かんてんどう》！　なによそれ！　プリン食べ放題じゃない！」

そうはなりません。

まぁ、理王《りお》は絶対に食いついてくると思ったよ。大好きだもんね、甘天堂《かんてんどう》の極上プリン。

だからこそ、一応は話し合いの形はとったけど……

「な〜んだ！　なら、話し合いの必要なんてないじゃん！」

「ですね。一日店長に向かうのは……」

「そうね！　一日店長が、杏夏《きょうか》と春《はる》！　私が、ロケね！」

「「「え？」」」

予想外の申し出に、思わず僕ら三人の声が揃《そろ》ってしまった。

どういうことだ？　理王《りお》は甘天堂《かんてんどう》の極上プリンが大好きじゃないか。

だから、てっきり一日店長のほうに行きたがると……、

「理王《りお》、いいのですか？」

「《当たり前でしょ！　杏夏《きょうか》のおまけ扱いなんていやだもん！　だから、私がロケよ！》」

……どうしてだ？　どうして、ここで嘘《うそ》をつく必要がある？

「理王《りお》ちゃん、大丈夫？　ロケは一人なんだよ？」

春《はる》の言う通りだ。以前、日本青年館へチケット販売に向かった際、理王《りお》は会場の雰囲気に圧倒されて萎縮していた。あの様子を見る限り、一人で行動するのは苦手なタイプなのだろう。

だからこそ、いつでも元気で明るい春《はる》が、ロケは合っているとも考えていたのだが……。

「ふ、ふふん！　《何一つ問題ないわね！》　もう完璧に、全世界の民がやってきたくなるような、完璧なロケをしてやるんだから！」

また、嘘《うそ》。理王《りお》は、ロケに行きたいと考えていない。

「う〜ん。それなら……、えっと……、マネージャー君、どうする？」

春《はる》が、少し困った表情で僕を見つめてきた。

「そうだね。なら、一日店長には杏夏《きようか》と春《はる》、ロケには理王《りお》と……付き添いで僕が行くよ」

「《マネージャーも必要ないわよ！　私は一人で……》」

「ダメ。元々、僕はロケのほうに行く予定だったから」

「うぎっ！　わ、分かったわよ……」

混乱が圧を生んでしまい、つい語気が強くなってしまった。

……分からない。どうして、理王《りお》は地方テレビのロケを選んだんだ？

自分が目立つチャンスだから？　……いや、それだったら嘘《うそ》をつく理由はない。

頭の中に渦巻く疑問の中に、わずかに差し込んだ光。それは、理王《りお》がロケを選んだ理由こそが、彼女のぶつかっている壁の正体に繋《つな》がる予感を抱けたからだ。

「《別に一人で平気なのに……》」

不貞腐《ふてくさ》れた表情のまま、また一つ嘘《うそ》。

どうしたんだよ、理王《りお》？

☆

金曜日。事務所の前に集合し、車に揺られること三時間。

僕達は、今日のロケ現場である農家へと到着していた。

「こ、ここが、理王《りお》様の、今日のステージね！　《まぁ、大したことないんじゃない？》」

だとしたら、その大したことがありすぎる、両足の震えをどうにかしてほしい。

はぁ……。そんなことだろうとは思っていたけど、案の定かなり緊張しているな……。

そんな理王《りお》の様子を見て、にんまりと微笑《ほほえ》む女の子が一人。

「んふふ！　理王《りお》、可愛いぃ～！　ねぇ、ナオ君！　そのポジション、私と代わってよ！」

兎塚七海《とつかななみ》。どこか中性的な顔立ちの一七歳。胸まで伸ばした柔らかそうな髪に、メリハリのついたスタイルの良さ。彼女は、『ブライテスト』の看板アイドル『FFF《フライ》』のリーダーを務める女の子。子供に絶大な人気を誇るゆらシスとは異なり、二〇代から三〇代前半までの男性……いわゆる、M1層と呼ばれる人達に人気があるのが『FFF《フライ》』の特徴だ。

「僕としては、構わないんだけど……」

「嫌よ！　七海《ななみ》、私をおもちゃみたいにするもん！　車でも、ひどかった！」

「そんなぁ～。ただの愛情表現だよぉ～！」

明らかに警戒された目を向けられてもカラカラと笑い、まるで気にした様子を見せない七海《ななみ》。

まぁ、ここに来るまで車内で、理王《りお》はひたすら七海《ななみ》にいじられてたからね。

抱きしめられたり、頭を撫《な》で続《つづ》けられたり、……愛情表現と言ってもおかしくはないと思うけど、正確にはいき過ぎた愛情表現だと思う。

同じ事務所だから、面識はあると思ったけど、それ以上の関係だったみたいだ。

「そんな怒らないでよぉ～。そりゃ、今日は他の二人がいない分、ちょっと理王《りお》を愛《め》ですぎちゃったかもしれないけど……」

「ちょっとじゃない！　す・ご・く！」

八重歯をむき出しにして、威嚇を始める理王《りお》。今日のロケでは、三人グループの『FFF《フライ》』で来ているのは七海《ななみ》だけ。他の二人は、スケジュールの都合がつかなかったそうだ。

これが、『TiNgS』も呼ばれた理由だろうか？

……いや、ないな。仮に『ブライテスト』からもう一人となっても、『TiNgS』よりも数字が取れるアイドルは、他に何組もいる。

「とりあえず二人とも、まずは着替えてきてもらえると嬉《うれ》しいんだけど……」

「はいは～い！　それじゃ、理王《りお》！　二人で着替えに行こうか！　ふ・た・りで……んふふ」

「ひっ！　じゅ、順番でいいわよ！　まずは、七海《ななみ》が先！」

「りょ～かい！　それじゃ、着替えが終わったら、理王《りお》の着替えの時にぃ～……」

「やっぱり、私が先！　マネージャー！　私の着替えが終わるまで、七海《ななみ》を何とか押さえておきなさい！　理王《りお》様の命令は絶対よ！　絶対だからね！」

「あ、うん」

「いい返事よ！　じゃあ、私は行くから！　ほんと、お願いね！　ほんっと、お願いね！」

傲慢なようで懇願する言葉を残し、大急ぎで仮設されたプレハブへと逃げていく理王《りお》。

この現場に匹敵する恐ろしさを、七海《ななみ》から感じているようだ。

「ありゃ〜。逃げられちゃったかぁ〜。でも、そんなところも可愛《かわい》い！」

あれだけ嫌がられても、まったく心が折れないのだから、七海《ななみ》は図太いよな。

こんな態度からは想像がつかないかもしれないが、その実力と人気は本物。

『FFF《フライ》』もまた、トップアイドルの一角を担《にな》う存在なのだから……。

シングルの最高売り上げは、ミリオン越え。観客動員数ではゆらシスに劣るものの、シングルの売り上げでは勝る。それが、『FFF《フライ》』だ。

「今日はよろしくね！　ナオ君！」

「うん。こちらこそよろしくね、七海《ななみ》」

今日の僕は、理王《りお》のマネージャーであると同時に七海《ななみ》の臨時マネージャー。僕が、理王《りお》のロケに付き合うと知ったどこぞの社長が、『なら、七海《ななみ》の面倒も見てやってくれ！　ナー坊が一緒だと知ったら、彼女も喜ぶだろうからね！』と押し付け……こほん。託された。

代わりに、一日店長の杏夏《きょうか》と春《はる》のほうは見てくれるみたいだから、いいんだけどさ。

「んふふ……。臨時とはいえ、ナオ君にマネージャーをしてもらえる日が来るなんてね！」

僕も、まさか七海《ななみ》のマネージャーをやる日が来るとは思わなかったよ。

「今日の仕事だと、別に僕ができることはそんなになさそうだけどね」

「何言ってるのさ！　ナオ君がマネージャー！　その事実が大切なのです！」

あ、そうですか……。

「ちなみに、ナオ君がやりたかったら『FFF《フライ》』のサブマネを兼任しても……」

「その予定はないかな。僕は、『TiNgS』の専属マネージャーだからね」

「ちぇ、残念。螢《ほたる》さんのトリプル越えのためにも、ナオ君がいると心強いのに……」

小さくつぶやかれた言葉に宿る、大きな目標。

『FFF《フライ》』の目標は、シングルの売り上げで『絶対アイドル』を越えること。

ミリオン越えを達成している時点で十分な成果とも言えるのだが、七海《ななみ》……いや、『FFF《フライ》』としては、螢《ほたる》がかつて達成したトリプルミリオンを越えたいのだろう。

数多《あまた》のアイドルがしのぎを削り合うこの業界で、年間観客動員数、売り上げ枚数、潜在視聴率、動画の累計再生数、全てにおいてトップに君臨するアイドル。

それが、『絶対アイドル』……螢《ほたる》だ。

「そういえば、『TiNgS』には話してるの？　ナオ君が、前に何をやってたかって……」

「いや、伝えてないよ。変に構えられても困るしね」

「ふむふむ……。つまり、これはチャンスってことかな？」

七海《ななみ》の目が、キラリと輝いた。

「どういう意味？」

「今日の理王《りお》のお世話料と口止め料、どっちも要求できるかなって思ってさ！」

「転職したてで、財布に余裕はないんだけど？」

「んふふ。ナオ君のいけずぅ～。私が何を欲しがっているか、分かってるくせにぃ～！」

ポンと軽い調子で胸を叩《たた》いてきているが、目が笑っていない。

「はぁ……。分かったよ、考えておく」

「やったね！　交渉成立！　じゃあ、ナオ君のためにも、いっぱい買って――」

「僕はいらないから、ブライテストに入れてもらうようにしておくよ」

「うわぁ～。あの噂《うわさ》、本当だったんだ……。ナオ君が、今まで全部の権利を……」

「ありすぎると、目が眩《くら》んじゃう気がしてね」

必要なものは、必要なだけあればいい。別に僕は……っと、理王《りお》が戻ってきたな。

「待たせたわね！　理王《りお》様、再登場よ！」

大きめのハットに、首周りにはタオルを一枚。明るめのブラウスに、チェック柄のカーゴパンツ。なんだか、元気な農家の娘って感じだ。

「ど……どう？」

ハットのつばを両手で握りながら、少し不安そうな視線。

「よく似合ってるから、自信を持っていいよ」

「わぁ～！　……ふふん！　当然よ！　なぜなら、私は理王《りお》様だから！」

少し傲慢ともいえる言葉に、似つかわしくない無邪気な笑顔。

これが、理王《りお》の魅力の一つだよね。


「どぅも！　ディレクターのサトウです！　よろしくでぇす！　ほぉい！」

着替えを終えた理王《りお》と七海《ななみ》をつれて打ち合わせ場所へ向かうと、キクさんとは違うベクトルでテンションの高い女性のディレクターさんが現れた。

少し濃い眉毛が特徴的な、ショートカットの女性。……このテンションで、女性。

「あ、えと……よ、よろしくお願いします……」

「はーい！　よろしくお願いします！」

サトウさんのテンションに、やや面食《く》らう理王《りお》と、明るく挨拶をする七海《ななみ》。

元の性格もあるだろうけど、現場慣れしているかどうかの違いだろう。

「いいですねぇ～！　いい挨拶でぇす！　それじゃあ、打ち合わせを始めようか！　なぁに、チャチャッとやって、チャチャッと終わる簡単なお仕事さぁ！　さ、座って、座って！」

パイプ椅子へ豪快に腰を下ろし、それぞれに資料を手渡すサトウさん。

ピクピクと揺れる少し濃い眉毛が気になるので、できる限りそこは見ないようにした。

「今日の流れだけどねぇ～、まずは野菜の収穫の手伝い、その後に自分達が収穫した野菜を使った料理を二人に食べてもらって、感想を言う！　それで、おしまいさぁ！」

「は、はい！　分かりました！」

「んふふ！　理王《りお》、固くならない、固くならない！　そんなに心配しなくても、大丈夫！」

今日のロケは、地方テレビでやっているバラエティ番組のワンコーナーで使われるそうだ。

だから、撮影時間はそれなりにあるが、実際に流れるのは一〇分あるかないか程度。

番組が求めている役割をこなしつつ、自分の魅力も伝えられると理想的なんだけど……

「終わったら、プリン……。終わったら、プリン！」

緊張で、それどころじゃなさそうだね。初めてのテレビの仕事だし、こうなって当然か。

「それじゃあ、撮影行ってみよう！　素敵なロケに期待しているよぉ！」

「分かりました！　ほら、理王《りお》、行こっ！」

「う、うん！」

七海《ななみ》に手を引かれ、現場に向かっていく理王《りお》。

理王《りお》が、まるで借りてきた猫のようになってしまっているが、大丈夫だろうか？

やっぱり、春《はる》に来てもらったほうが……

「ほほーう……。あの子が、日生《ひなせ》さんが新しくマネージメントしているアイドルですかぁ〜」

「……何か？」

ニュッと顔を出して話しかけてくるサトウさん。ちょっと、怖い。

「いえいえ〜、ただ興味があっただけですよぉ〜！　あの日生直輝《ひなせなおき》が、事務所を移籍して新たなアイドルのマネージメントを始めた！　業界内で、大きく話題を呼んでいますから！」

どこから情報が漏れた？　キクさんか？　いや、優希《ゆうき》さんのほうが濃厚だ……。

「もしかして、今日『TiNgS』が呼ばれたのは……」

「いぇす！　まだ見ぬトップアイドルの卵の実力を見たかったわけですねぇ！」

なるほど。それで『TiNgS』が指名されたわけか。

好都合だけど、少し複雑な気持ちになるな……。

「いいですねぇ〜！　撮れ高に溢《あふ》れてますねぇ！」

上機嫌な言葉をもらすのは、ディレクターのサトウさん。

僕の不安をよそに、始まったロケは想像以上に面白いものになっていた。

「じゃ、じゃあ、次はトムトを取りに……」

「理王《りお》、トムトじゃなくて、トマトだよ！」

「あっ！　そ、そうだった！　ト、ト、……トメェトよ！」

「今度は発音が良くなった！」

偶然と必然の産物。緊張して変な天然ボケを連発する理王《りお》に、現場慣れした七海《ななみ》が的確にツッコミを入れることで、一つの笑いを生む。仲良く収穫をするよりも強い印象を与えられるし、もしかしたら理王《りお》にロケを担当してもらったのは、正解だったかもしれないな。

まさか、あんな自然に『万人受け』する振る舞いができるなんて。

「はい！　オッケー！　じゃあ、次はいよいよ君達が取った野菜を実際に食べてもらおう！」

ここで、いったん撮影はストップ。ここまでは非常にいい出来栄《できば》えにはなっているのだが……理王《りお》としてはかなり苦しいのだろう。ヨロヨロとパイプ椅子へ腰を掛けている。

本来であれば、こういう合間の時間にスタッフの人達と交流するといいんだけど、初めてのロケでそこまで求めるのはさすがに酷だ。

できれば、スタッフの人と少し交流したほうが……

「お疲れ様です！　すみません……。理王《りお》は、今日が初めてのロケ現場で緊張してて……」

「ははっ。大丈夫だよ、ナナミー。見ててそんな気がしてたから」

助かるよ、七海《ななみ》。スタッフさんと交流するだけじゃなくて、理王《りお》のケアもしてくれて……。

「理王《りお》、大丈夫？」

「……はいいえ」

それ、「はい」か「いいえ」かどっち？　……多分、いいえだね。

「……杏夏《きょうか》と春《はる》も頑張ってる。だから、私も頑張らなきゃ……」

小さくつぶやかれた、大きな想《おも》い。

たとえどれだけ苦しくても、何とかこのロケを成功させたいのだろう。

「マネージャー、教えて……。どうしたら、もっと面白くなる？　どうしたら、『T:iNgS』をみんなに知ってもらえる？」

「食レポのコツは、簡単さ。いつも通り、素直に感想を言えばいい。それだけさ」

「……本当に？　本当にそれだけで……」

食レポはリアクションが大切だ。ただし、大袈裟《おおげさ》すぎてもいけない。

だから、普段の三割増しくらいの気持ちで伝えるのがちょうどいいんだけど、理王《りお》の場合は普段からリアクションが大きいからね。いつも通りで、問題ない。

本当は、他にもいくつか言うべきことはあるんだけど、今の疲弊した理王《りお》にこれ以上の情報を与えても混乱させるだけだ。アドバイスは、できる限りシンプルで分《わ》かり易《やす》くしないとね。

「オッケー！　準備が整ったよ！　それじゃ、食レポのほうにもいってみよう！」

「よし！　理王《りお》、あと少しだ！　頑張れ！」

「うにゅ……」

フラフラと立ち上がりながら、七海《ななみ》のもとへ向かう理王《りお》。

あと少し……あと少しだぞ。頑張れ、理王《りお》！

「よーし！ 理王《りお》、頑張った後はご飯の時間だ！ さっき、私達がとったお野菜を農家の人が料理してくれたんだって！」

「ふ、ふふん！ この理王《りお》様の顎に合うか、か、確認してやろうじゃない！」

「理王《りお》、顎じゃなくて舌じゃない？」

「そ、そうとも言うわね！」

本日のロケも大詰め。先程の疲労を隠し、ロケに臨む理王《りお》の姿勢には正直驚いた。

そんな二人の下に、先程までとっていた野菜を調理した料理が運ばれてくる。

出てきた料理は、ピーマンとナスの味噌《みそ》炒《いた》めだ。

「《うわぁ！ 美味《おい》しそうだねぇ！》」

ん？ どうして、七海《ななみ》は嘘《うそ》を……あ、そうだ。七海《ななみ》って確か、ナスが苦手だったんだ……。

だけど、七海《ななみ》は笑顔を崩すことなく箸でナスを掴《つか》み、そのまま口へと運んだ。

「《ん～！ 美味《おい》しい！》お口の中に、新鮮さが思いっきり広がる感じ！」

あれこそ、まさにプロの姿勢。

番組スタッフ、農家の人達、その人達へ敬意を持っているからこその振る舞いだ。

「ほら、理王《りお》も食べてみなよっ！ さっきまでの疲れが吹き飛んじゃうよ！」

明るい笑顔を維持したまま、隣で緊張する理王《りお》へと語り掛ける七海《ななみ》。

理王《りお》、ここまで助けてくれた七海《ななみ》に恩を返すチャンスだぞ。

君の素直な感想は、かなりの撮れ高が期待できる。

だから、今こそ――

「ピ、ピーマンっ！　ピ、ピ、ピーマン！」

はて？　何やら、ピーマンを見つめながら、青ざめた顔を理王《りお》がしているのだが……いや、まさかねぇ～！　まさか、理王《りお》はピーマンが苦手なんてことは……

「マネージャーが言ってた！　いつも通り、素直な感想を言えばいいって！」

うん、ちょっと待ってね。

僕は、あくまでも君が苦手な食べ物を前提とした話はしてなくて……あ、食べた。

「にがいぃぃぃぃぃぃぃ!!」

……えらいこっちゃ。


「大変申し訳ございませんでした！」

「ん～！　ダメですよぉ！　これは、ダメですよぉ、日生《ひなせ》さん！」

「はい！　分かっています！　今後、二度とこういったことはないように致しますので……」

「それは、当然のことでぇす！　幸いにして、ナナミーがグッドな映像をくれたので、そちらを使わせてもらいますが、彼女の食レポは全てカットさせてもらいますからね？」

「……はい。……分かりました」

見事なまでに正直すぎるリアクションをした、理王《りお》の食レポは大失敗。

疲労で蓄積させたストレスを爆発させるような『苦い』コールは、色んな意味で苦い思いを現場に提供する結果となってしまった。

「はぁ……。残念ですよ」

「……すみません」

ハイテンションから一気にローテンションへ。恐らく、普段は現場の空気を明るくするために、あえて明るく振る舞っているのだろう。

「いいですよ……。下調べをせずに呼んだ私にも責任はありますし、うちの局は貴方《あなた》に世話になっていた過去もある。なので、この件は私のところでストップします。……ですが、二度目はありません。……よろしいですね？」

二度目はない。……それは、次の失敗は許さないという意味ではない。

もう二度と、サトウさんが担当する番組に理王《りお》はキャスティングされないという意味だ。

いや、理王《りお》だけじゃなく『ＴｉＮｇＳ』という可能性も……

「……はい」

この世界では、取り戻せる失敗と取り戻せない失敗がある。

仮に、僕がここで抵抗をしても、より一層印象を悪くしてしまうだけだ。

だから、今はこの言葉を受け入れるしかない。

「やれやれ……。なんで、あんな子に日生《ひなせ》さんがついているのやら……」

最後にそう言うと、サトウさんは僕に背を向けて去っていった。

その背中に向けて頭を下げていると、二人の少女が隣へやってきて……

「ナオ君、大丈夫？」

「うん、問題ないよ。心配かけてごめんね、七海《ななみ》」

「えーっと、私はいいんだけど……」

七海《ななみ》の視線の先には、真っ赤に腫らした目を隠すようにうつむく理王《りお》がいて、

「ご、ごめんなさい……。……ぐすっ。私のせいで……」

「違うよ、理王《りお》。これは、僕のミスだ」

理王《りお》の調子を気遣いすぎて、的確なアドバイスを送れなかった。それ以前に、苦手な食べ物を確認することだってできたのに怠った。マネージャー失格だ。

「……っ！　違う、マネージャー悪くない！」

ブンブンと首を横に振り、僕の言葉を否定する。

「私……、私が悪いの……。また、迷惑かけた……。いつも、春《はる》と杏夏《きょうか》に迷惑かけてるのに、七海《ななみ》さんとマネージャーまで……。ぐすっ。ごめんなさい……」

もしかして、理王《りお》が一日店長じゃなくて、ロケを選んだ理由って……。

「いいんだ。今日のロケは、失敗だけじゃない。ちゃんと、得るものもあったからさ」

「……うにゅ」

ポロポロと涙を流す理王《りお》の頭を優しく撫《な》で、笑顔を向ける。

今までの理王《りお》の奇妙な言動。その正体が、少しずつ見えてきたよ……。

☆

――土曜日。

食レポでは、ピーマンよりも苦い思い出が刻まれてしまったが、一日店長のほうは大成功をおさめ、『TiNgS』は着実にファンを増やすことに成功していた。

「今日からは定期ライブとは別に、噴水広場のビラも配っていこう」

噴水広場のライブまで、残り三週間。SNSを利用した告知ももちろん行うが、それ以外の広報活動ももちろん欠かさない。

着実にファンを増やしている『TiNgS』だが、そのファンの中で、わざわざ噴水広場まで足を運んでくれる熱意のあるファンとなると、数はどうしても減ってきてしまう。

そこで、狙うべきは『TiNgS』に興味があるけど、定期ライブのチケットが手に入れられず未《いま》だにライブを観《み》られていない人達。

今の『T:iNgS』は、アイドル好きの中で大きな注目を集めているグループだ。

定期ライブのチケットは、一部ではプレミア扱い。

一度でもライブを観《み》ようと、土曜日に意気込んでやってきたはいいものの、チケットを購入できずに歯がゆい思いをする人達が存在している。今日から配布するビラは、そんな未《いま》だにチケットを購入できたことのないアイドル好きの人達がターゲット。

専用劇場を遥《はる》かに上回る人数がライブを観《み》られる噴水広場。

もちろん、ミニライブなので普段の定期ライブよりも曲数は少なくなってしまうが、彼らの胸の内にある「『T:iNgS』のライブを観《み》たい」というニーズには確実に応えられるからね。

「オッケー！　……ちなみに、マネージャー君の秘策が何かあったり？」

「今日のところは、君達任せかな」

「《はぁ……。怠惰な人です。全部、私達任せですか》」

「できないことをやらせようとはしないさ」

「ふふふ……。なら、仕方ありませんね」

以前の定期ライブ、一日店長……どちらも成果をあげられた杏夏《きようか》と春《はる》は、どこか溌溂《はつらつ》とした様子が目立つ。ただ、問題は……

「《ふーん！　私がいれば、なにも問題なし！　なぜなら、私は理王様《りお》だから！》」

強気な言葉の裏に大きな不安を秘めているであろう……理王《りお》だ。

一見すると、昨日の食レポの失敗なんて気にしていないようにも見えるのだけど、それ以前と比べて明らかに嘘《うそ》をつく回数が増えている。まだ、立ち直っていない証拠だ。

「あのさ、理王《りお》……」

「うにゃっ！《マ、マネージャーはあっち行ってて！》」

あの食レポがよほど堪えたのか、僕にまで気を遣ってしまうようになった。

「分かった。……じゃあ、頑張って」

やろうと思えば、無理矢理にでも理王《りお》と二人で話すことはできるだろう。

だけど、今のままでは理王《りお》が内に抱える壁によって阻《はば》まれ、言葉は届かない。

「ふむふむ……。来ましたか。待っていましたよ、ハルルン」

「おキョン！　噴水広場、おめでとう！　絶対、観に行くからね！」

「ハルルン、やっほー！　今日もお疲れ様！」

「リ〜オ様！　チケット一枚下さいな！」

以前までは劇場前に三人が立ち、声出しをするところから始まっていたチケット販売だが、今は違う。この時間、この場所に『TiNgS』が来ると知っているファン達が予《あらかじ》め待機し、彼女達を定位置まで導いたらチケット販売がスタートする。

「みんな、ありがとぉ〜！　……あ、でもさ、ちょっと他の人の迷惑になっちゃうといけないから、一列に並んでもらってもいい？」

春《はる》の言葉に従い、自然と列を作るファン達。ささやかなことだけど、『T・iNgS』のファンは全体的にマナーがしっかりしているよね。一人で話し込んで他の人の時間を奪うようなこともしないし、少し無礼とも言える質問を投げかけるようなこともしない。今だって、春《はる》が声をかける前から、他の通行人の迷惑にならないように建物沿いに列を作っていたくらいだ。

「ハルルン！　風の噂《うわさ》で聞いたのだけど、そろそろ新曲の発表があるとか？」

「ん～。どうだろうねぇ～。それは、今後のお楽しみだよ、マキさん！」

「おキョン！　噴水広場でも、もちろん歌うよね？　……歌うよね⁉」

「はい、もちろんそのつもりですよ。トッカさん」

それぞれ推しのメンバーと会話をし、チケットを購入するファンの人達。

「あっ！　ごめんなさい！　チケットはもうなくなっちゃって……」

開始して、わずか五分でチケットは完売。

普段ならここで終わりだが、今日に関しては……

「でも、まだこっちはあるから！　ちょっとだけ先だけど、よかったら来てほしいな！」

ここからが、本番だ。

噴水広場の告知ビラを可能な限り、受け取ってもらう。それこそが、今日の目的。

チケットを買えずに歯がゆい思いをした人も、自分達が『T・iNgS』のライブを観《み》られるチャンスを得られて、どこか上機嫌な様子が目立つ。

相変わらず、一番列が長いのは春《はる》だが、杏夏《きょうか》もいい勝負をしている。

ただ、やはりというか、当たり前というか……

「なんで、私だけこうなるのよ！」

理王《りお》の列だけは、もうすでに誰もいなくなってしまった。

仕方がない結果だとは分かっているが、いたたまれなくもなる。

調整力と観察眼に長《た》けた春《はる》と、決してミスをしない杏夏《きょうか》。そんな二人と比べて、ダンスの実力で劣り、明確な武器を持たない理王《りお》は、人気という面で二人と大きな差がついてしまう。

「うぅ……。また私が……。『TiNgS』です！　今度、噴水広場でミニライブをやるので、よかったら来てくれませんか！　……来てよ！　……きてよぉ……」

いつもなら、感情を爆発させて叫ぶ理王《りお》だが、やはり食レポの件があるからだろう。

徐々に意気消沈していき、最後のほうはまともに声すら出なくなっていた。

そして、一〇分後。いよいよ我慢の限界が訪れたのか……

「《もうイヤ！　私、休憩！》」

「理王《りお》ちゃん。まだビラはあるんだしさ、もうちょっと……」

「《知らないわよ！　めんどくさいし、あんた達がやってなさい！　ふん！》」

「あっ！　理王《りお》！　……行ってしまいましたか……」

乱暴な言葉と共に輝きを発しながら、去っていく理王《りお》。これを見るのは二回目だな……。

初めて僕がチケット販売を確認した時も、理王《りお》はああやってどこかへと向かっていた。

あの時は、春《はる》と杏夏《きょうか》の様子を見るのを優先したけど、

「……ん？」

ふと、春《はる》と杏夏《きょうか》が、僕のほうを見つめてきた。

僕もそうするつもりだったから、そんな心配した顔をしなくても大丈夫だよ。

小さく頷《うなず》いた僕に送られた二人の優しい微笑《ほほえ》みを受け取った後、僕もまた移動を開始した。


「さて、理王《りお》は……」

もしも、彼女が本当に休憩をしているのだったら、専用劇場内のソファーか近くの喫茶店とかにいるだろうけど、僕がそこに向かうことはない。

いるとしたら、きっと人通りの多い場所。……まずは、繁華街のほうに行ってみるか。


…………


……

繁華街にも、理王《りお》の姿はない。まさか、そこまでは行っていないだろうと思いつつ、専用劇場から結構な距離のある駅のほうまで行ってみると……

「あ、あの！　これ、見てくれませんか⁉　もし興味があったら、ライブにも……」

聞こえた……。普段の傲慢さを感じさせない弱気な声が、駅の改札から聞こえてきた。

それが、誰かなんて確認するまでもない。その声の主は……

「私、『TiNgS』ってアイドルをやってて、あの、えと……これ見て下さい！」

やっぱり、そうだったんだね……。

「私じゃ、あそこで受け取ってもらえない……。でも、ちゃんと全部配らなきゃ……。噴水広場のミニライブ、沢山の人に来てもらわなきゃ！」

理王《りお》は理解していたんだ……。春《はる》や杏夏《きょうか》と比べて、自分に人気がないことを。

そんな自分が劇場前にいても、成果は望めない。

だから、せめて少しでも二人の力になれるように……

「お願いします！　あの、これを……あぅ……」

通行人へ声をかけるが、ほとんどの人は理王《りお》を無視して去っていく。

別に、彼らが悪いわけではない。僕だって、街中で興味のない広告を渡されそうになったら、無視をして通り過ぎることはあることだ。

「……ぐす。……ダメ。泣いちゃ、ダメっ！」

涙を流すのをこらえるために、下唇を強く嚙《か》みしめる。

すると、偶然にも興味を持ってくれた人がいたようで、理王《りお》からビラを一枚受け取った。

「あっ！　ありがとうございます！　……ありがとうございます！」

普段の傲慢な態度が嘘《うそ》のように、礼儀正しく何度も頭を下げる理王《りお》。ビラを受け取ってもらえたことに小さく微笑《ほほえ》むと、再び彼女は一人でビラを配り始めた。

「あの、私はへたっぴだけど、……だから、春《はる》と杏夏《きようか》はすごいんです！　すっごく上手で、すっごく綺麗《きれい》なアイドルなんです！　お願いします！　お願いします！」

大丈夫だよ、理王《りお》……。そんな風に、自分を蔑まなくていいんだ。

確かに、君は『ＴｉＮｇＳ』で人気があるとは言えない。実力だって春《はる》や杏夏《きようか》と比べると、まだ足りてないことが沢山ある。それでも、君は持っているんだよ。

「春《はる》と杏夏《きようか》のライブを、観《み》て下さい！」

君だけの、特別な才能を……。


一時間後、二人の下へと戻った理王《りお》は、先程の様子が嘘《うそ》のように傲慢な笑みを浮かべ、

「ふふーん！　理王《りお》様、再降臨！　《この私が休憩から戻った以上、ここからビラは飛ぶように配れること間違いなし！　なぜなら、私は理王《りお》様だから！》」

元気よく、そんな言葉を飛ばすのだった。

「……ようやく、ちゃんと見えたよ」

乗り越えようじゃないか。誰よりも優しいからこそぶつかってしまった君の壁を。

☆

「噴水広場のミニライブで、新曲を発表しようと思う」

定期ライブを終えた翌日の月曜日、レッスン場で開口一番に僕はそう告げた。

「ほんと！　私達に新しい曲が増えるの⁉」

「それは、とても嬉《うれ》しいです！」

「なによそれ、最高じゃないの！」

レーベルに所属してのＣＤ発売……メジャーデビューというわけではないのだけど、それでも新曲が増えるというのは嬉《うれ》しいのだろう。まだ『ＴｉＮｇＳ』は持ち曲が少なくて、定期ライブではブライテストの先輩アイドルの曲を使わせてもらっている状況だからね。

「それで、今回の新曲のセンターだけどね――」

「やりたいです！」

その言葉を待っていたと言わんばかりに、手を挙げたのは杏夏《きようか》だ。

『一歩前ノセカイ』だけではなく、新しい自分のセンター曲が欲しい。

アイドルとしては、当然の振る舞いだ。

「あ～！　杏夏《きようか》ちゃん、ずるい！　マネージャー君、私もセンターやりたいな！」

それに対抗するように、春《はる》も笑顔で手を上に伸ばす。

「《ふふん！　この理王《りお》様以外、ありえないわね！　私がセンターよ！》」

だけど、たった一人だけ真実を伏せる少女がいた。

「みんなの気持ちは分かったよ……。ただ、もうセンターは決めてるんだ」

繊細な調整力と観察眼を持つ青天国春《なばためはる》、音程が決してずれることなく、絶対にミスをしない玉城杏夏《たまききょうか》。現状、『ＴｉＮｇＳ』が持つ二つの強力な武器。

だけど、それだけじゃもう足りない。だからこそ……

「聖舞理王《せいぶりお》。新曲のセンターは、君だ」

教えてやるんだ、『ＴｉＮｇＳ』が持つ三つ目の武器を。

「へ？　……え？　ええええええええ!!」

つい先程の発言と正反対の反応。まさか、自分が選ばれるとは思ってなかったのだろう。

「わおっ！　これは、急展開だよ！」

前回の杏夏《きょうか》の時も思ったけど、こういう時の春《はる》は本当に嬉《うれ》しそうな反応をするよね。

「なんで私なのよ!?　マネージャー、正気なの!?　私は、脳みそがプリンみたいにツルツルなのよ！　私がセンターをやったら、滅茶苦茶《めちゃくちゃ》になること間違いなしでしょ！」

「自分で言っていて、悲しくなりませんか？」

「信頼と実績から成る言葉よ！」

理王《りお》、言いすぎ。自分のことを、貶《おとし》めすぎないように気をつけなさい。

もちろん、彼女の言い分も理解できる。現状、『T·iNgS』のファンの多くは、春《はる》の調整力や観察眼、杏夏《きょうか》の正確無比なパフォーマンスに期待してライブにやって来ているのに、いまいちファンに浸透していない理王《りお》がセンターを務める新曲を出す。

もし失敗したら、最悪の場合、ファンの心が離れてしまう可能性すらあるだろう。

「私より、杏夏《きょうか》のほうがいいわよ！　今、『T·iNgS』で一番注目されてるのは、杏夏《きょうか》だもん！　それか、いつもセンターをやってる春《はる》に……」

「ナオさんの決定でしたら、私は従います」

「ちょっと、杏夏《きょうか》！　あんた、何言ってんのよ！」

てっきり味方についてくれると思った杏夏《きょうか》が、自分の意見を反故《ほご》にしたことで戸惑う理王《りお》。

となると、頼る相手は一人しかいなくなるわけだが、

「は、春《はる》！　あんたからも……」

「私もマネージャー君に賛成だよ！　理王《りお》ちゃん、センターをやりなさい！」

残念ながら、その相手も味方になってはくれなかった。

「どうしてよ？　私がセンターをやっても何の意味も……」

「意味はあるよ。君の魅力を、来ている人達が理解できる。それと、今回は簡単な振り付けだけで、ダンスはほぼなしにするから。メインは、あくまで歌だ」

「はぁぁぁぁ⁉　なによそれ！　ダメじゃない！　『T・iNgS』は、今までダンスを主体にやってきたのよ！　なのに、いきなり歌をメインにするなんて……」

「そういう曲が、一つくらいあってもいいじゃないか」

「よくない！　だって、それじゃ……っ！」

狼狽《ろうばい》する視線の固定先を探し、選んだのは春《はる》と杏夏《きょうか》だ。

「理王《りお》ちゃんならできる！　私、知ってるもん！　理王《りお》ちゃんが、本当はすごい子だって！」

「理王《りお》、自分を信じて下さい。貴女《あなた》は、『T・iNgS』に必要な存在です」

元気な声で励ます春《はる》と、優しい声で励ます杏夏《きょうか》。

「なんでよぉ……。私なんかがセンターをやっても……」

だけど、その言葉を受け入れることができないようで、二人から一歩後ろへ距離を取る。

「理王《りお》、君がどれだけ反対しようと、これは決定事項だ。新曲のセンターは君、当然だけど、メインボーカルも君だ」

何とかして、自分がセンターをやるのを避けたいのだろう。だけど、絶対にそれはさせないさせるわけにはいかないんだ。

「でも、私じゃ――」

「……ふむ。随分と面白いことになっているな」

「面白いけど、理王《りお》たんはつまらない」

その時、レッスン場に二人の乱入者が現れた。雪音《ゆきね》と紅葉《もみじ》だ。

まずいぞ……。今の状況で、この二人が話に関わってくるのは……

「雪音《ゆきね》ちゃん、紅葉《もみじ》ちゃん。どうして……」

「たまには、こちらでレッスンをしようと思っただけだ」

「……そ、そうなんだ」

春《はる》と一切目を合わせず、淡泊な一言を告げる雪音《ゆきね》。

たまにはこっちで。つまり、普段『ゆきもじ』は別の場所でレッスンをしているのだろう。

「しかし、まさか理王《りお》がセンターとはな……」

「私、やるなんて言ってない！」

ただでさえ、理王《りお》は気が立っている状態だ。

この状況下で、もしも以前のような挑発をされたら……

「いいじゃないか。私様も、理王《りお》がセンターをやるのには大いに賛成だぞ」

「……え？」

雪音《ゆきね》の予想外の発言に、理王《りお》だけでなく僕も目を丸くしてしまった。

てっきり、いつもの調子でくると思ったのに、どうして今回に限って……

「噴水広場のライブ、新曲でセンター。最後の思い出作りに相応《ふさわ》しい」

「最後の思い出作り、とはどういうことでしょうか？」

「ん？　なんだ、君達はまだ知らなかったのか？」

しまった！　まさか、雪音《ゆきね》の狙いは……っ！

「待って、雪音《ゆきね》ちゃん！　それは――」

「噴水広場を埋められなかったら、『T・iNgS』は解散することになっているのだよ」


「「…………っ！」」

春《はる》の制止を無視して、放たれた雪音《ゆきね》の言葉に、杏夏《きょうか》と理王《りお》が絶句する。以前にオフィスで話した時は、言わないでいてくれると約束してくれたのだけど……くそっ！

「私達が、『T・iNgS』が……解散？」

「そうさ。噴水広場を埋める……およそ二〇〇〇人の観客を集められなければ……」

「『T・iNgS』はおしまい」

よりにもよって、このタイミングで杏夏《きょうか》と理王《りお》に知られてしまうなんて……。

「大丈夫だよ、杏夏《きょうか》ちゃん、理王《りお》ちゃん！　私達が頑張れば、きっとできる！　だから――」

「春《はる》、貴女《あなた》は知っていたのですか？」

「うっ！」

杏夏《きょうか》の鋭い眼差《まなざ》しが、春《はる》を貫いた。

「……ごめん」

「だから、貴女《あなた》は必死になって、噴水広場のライブを成功させようとしていたのですね」

「…………」

「それに、ナオさんも……」

「違うよ、杏夏《きようか》ちゃん！　私！　私がお願いしたの！　マネージャー君に杏夏《きようか》ちゃんと理王《りお》ちゃんに言わないでって！　だから、マネージャー君は悪くないよ！」

春《はる》の優しさはありがたい。だけど……

「ごめん。君達に負担をかけるべきじゃないと判断して、僕も黙っていた」

「そう、ですか……」

それが、真実を隠す理由にはならない。

知られてしまった以上、全てを伝えるべきだ。

「なに、そう慌てる話でもないさ。君達三人が本気でやれば、二〇〇〇人程度容易《たやす》いものさ」

「その通り。ダンスがへたっぴの理王《りお》たんがセンターに立てば、簡単にできる」

意地の悪い笑みを浮かべて、三人を見つめる雪音《ゆきね》と紅葉《もみじ》。

いつもなら、その言葉に反撃をする三人だが、今の精神状態では……

「……そう、ですね。貴女《あなた》達の言う通りです。ただ、私達が全力を尽くして結果を出せばいいだけ。何一つ問題はありません」

「お茶目なジョークか？」

「本気と冗談の区別もつかないとは、やはり貴女《あなた》のギャグセンスは嘆かわしいものですね」

「言ってくれる」

驚いたな……。

解散の話で頭の中が混乱しているはずなのに、即座に立て直すなんて。

「私様が思っていた以上に、杏夏《きようか》は成長しているようだが……もう一人はどうかな？」

しかし、杏夏《きようか》の成長を目《ま》の当《あ》たりにしようと、雪音《ゆきね》の意地悪い視線は収まらない。

次のターゲットになったのは……

「もし、私がセンターに立って、失敗しちゃったら……」

まだ自分の中で何も整理ができていない、理王《りお》だ。

「その時は、『T・i N g S』はおしまい」

「…………っ！」

突然言い渡されたセンターという責任、解散の真実。

一斉に押し寄せた重圧に、理王《りお》は呆然《ぼうぜん》と立ち尽くしている。

「理王《りお》、大丈夫です！　私達なら必ず噴水広場を埋めることはできます！　私達は、決して解散なんてしません！」

「杏夏《きようか》ちゃんの言う通りだよ、理王《りお》ちゃん！　理王《りお》ちゃんには、すごい力があるの！　だから、お願い！　センターに立って！」

「でも、でも……私が失敗しちゃったら、私が迷惑をかけちゃったら……」

「失敗なんてしません！　貴女《あなた》ならできます！」

「理王《りお》ちゃんは、迷惑なんてかけてない！理王《りお》ちゃんは、私達に必要な人だよ！」

「うぅ！　うぅぅぅぅぅぅ!!」

どれだけ杏夏《きょうか》と春《はる》が言葉を尽くそうと、やはり納得をすることができないのだろう。

下を向き、拳を強く握りしめ、理王《りお》が強く唸《うな》り始《はじ》めた。

そして……、

「《もう知らない！　私、帰る！》やらないから！　私、絶対にセンターはやらない！」

「あっ！　理王《りお》、まだ話は……」

「やだ！　聞きたくない！」

僕の制止を振り切って、レッスン場から出て行ってしまった。

「さて、レッスンのために来たのだが、さすがにこの状況では厳しいか。……紅葉《もみじ》、行くぞ」

「うん！　私は言いたいことが言えて、とても満足！」

「マネージャーちゃん、約束を破ってしまってすまなかったな」

理王《りお》に続いて、最後に謝罪の言葉を残して雪音《ゆきね》と紅葉《もみじ》は去っていった。

最後の最後で、まさかこんな事態になるなんて、まさに絶体絶命じゃないか。

だけど……それでも、僕のやることは何一つ変わらないよ。

【ｔｉｎｇＳ】


私——聖舞理王《せいぶりお》は、昔から要領が悪かった。

忘れ物をする、宿題をやり忘れる、物をなくす……そんなことばかりしちゃってたから、お友達には、よくからかわれてた。

理王《りお》ちゃんは、ドジだなぁ。理王《りお》、うっかりしすぎぃ〜。

毎日のように言われていた言葉。その度に私は、そんなことないと意地を張って否定していたけど、自分でも分かってた。……私は、他の人と比べておっちょこちょいなんだって。

いつも、私がおっちょこちょいをすると、お友達が私のことを助けてくれた。

忘れ物をした時は貸してくれて、宿題をやり忘れた時は教えてくれて、なくした物は一緒に探してくれて、……私はいつもお友達に支えられていたの。

だから、思った。……私も、誰かの力になりたいって。

でも、私にはそれができなかった……。お友達の悩みを聞いても見当外れなことしか言えないし、困ってる人を助けようとしても、失敗ばかりで逆に迷惑をかけちゃう。

どうすれば、こんな私でも誰かの力になれるだろう？

考えても分からない問題を抱えたまま、あと少しで小学校を卒業しようとしていた時だ。

お友達と一緒に、アイドルのライブに行くことになったのは。

チケットを当てたのは、私。前からお友達に大好きなアイドルがいるのは知っていた。

何度もそのお話を聞いていたから、もしかしたら、ライブに行けることになったら喜んでくれるかなと思って応募してみたら、偶然チケットが三枚当たったの。

あの時のことは、今でもちゃんと覚えてる。

私が「チケット当たったから、一緒に行かない？」と誘ったら、お友達は今まで見たことがない笑顔を向けて、「ありがとう」って言ってくれた。

初めて、誰かの力になれた。本当に嬉《うれ》しかった。……でも、同時に寂しかった。

お友達が見ているのは私じゃない。私のチケット……その先にいるアイドルだ。

何となく悔しくなって、私はそのアイドルのことがちょっぴり嫌いになった。絶対に私のほうが仲が良《い》いのに、私より喜ばせることができるなんてずるい。

小さな嫉妬を胸に抱えたまま、私はお友達とママと一緒に向かった。……東京ドームへ。

沢山の人達に圧倒される私に対して、目をキラキラと輝かせてはしゃぐお友達。私達は、すぐに物販の列に並んで、グッズを買った。

小学生のお小遣いには、限界がある。色々なグッズがあったけど、どれも私にとっては高すぎて、買えたのは五〇〇円の缶バッジだけ。お友達も同じだった。

でも、ママが私達二人の分のペンライトを買ってくれたから、それを握りしめて、私達は東京ドームの中へ入っていったの。

私達の席は、アリーナ席。最初はよく分かってなかったんだけど、中に入ってからそこがすごくいい席だと言うのを理解した。だって、ステージからすごく近い場所なんだもん。

普段、テレビで野球選手が試合をしているところに、自分が入れることに小さな感動を覚えながら、私は自分の席に座る。

横を見ても後ろを見ても、数えきれないくらいの人がいて、何だか目がチカチカした。

沢山の人がいる場所は苦手。そこにいると、何だか自分が埋まって消えちゃいそうな気がするから……。怖くなった私は、ママの手を握りしめた。

お友達が元気いっぱいに話すのは、今日ライブをやるアイドルの話。あの曲は絶対に聞きたい、この曲は絶対にやるはず。そのアイドルのことは知っていたけど、曲はそこまで知らない。

そもそも、自分で当てておいてなんだけど、私はライブの意味が分からなかった。

だって、そうでしょ？　わざわざこんな遠いところまで来なくても、音楽は聴ける。ダンスだって、動画サイトにＭＶがあるんだから、それを見ればいい。

お家《うち》で観《み》れるし、お金だってかからない。なのに、どうしてライブをするの？

どうして、こんな沢山の人がライブに来るの？

そんな疑問を持っていると、突然すごく豪華な音楽が流れ始めて、ステージを綺麗《きれい》な光が照らしたの。周りの人達がペンライトを輝かせるから、私も慌てて自分のペンライトを輝かせた。

どうやって使うかはよく分からないから、周りの人の真似《まね》をしよう。えっと、タン、タン、タン……タン……あっ！　途中からリズムが変わった！　うぅ……。遅れちゃったよ……。

私が、また失敗しちゃったって反省している時だ。その人が現れたのは。

――お待たせ！　それじゃあ、今日もみんなで輝こう！

その人が誰かは、もちろん知っている。『絶対アイドル』……螢《ほたる》さんだ。

何度もテレビで観《み》ていた人が、こんな近くにいるということに何だか驚いたけど、それ以上に驚いたのは『違い』だった。

全然、違う……。テレビで観《み》てた時と、全然違う！

頭じゃなくて、心に響いてくる。今、螢《ほたる》さんと一緒にいるって気持ちが、どんどん生まれてくるの！　本物の螢《ほたる》さんのダンスはすっごくかっこよくて、歌はすごく綺麗《きれい》で、螢《ほたる》さんを見ているだけで、私はどんどん力が溢《あふ》れていくような気持ちになった。

すごい！　すごいすごいすごい！　螢《ほたる》さん、すごい！

私だけじゃない！　今、ここにいる人達、みんなの力になれてる！　一緒に来たお友達も、ママも、周りにいる人達もみんな螢《ほたる》さんに夢中。螢《ほたる》さんを見て、どんどん元気になってる！

螢《ほたる》さんは、みんなと一緒にどんどん元気になっていく！

そっかぁ……。だから、ライブをやるんだ……。

歌だけじゃない、ダンスだけじゃない。気持ちを伝えるために、ライブをやるんだ！

螢《ほたる》さんは、不思議な力で私達みんなを元気にしてくれる、まるで夢の世界の人みたいだった。

こんな人が、本当にいるんだ……。すごいなぁ……。かっこいいなぁ……。……いいなぁ。

最後の感情が、私に答えをくれた。

私も、螢《ほたる》さんみたいに沢山の人の力になりたい。……アイドルになりたい！

そして、いつか私もここ――東京ドームでライブをやるの！

たっくさんの人達に元気をあげて、たっくさんの人達の力になるの！

ライブが終わって、螢《ほたる》さんがステージから去った後は、ほんのちょっぴり寂しかった。

また沢山の人達の中に埋もれて、消えちゃいそうな気がしたから。

……ううん！　私は、消えない！　これから、飛び出すの！

嘘《うそ》でもいい……。虚勢でもいい……。それでも、どんな時でも自信を持とう。

螢《ほたる》さんは、観《み》ているだけで何だか安心する気持ちになった。それは、螢《ほたる》さんが自信に溢《あふ》れて、いつも元気いっぱいだったからだ！　だから、私もそうなるの！

臆病者の私はいらない！　私は、聖舞理王《せいぶりお》。……理王《りお》様だ！

それから、私はアイドルになるため、沢山……本当に沢山のオーディションに挑戦した。

でも、全然ダメ。何度挑戦しても、私は合格することができなかった。

――元気だけはいいんだけどねぇ～。もう少し、頑張れない？

オーディションで、何度も言われた言葉。私は、頑張りが足りないみたい。

なら、もっと頑張らないと！　おっちょこちょいの私は、普通の頑張りじゃダメなんだ！

そうして、諦めずに挑戦した一九回目のオーディションで……私は優希《ゆうき》さんに出会った。

――君の輝きは、誰よりも優しいね。

正直、言っていることの意味はよく分からなかったけど、優希《ゆうき》さんは私のことを認めてくれたみたいで、オーディションに合格することができたの。

そして、私は『ＴＩＮＧＳ』のメンバーになった。

『ＴＩＮＧＳ』。ダメダメな私を受け入れてくれた、たった一つの大切な場所。

これから、私はここでみんなの力になる！　あの時の螢《ほたる》さんみたいに、ライブに来てくれた人達の力になってみせるんだ！　だって、私はアイドルだもん！

そう思っていたのに……、アイドルになっても、私はみんなの力になれなかった。

要領の悪い私は、ダンスがへたっぴ。

他のみんなはちゃんと踊れてるのに、私だけはちゃんと踊れない。踊れない私のために、ダンスの振り付けが簡単になる。折角の素敵な曲が、私のせいで台無しになっちゃう。

力になりたいのに、助けられる人になりたいのに、助けられてばかりの私。

だけど、諦めちゃダメ！　泣いちゃダメ！　どんなに失敗しても、ステージでは不安を出しちゃダメ！　私の元気がなくなったら、ファンの人達が嫌な気持ちになっちゃう！

だから、どんな時でも自信いっぱいじゃないとダメなの！

——なぜなら、私は理王《りお》様だから！

私に自信をくれる、魔法の言葉。

笑われてもいい、バカにされてもいい、それでも私はこの言葉を言い続ける。

大丈夫。私は、一人じゃない。『T・iNgS』のみんながいる。

すっごく上手で人気のある春《はる》、すっごく丁寧で頼りになる杏夏《きょうか》。へたっぴな私じゃ、二人みたいにみんなの力になれない。だから……だから、私は二人の力になるの！

嫌なことは全部、私がやる！　そしたら、春《はる》と杏夏《きょうか》がみんなに力をあげられる！

本当は、私も……ううん、我侭《わがまま》を言っちゃダメ！

私には何もない……。何もない私じゃ、みんなの力になれない。だから、少しでも迷惑をかけないようにしないと！　どんなに笑われても、どんなにバカにされても、どんなに情けなくても、私は絶対に行ってみせるんだ！　『TINGS』のみんなと一緒に、東京ドームに！


「……どうしよう」

勢いのまま、事務所を飛び出しちゃった私は、そのままお家《うち》に帰ろうとしたんだけど、それをしちゃったらまた迷惑をかけちゃうと思って帰れずにいた。

だけど、事務所にも戻りたくない。戻ったら、新曲のセンターをやらされちゃうかもしれない。駅と事務所を行ったり来たり……、何だか時間がもったいない気がして、私は事務所から少し離れたところにある公園に行って、ダンスの練習をしていた。

「……んっ！　……やっ！　……えい！　ぅぅぅぅぅ！　なんで、できないのよ！」

やっぱり、ダメだ。どうしても、上手にできない。

何度も何度もやってるはずなのに、どうして一度もできないのよ！

「へたっぴ！　へたっぴ、へたっぴ！」

このままじゃダメなのに！　マネージャーに言ってやりたいのに！

上手に踊れるようになって、新曲はちゃんとダンスがあるやつにしようって！

なのに、このままじゃ……

「何も、言えないじゃない……」

どうしたらいいの？　どうすれば、上手にできるようになるの？

「……そろそろ、大丈夫だよね？」

スマートフォンを確認すると、時間は二〇時三〇分。一度練習をやめて、移動を始める。

「解散……。私達が、解散……」

新曲をできることになるって聞いて、最初はすごく嬉《うれ》しかった。新しい曲、みんなを元気にできる力がまた一つ、『T・i・N・g・S』に増えると思ったから。

でも、その後が最悪。

噴水広場を埋められなかったら、『T・i・N・g・S』が解散しちゃうなんて……。

雪音《ゆきね》の言う通り、マネージャーが私をセンターにしたのは、最後の思い出作りだ。どうせ解散するなら、一度くらい全員をセンターにしようと思って、私をセンターにしたんだ。

悔しい……。情けない……。でも、本当のことだから、何も言えない。

「どう、これ？　ほっ！　いよっ！」

「おー！　やるねぇ！」

少し離れたところにいるのは、楽しそうにダンスを踊る人達。

アイドルのダンスとは違うヒップホップのダンスだけど、すごく上手なことだけは分かる。

私も、あんな風に踊れるようになりたい。そうしたら、もっともっと『T・i・N・g・S』のことをみんなに知ってもらえる。…………でも、どうしたらもっと上手になれるの？

本当は、春《はる》に聞きたい、杏夏《きょうか》に聞きたい。

だけど、それをしちゃうと二人の大切な時間を使っちゃうことになる。

へたっぴな私は、いつも迷惑ばかり。これ以上、迷惑をかけるなんて絶対にダメ。

だから、自分の力で乗り越えないといけないんだ。

「……うん。誰もいない」

私が公園から向かった場所は、『ブライテスト』の事務所。こっそり入ってレッスン場のドアを確認すると、鍵がかかっていた。だから、私はできるだけ音をたてないように鍵を開ける。

私だけが持つ、秘密の道具。前に、「もっと練習がしたいから、鍵が欲しい」って優希《ゆうき》さんにお願いしたら、私にだけレッスン場の合鍵をくれた。

これを使って、みんなが帰った後に事務所に戻って練習をするのが私の日課。

遅くなりすぎるとママが心配するから、少しだけだけど。

でも、一人で練習して本当に上手になれるのかな？　螢《ほたる》さんみたいに、なれるのかな？

一番へたっぴな私が迷惑をかけちゃいけないのは、分かってる。

でも、本当は……ダメ。考えても、言っちゃダメ……。

「……助けてよぉ……」

言っちゃダメって考えてたのに、私の口からはその言葉が飛び出した。

返事なんてあるわけない。溢《あふ》れそうになる涙を止めるために、私はゴシゴシと目をこする。

助けてくれる人はいない。そんなの、私が必要としちゃダメ！

だから、一人で──

「おかえり。待ってたよ」

「うにゃっ！」

☆

「そろそろかな？」

時刻は二一時。すでに、杏夏《きょうか》や春《はる》はレッスンを終えて家に帰っていった。

まだオフィスに残っていた僕は、冷蔵庫に寄った後、三階にあるレッスン場へと向かう。

当然ながら、誰もいない。だけど、僕の考えが間違っていなければ恐らく来るはずだ。

警戒されないために、あえて鍵を閉めて僕は待つ。そこから五分ほどすると……

「……助けてよぉ……」

やっと、その言葉を言ってくれたね……。君はいつもそうだ。

本当は臆病なのに、自信たっぷりに振る舞って、みんなを元気づけようとする。

「おかえり。待ってたよ」

「うにゃっ！」

レッスン場へ入ってきた理王《りお》は、まさか僕がいるとは思っていなかったようで、可愛《かわい》らしい悲鳴をあげた。僕が臨時マネージャーになった初日、『T・iNgS』の三人は、こっそりと残ってレッスンを行っていた。鍵は閉めたはずなのに、いったいどうやって彼女達はレッスン場に入ったのだろうと思って春《はる》に聞いたら、『理王《りお》ちゃんが合鍵を持ってるの！　だから、たまにみんなで居残りレッスンをしてるんだ！』と教えてもらえたんだ。

春《はる》は、『たまに』と言っていたが、僕は知っている。みんなと一緒に帰ったふりをして、毎日戻って来ている少女がいたことを。だから、今日も必ず戻って来てくれると信じていたよ。

「な、なんで、マネージャーがいるのよ！　今から私がここで……」

「練習をしようとしてたんでしょ？」

きっと、上手にダンスを踊れるようになって、僕に言いたいんだろうな。

新曲でも、ちゃんとダンスをやろうって。

違うんだよ、理王《りお》。僕は君のダンスの実力を鑑《かんが》みて、歌を主体の新曲を出そうとしているんじゃないんだ。だから、そんなに躍起にならなくていい。

「《ち、違うわよ！　忘れ物をしたから、取りに戻ってきただけ！　でも、どこにもないし、やっぱり私は帰――》」

「とりあえず、これでも食べない？　甘天堂《かんてんどう》の極上プリン」

「プリン！　甘天堂《かんてんどう》の極上プリンなんて、分かってるじゃない！　じゃあ……って、食べないわよ！　そんな単純な手に、釣られるわけないでしょ！」

杏夏《きょうか》の完全無欠な作戦を参考にしてみたけどダメか。やっぱりこの作戦は、要修正だな。

「とにかく、私は帰るから！　マネージャーと話すことなんて――」

「ダンスが上手《うま》く踊れない自分が、情けないかい？」

「……うぎっ！」

思い切り苦い表情。すごく分《わ》かり易《やす》い反応だ。

「う、うるさいわね！　だから、練習してるんでしょ！　そうすれば、いつかは……」

「今すぐ、上手《うま》くなりたいんじゃないの？」

「うっ！　うぅぅぅ!!」

拳を握りしめ、唸《うな》る理王《りお》。

もちろん、全てが無駄だとは言わないが、彼女のやっていることには無駄が多い。

一人で上手になれないなら、他の誰かを頼るべきなんだ。だけど、理王《りお》は決してそれをやろうとしない。何とか、自分の力で解決しようとしているんだ。

それは、プライドからの行動ではない。理王《りお》は……、

「みんなに、迷惑をかけたくないんだね？　みんなの時間を、自分のために使わせたくないから、自分一人で何とかしようとしてるんだよね？」

「《ち、違う……。違うもん！》」

優しすぎるが故に、他の人を頼ることができないんだ。

やっぱり、そうじゃないか。

「いいんだよ、誰かを頼っても」

「そんなの……そんなこと、私がしちゃダメなの！」

理王《りお》が、瞳からポロポロと涙を流しながら叫ぶ。

「だって、私へたっぴだもん！　私が足を引っ張ってるんだもん！　もっと上手になりたい！　なのに、気持ちに体がついてきてくれない！　だから、迷惑をかける！　ダンスを教えてなんて……また迷惑をかけちゃう！　これ以上、迷惑をかけたくないの！」

知ってるよ。優しい君は、ずっとそうだったもんね。

「春《はる》と杏夏《きょうか》はすごいの！　ライブに来てくれた人達の力になれてる！　でも、私は全然なれてない！　いつも、助けてもらってばっかり！　そんなの嫌！　私も誰かの力になりたい！　だから、決めたの！　みんなの力になれなくても、二人の力になろうって！　そうしないと、私はアイドルでいられない！　アイドルじゃなくなっちゃうの！」

ライブでメインMCを二人に押しつけ、一日店長ではなく地方テレビのロケに行き、チケット販売をサボるふりをしてビラを配り、センターを避ける。

それは、全て本来の理王《りお》と真逆の行動。理王《りお》は今までずっと、自分のやりたいことを二人に譲って、やりたくないことを率先してやっていたんだ。

「だから、センターはやらない！　私がセンターに立っちゃったら、『T・i・N・g・S』は解散しちゃう！　私の、私のせいで『T・i・N・g・S』が……あぁぁぁぁぁぁん!!」

ついにこらえきれなくなったのか、理王《りお》が大粒の涙を流して叫ぶ。

違うよ、理王《りお》。そうじゃないんだ……。

「ぐす……。私には……、私には、何もないのぉ……。いつも迷惑ばっかり、助けてもらってばかり……、こんなの、アイドルじゃないよぉ……。螢《ほたる》さんは、ちがった……。螢《ほたる》さんは、沢山のものを持ってて、みんなを助けてたもん……」

腕に顔を押し込んで、決して涙を見せないようにするが、声は震えている。

誰かの力になる……。アイドルとして、理王《りお》が求めているものは間違ってはいない。

自分が頑張る姿を見せて勇気づける、楽しい時間を提供して嫌なことを忘れてもらう、成長する姿を見せて希望を与える……形は人それぞれだが、誰しもが誰かの力になれている。

それこそが、アイドルのあるべき姿の一つだ。だけど、だからこそ……

「理王《りお》、君の考えは半分正解で、半分不正解だ」

「なんでよぉ？」

「アイドルに対しての、君が考えているイメージは正しい。春《はる》も杏夏《きょうか》も、自分の姿を見せることで誰かの力になれていることは間違いないよ。だけどね……、君に対しての、君が考えているイメージは間違っているんだ」

「私のイメージ？」

「さっき、君は言っていたね？　自分には何もないって。でもさ……」

《理王《りお》様すごいって、みんなからいっぱいいっぱい褒めてもらいたい！》
かつて、理王《りお》が僕についた嘘《うそ》。
本当はそんなこと微塵《みじん》も思っていないのに、ただみんなの力になりたいだけなのに、理王《りお》が
そんな嘘《うそ》をついた理由……彼女の傲慢さは、優しさの裏返し。
自分は心配しなくていい、ちゃんと一人で頑張るから。本当は臆病なのに、自信に溢《あふ》れた姿
を見せることで、少しでもみんなの負担にならないよう、必死に頑張っていただけなんだ。
だから、伝えよう。誰よりも優しく、臆病な聖舞理王《せいぶりお》に……
「何もない奴《やつ》が、アイドルになれるわけがないだろ」
「……っ！」
理王《りお》のぶつかっていた壁の正体。
それは、彼女の優しさが生み出したまやかしの壁。自分には何もないと決めつけてしまい、
他のメンバーにずっと気を遣っていた。本当は素直に頼っていいのに、そこに壁なんてないの
に、優しすぎるがゆえに壁を生み出してしまっていたんだ。
「君は、持ってるよ。君だけの、みんなの力になれる力を」
理王《りお》は気づいてないだけ。自分が持つ、本当の魅力を。
「だから、無理をして苦手なことをやらなくていい。どうしてもやらなくちゃいけないことは、
仲間を頼っていいんだ」

「でも、私がへたっぴなまんまだと……」

確かに、理王《りお》のダンスについては、『T・i・N・g・S』が抱える大きな課題の一つだ。

でも、それよりも前に……

「苦手なことを直すよりも先に、得意なことを伸ばすんだ。その力で杏夏《きようか》や春《はる》を助けて、代わりに君も二人に助けてもらえばいい。お互いに支え合うのが、グループだからね」

「……でも、そんなのあるの？　私だけが持ってる、みんなの力になれることなんて……」

臆病な少女が、すがるように僕を見つめる。

「もちろん。だって、君は——」

そんな理王《りお》に、僕は確信を持って真《ま》っ直《す》ぐに伝えた。彼女だけが持つ、特別な武器を。

「そう、なの？　……私が？」

「理王《りお》、君だけなんだ。君だけが、今回の新曲のセンターを務めることができる。その力で春《はる》と杏夏《きようか》を……いや、『TINGS』を守ってほしい。解散なんて、僕も絶対に嫌なんだ」

「……私が、『TINGS』を守る……」

小さく言葉をつぶやいた後、理王《りお》が静かにうつむく。

なんとか元気になって、いつもの調子に戻ってくれると嬉《うれ》しいんだけど……おや？　なにやら、理王《りお》の体が震え始めているけど……、

「……ふ。……ふふふ」

やだ。この子、怖い。

顔をすごい勢いで上げたと思ったら、凄《すさ》まじく自信満々の表情を浮かべているじゃないか。

「ふふーん！　やはり私は、聖なる舞を魅せる理の王者！　聖舞理王《せいぶりお》……理王《りお》様ね！　確かに、前々からそんな予感は感じていたけど、自信が確信に変わるとはまさにこのこと！　この溢《あふ》れる才能を爆発させる時と場所を、準備するなんてやるじゃない！　褒めて遣わすわ！」

そこまで調子に乗れとは、言ってないよ？

「いいわ！　来てくれた人達に教えてやるんだから！　『T・iNgS』の圧倒的素晴らしさを！　解散なんて余裕綽々《よゆうしやくしやく》で阻止してやる！　なぜなら、私は理王《りお》様だから！」

元気いっぱいの決めポーズ。どうやら、完全に復活したみたいだね。

ところでさ……

「ん～！　やっぱり、甘天堂《かんてんどう》の極上プリンは最高ね！」

いつの間に、僕が持ってきたプリンを奪い取った？

☆

ついに、その日がやってきた。

六月の中旬の土曜日。現在地は、『サンシャインシティ　噴水広場』。

今後の『T·i N g S』の未来を決める大切な日だ。

「《ふ、ふふん！　余裕ね！　余裕すぎて、あくびが出るわ！》」

ステージ裏で、恐らく緊張で眠れなかったであろう理王《りお》が、虚勢まみれの言葉を一つ。

さっきから落ち着きのなさが尋常ではなく、ステージ裏を延々とウロウロしている。

本当に、もう少し自信を持ってくれていいのにな……。

「理王《りお》ちゃん、落ち着いて！　そんなに緊張しなくても、大丈夫だよ！」

「理王《りお》、貴女《あなた》は今日まで頑張ってきたではないですか。後はレッスン通りにやるだけですよ」

「《緊張なんてしてないわよ！　ただ、武者震いが止まらないだけなんだから！》」

あの日から、理王《りお》は以前より素直に二人を頼るようになった。

どうすれば、上手にダンスができるようになるか教えてほしいと。夜に密《ひそ》かにやっていた居残りレッスンも、春《はる》と杏夏《きょうか》に付き合ってもらってダンスを教わる毎日。

その成果はしっかりと現れ、以前まではツーテンポ遅れていたダンスも、今ではワンテンポ遅れる程度まで進歩を遂げている。

おかげで、春《はる》のダンスに幅が広がって、『T·i N g S』全体の向上にまで繋《つな》がった。

残念な点をあげるとすれば、理王《りお》の上達よりも春《はる》や杏夏《きょうか》のパフォーマンスのほうがどうしても目立ってしまい、理王《りお》自身の人気と評価には繋《つな》がらなかったことだけど……。

「ほんとよね、杏夏《きょうか》!?　私、ちゃんとできてたわよね!?」

「え、ええ……。そこはかとなく……」

「あぁぁぁ！　目、逸《そ》らした！　やっぱり、ちゃんとできてないいんだぁ～！」

「ち、違いますよ！　ただ、私も自分が完璧とは思えないので、偉そうに言うのはどうかと思っただけで……何だか私まで緊張してきました！」

ミイラ取りがミイラになってどうする？

「お、おおおおお、落ち着いて杏夏《きょうか》ちゃん、理王《りお》ちゃん！　へ、平気だよ！　た、多分！」

おまけで、春《はる》にまで伝染した。もう本番まで時間がないというのに、この子達は……。

「そうだ！　こういう時は、マネージャー君のアドバイスだよ！」

「良《い》い提案です、春《はる》！　ナオさんなら、私達の緊張を全て消し去り、ライブを成功させる完全無欠のアドバイスができるはずです！　さぁ、ナオさん！　出番ですよ！」

無茶を仰《おっしゃ》る。

「し、仕方ないわね！　ナオがどうしても言いたいんだったら、何かアドバイスを聞いてやらないこともないわ！　主に、新曲の件で！」

やっぱり、一番の不安の種はそこか。

今日のミニライブで行われる曲は、全部で三曲。

一曲目が、杏夏《きょうか》がセンターを務める『一歩前ノセカイ』。

二曲目が、今回のライブのために用意した、理王《りお》がセンターを務める新曲。

新曲を最後に持っていこうかとも迷ったが、三曲目は定期ライブでほぼ毎回ラストを飾るファンにとって定番の曲。春《はる》がセンターを務める『TOKYO WATASHI COLLECTION』だ。

「ほら、早く！　早く言いなさいよ！　特別に聞いてあげるから！」

言葉だけ聞くと偉そうなんだけど、今にも泣きそうな顔で、僕の服をギュッと摑《つか》んでるんだよね。本当に、色々とアンバランスな子だ。……で、アドバイスだったか。

そうだな、理王《りお》の場合は……

「今日のライブが成功するかどうかは、理王《りお》にかかってるよ」

「え！　わ、私に？」

「もちろん。新曲のセンターは君、そこで来てくれた人達の力になることができたら、成功したも同然さ。だから、君に『TiNgS』を任せたい」

理王《りお》は臆病な子だ。だから、あまりプレッシャーをかけるようなことは言わないほうがいいようにも思われる。だけど、実際は逆。

臆病だからこそ、今までずっと一人で戦ってきた理王《りお》は……

「ふふーん！　そんなの、できて当然でしょ！」

プレッシャーで、奮い立つタイプのアイドルだ。

「ちょっと、マネージャー君！　理王《りお》ちゃんにだけ、優しくなぁ～い？」

「ナオさん、私もいることをお忘れなく」

「もちろん、君達も頼りにしているよ」

作戦成功。相乗効果で、杏夏《きょうか》と春《はる》のモチベーションも上がったね。

「今日のミニライブ。三人がそれぞれ自分のできることをしっかりやれば、今まで以上の『T·iNgS』を見せることができる。……だから、頑張ってほしい」

「繋《つな》いでくれ、君達の、『T·iNgS』の未来を……」

「マネージャー君にそこまで言われたら、やらずにはいられないね！　オッケー！　春《はる》ちゃんにお任せあれ！」

「分かりました、ナオさん。必ず、来ていただいた方皆様を楽しませてみせます」

「任せておきなさい、ナオ！　そんなの簡単よ！　なぜなら、私は理王《りお》様だから！」

そうだね。その笑顔が出来るなら、きっと大丈夫だよ……。


ライブ開始まで残り一五分。

ステージ裏から移動をして、会場の様子を確認する。

サンシャインシティの地下一階に構えるイベント会場、噴水広場。

吹抜けの構造になっているので、地下一階にまで来なくてもライブを観《み》ることができる。

現状の観客数は、目算三〇〇人程度。

この一ヶ月で行っていたビラ配りが功を奏した結果、ステージ前の椅子席は満席。加えて、立ち見の観客もそれなりにはいる。

ただ、今のままだと……

「二〇〇〇人には、随分と程遠いな」

今日のライブを見学にやって来ていた雪音《ゆきね》と紅葉《もみじ》が、僕へ声をかけてきた。

「地下一階のステージ前をどうにか埋められている程度。見上げても、興味を持っている者は誰もいない。……所詮はこの程度か」

雪音《ゆきね》が、鋭い視線を僕に向けた。

「最低限のラインは突破できてる。何も問題はないさ」

「問題ない？　目標の半分も満たせていないこの状況が？」

「うん。これから増やせばいいだけだしね」

噴水広場のライブの利点は、ライブ開始後も観客を増やせることだ。

優希《ゆうき》さんは、決して『最初から二〇〇〇人を集めろ』と言っていたわけではない。最終的に、二〇〇〇人に辿《たど》り着《つ》ければ問題ないんだ。

「ふん。そんなことができるものか」

「『T:iNgS』は解散。このまま、全部おしまい」

雪音《ゆきね》も紅葉《もみじ》も、この状況から『TiNgS』が巻き返すのは不可能だと判断したようだ。

「紅葉《もみじ》、行くぞ。こんなライブ、観《み》るだけ時間の無駄だ」

「うん。私達は、もっと他にやるべきことがある」

今までは欠かさず『TiNgS』の定期ライブを見学していた雪音《ゆきね》と紅葉《もみじ》だったが、今日に限ってはそうではないようで、僕へ背中を向けて去っていった。

できることなら、彼女達と話したいことがあったんだけど、僕は僕で待っている人がいる。

そろそろ、来てくれるとは思うんだけど……

「どうもでぇす、日生《ひなせ》さん！　いやはや、まさか私達が招待していただけるとは思いませんでしたよぉ！　豪胆というか、何というか……」

「すみません、わざわざご足労いただいて。……サトウさん」

待ち人、来たる。現れたのは、地方テレビでディレクターを務める、少し濃い眉毛が特徴的な女性、サトウさん。……それに、あの時の番組スタッフの人達だ。

「いやぁ〜、正直に言えば来るか迷いましたよぉ！　あんなことがあったわけですしねぇ〜」

約一ヶ月前の地方テレビのロケで、理王《りお》はサトウさんを激怒させてしまった。

その結果、サトウさんの『TiNgS』への信頼はガタ落ち。もう二度と、彼女が担当する番組には呼ばないとまで言われてしまった。

「今日でしたら、貴女《あなた》の信用を取り戻せるかなと思いまして」

この世界では、取り戻せる失敗と取り戻せない失敗がある。

だからこそ、取り戻せる失敗は確実に取り戻さないとね。

「ほほう。ハードルを上げてきますねぇ〜！　《これは、期待できそうでぇす！》」

ハイテンションな態度とは裏腹の、品定めするような鋭い瞳が僕を射抜く。

サトウさんは、『TiNgS』のライブに期待なんてしていない。

それでも、来てくれたのは……

「まぁ、あそこまで熱心に頼まれては、来ないわけにもいきませんよね！　貴方《あなた》のおかげで、スポンサーも増えましたし！」

ちょっとした裏技を使わせてもらったからだ——といっても、別にあくどいことをしたわけではない。あのロケ以降、僕は終業後にサトウさんと連絡を取り、密《ひそ》かに会っていた。

話していたのは、スポンサー受けする番組のコーナーの内容。彼女と二人で、様々な企画を考えてはボツになる日々を繰り返し、何とかいくつかの企画を通すことに成功した。

結果として番組のスポンサーが増え、自然と彼女の評価にもつながった。そして、そのタイミングで頼んだわけだ。「『TiNgS』の定期ライブにきてくれませんか？」ってね。

「あ、念のため言っておきますが、それと以前の件は別の話ですよ？　今日はあくまで、恩義を感じたからこそ応えただけ。これ以上のことは期待しないでくださぁい！」

「はい。『迷惑をかけちゃった分、お詫《わ》びをしたい』……本人もそう言っていますから」

今日、ここにサトウさんや番組スタッフを招待してほしいと僕に頼んだのは、理王《りお》だ。

自分が台無しにしてしまったロケ。そのお詫《わ》びの方法で、理王《りお》にできるのは自分達のライブを観《み》て楽しんでもらうことだけだと、本人が考えたからだろう。

いつもの傲慢な態度ではなく、必死に僕へ頼む理王《りお》。……あんな態度をとられちゃったら、こっちも少し無理をしないわけにはいかなくなる。

「終わったら、良ければ挨拶にも……」

「そこまで行くかどうかは、ライブ次第でぇす！」

「ありがとうございます。きっと、理王《りお》も喜びますよ」

まるで、最初から決まっているような僕の言い回しに、サトウさんは少し怪訝《けげん》な顔をした。

【ＴｉＮｇＳ】

ライブ開始まで、残り三分。

「まったく、今日のライブが失敗したら解散なんて、随分なことを黙っていてくれましたね？」

「うっ！　だって、二人に心配をかけたくなかったんだもん……」

「ありがた迷惑です」

「ごめんってぇ～！」

「今後は、こういった重要なことは決して隠さないで下さいよ？」

「うぅ～……。分かったよぅ……」

「ふふーん！　まぁ、私は知ってても知らなくても、どっちでもよかったけどね！　どうせ成功するライブだし、何も問題はないわ！」

「一理ありますね。私がいる以上、成功は約束されたようなものです」

「ちょっと、杏夏《きようか》！　それは私の台詞《せりふ》！」

「いいえ、私です。今日のライブを最も盛り上げ、『T・iNgS』の解散を阻止するのは、私の役目ですから」

「違うもん！　理王《りお》様の役割だもん！」

「……杏夏《きようか》ちゃん、理王《りお》ちゃん」

「春《はる》、ここで終わりなんて有り得ませんよね？」

「春《はる》！　言っておくけど、私達はまだまだこれからよ！」

「もちろんだよ！　私は……、私達は、これからもっともっと沢山キラキラのライブをやる！　もっともっと沢山の人にアイドルを大好きになってもらうんだもん！」

「ちょうど一つ欲しかったんですよ。特別な存在に相応《ふさわ》しい、特別な伝説が」

「ふふん！　バカにしてきた雪音《ゆきね》と紅葉《もみじ》の鼻を明かしまくってやるんだから！」

「わおっ！　二人ともやる気満々だね！　……じゃあ、やろっか」

「ええ。順番はいつも通り、私、春《はる》、理王《りお》で」

「猪突猛進《ちょとつもうしん》！」

「日進月歩《にっしんげっぽ》！」

「獅子奮迅《ししふんじん》！」

「「「全身全霊！　T・iNgS！」」」

☆

「青天国春《なばためはる》だよ！　さぁさぁさぁ！　今日もどんどん盛り上げていっちゃうからねぇ～‼」

「お待たせしました！　『T・iNgS』の玉城《たまき》杏夏《きょうか》です！」

「聖なる舞を魅せる理の王者！　聖舞理王《せいぶりお》様、参・上！　いよいよ伝説の始まりよ！」

ついに噴水広場でのライブが始まった。

「ハルルンきたぁぁぁぁ!! こっちも盛り上がってっちゃうよぉぉぉぉ!!」

「おキョン! おキョォォォォン!!」

「リオ様、ファイト〜!」

「待ってました!! 頑張れ、ハルルン!!」

「やっと噴水広場だね! もう! ずっと待ってたんだから!」

元気よく飛び出してきた『T:iNgS』に対して、観客達が声援を送る。

しかも、その声のボリュームは普段の三割増し。恐らくだが、ファン達の中でも「少しでも『T:iNgS』を注目させたい」という想《おも》いがあるのだろう。

アイドルとファンは運命共同体。お互いがお互いを支え合って成り立つ関係だ。

本当に、『T:iNgS』は良《い》いファン達に恵まれているな……。

「アイドルのライブを観《み》るのは久しぶりでぇす!」

今日、招待させてもらったサトウさん達は、一般客の代表と言っていいだろう。

テレビ番組のスタッフは、あくまでテレビ番組でのアイドルの振る舞いを評価する。故に、ライブでアイドルの細かな技術にさほど興味を示さないし、そもそも分からない。

そんな人達の興味を惹《ひ》くのは、至難の業。

逆に言えば、彼女達を満足させることができれば、『T:iNgS』はアイドル好きでもそうでない人にも通用するアイドルになったという証明になる。

「わぁ～！　すっごい沢山の人がいるよ、杏夏《きょうか》ちゃん、理王《りお》ちゃん！」

「そうですね。こんな大勢の人達がいるというのは、胸が震えます」

「ふふーん！　このくらい、理王《りお》様にとっては当然の光景ね！」

今日のミニライブで行われるセットリスト――曲順は、噴水広場でのライブを成功させるために特化させたセットリストだ。

さぁ、見せてくれ。君達の可能性を、君達の未来を。

「それでは、まずは一曲目を聞いて下さい！」

そして……、

「一歩前ノセカイ‼」

玉城《たまき》杏夏《きょうか》が、叫んだ。

…………………

…………

……

「ふむふむ……。ハルルンは今日もさすがですね……」

「さすが、おキョン！　今日もバッチリの安定感だね！」

「おキョン！　おキョォォォォォォォォオン‼」

始まった噴水広場でのミニライブ。

まだ観客は、以前から『T·iNgS』の定期ライブに訪れていた人や、『T·iNgS』に興味はあったが、中々定期ライブのチケットを手に入れられなかったアイドル好きの人達だけ。

僕が『一歩前ノセカイ』を一曲目に持ってきたのは、後者の人達のためだ。

「これが、『T·iNgS』か……。いや、すごいんだけど……分かる人しか分からないな」

「ふむ姉さんがハマる理由が分かったよ……」

玉城《たまき》杏夏《きょうか》という絶対にミスをしないアイドルがセンターに立つこの曲は、『T·iNgS』の基本的な形を伝えるのに最も向いている曲だ。観客達の中に「いよいよ『T·iNgS』のライブが始まった」と分《わ》かり易《やす》い印象を与え、自然と気持ちを高揚させる。

そして、高まった気持ちは歓声へと変化していき……

「何か盛り上がってるね。どうする、少し見てく？」

「ん～。別に急いでないし、構わないけど……」

自然と一般客の興味を惹《ひ》く形になるんだ。

噴水広場のライブを成功させる、最初のステップ。

それが、ファン達の声援。不用意に身内感を出さず、誰でも楽しめる予感を与える声援。それを聞いた、池袋《いけぶくろ》サンシャインシティに訪れていた一般客が、興味を持って足を止めてくれるんだ。……現在の観客数、目算四〇〇。

「ねぇ、行かない？」

「そうだな。まぁ、普通だし、もうそろそろ……」

ただし、足を止めたからといって、それがゴールではない。

なぜなら、一般客のほとんどは、アイドルにさほど詳しくないからだ。

たとえ足を止めてくれたとしても、その足は再び動き出してしまう。

だけど、効果は十分。熱狂的な声援で注目を集めたおかげで、去っていく人達よりも足を止める人達のほうが上回っている。この調子なら……

「ふぅ……。皆様、ありがとうございます！　とても気持ちよく歌えました！」

たとえ会場が違えど、杏夏《きょうか》の心が揺らぐことはない。

野心家の想《おも》いのままに、今日も正確無比なパフォーマンスを披露した杏夏《きょうか》は、ミスをしないという玄人好《くろうとごの》みの武器で、見事に『一歩前ノセカイ』を歌い切ることに成功した。

現在の観客数、目算四五〇。

「杏夏《きょうか》ちゃん、グッジョ～ブ！　なんだか、いつもよりノリノリだったね！」

「ええ。色々と素敵なことがあったので、何だか元気が出ちゃいました」

そこで、観客席の中のトッカさんを見つけたようで、杏夏《きょうか》が上品な笑顔と共に彼女へ向けてウインクを飛ばす。トッカさんは、気絶した。

「ふふーん！　あんた達、言っておくけど、まだまだ満足しちゃダメよ！　ここから、もっとすごいことをいっぱいやっちゃうんだから！」

「「「「《オッケー！》」」」」

理王《りお》の呼びかけに、輝きを放ちながら応える観客達。ライブで目を引くのが春《はる》と杏夏《きようか》である以上、態度だけ偉そうという印象を持たれている理王《りお》の言葉は、あまり響かないのだろう。

「今日っていうか、最近、ハルルンすごいよね！　前よりもキレを増した感じ！」

「ふむふむ……。ハルルンの成長が目に見て取れるのはいいですね。これこそ、毎回ライブに来ている者の特権です」

「これからも、まだまだハルルンが伸びると思うと、楽しみだよ！」

春《はる》が以前よりも実力を出せるようになったのは、理王《りお》が上達したおかげなんだけど……、さすがにそこまでは気づかないよね。いや、仮に気づいていたとしても春《はる》に目がいっちゃうか。

「いいですねぇ！　あの真面目な子、いいですねぇ！　それに、もう一人の明るい子も非常にアイドルらしいでぇす！　日生《ひなせ》さん、なぜあの子達を連れてこなかったのです？」

「まぁ、他の予定がありまして……」

「ですが、やはり分かりませんねぇ～。日生《ひなせ》さん程の人が、なぜ彼女達のマネージャーを務めているか。下手ではないと思うのですが、飛び抜けたものがないといいますか……ミスをしないというのは素晴らしいことですが、それだけのアイドルなのですか？」

サトウさんの言葉は、悔しいけれどもっともだ。

春《はる》と杏夏《きょうか》のパフォーマンスは、あくまでも玄人好《くろうとごの》み。どれだけ言葉で説明されて理解しようとも、そのパフォーマンスを楽しめるかどうかは別の話。

彼女には、『TiNgS』のライブは、普通のアイドルライブに見えてしまうんだ……。

「では、次の曲なのですが……実は、ここで初めてやる新曲です！　いつもとは少し違う、落ち着いた曲ですが、必ず皆さんに楽しんでいただけるかと！」

いよいよ、その時がやってきた。

メインMCを務める杏夏《きょうか》が、観客の人達に向けて新曲の存在を伝える。

すると……、

「おおっ！　新曲！　誰がセンターだろう⁉」

「噴水広場で新曲とか、最高！　リリイベみたいじゃん！　これは、熱い！」

「ふむふむ……。新曲ですか。センターはハルルンか、それともおキョ……ふむぅ？」

『TiNgS』の三人が新曲のために配置を変更すると、観客席から歓声とは異なるざわめきが起きた。……それもそうだろう。

なんせ、センターに立つのは、今まで一度もセンターに立ったこともなく、『TiNgS』で最もファンに浸透していない……理王《りお》なのだから。

「え？　リオ様？　リオ様がセンター、なの？」

「へ、へぇ～！　《リオ様がセンターの曲は初めてだから、楽しみだな！》」

「ハルルンでも、おキョンでもない、のかぁ……」

「……うっ！　うにゅ……」

そんなファン達の反応を、過敏に感じ取った理王《りお》が縮こまる。

少しまずいな……。理王《りお》はプレッシャーには強いけど、こういう反応には……

「みんな、すっごい曲だからいっぱいワクワクしてね！　……ね？　杏夏《きょうか》ちゃん！」

「はい。この曲を通じて、まだ皆さんがご存じない『ＴｉＮｇＳ』を必ず観《み》ていただくことができます。ですから、何も問題ありません」

ステージ上の理王《りお》の異変を感じ取った春《はる》と杏夏《きょうか》が、咄嗟《とっさ》に理王《りお》をカバーする。

そうだったね。理王《りお》は、一人じゃない。春《はる》と杏夏《きょうか》が、そばにいてくれるんだから。

「ですよね、理王《りお》？」

「……うにゃ！　も、もちろんよ！　この理王《りお》様が言うんだから、間違いないわ！　絶対……、絶対にみんなの力になれる！　そんな曲よ！」

なんとか立て直したみたいだな。

「《なら、思いっきり楽しませてもらおうかな！　頑張れ、リオ様！》」

「《新曲が聞けるなら、それで十分だよ！》」

「《よ～し！　私達も思いっきり盛り上げちゃうよ！》」

激しい輝きが観客席から発せられ、僕は思わず目を細めてしまう。

分かっていたよ、こうなることは……。

だけど、それがどうした？　前評判なんて、まとめて覆《くつがえ》してやればいい。

「……みんなの力になる。……私は、そのためにアイドルになったんだ」

これまでずっとサイドに立ち、人気としても『TiNgS』で最も劣っていた少女。

実力に伴わない傲慢な振る舞いが目立ち、より一層人気の獲得を難しくしていた。

「き、き……聞いて下さい!!」

だけど、僕は知っている。そして、彼女達は知っている。


「YELLOW　ROSE!!」


聖舞理王《せいぶりお》は、誰よりも優しく、誰よりも純粋な心を持っていることを。

いよいよ始まった、『TiNgS』の新曲。

まだ歌い始めてもいないというのに、その曲調が観客達に更なる困惑を与える。

「……え？　バラード？」

「ダンスがないとハルルンが……いや、まだ分からないけどさ……」

「ふむふむ……。まずく、ないですかね？　これまでの全てを放棄するというのは……」

普段の『ＴｉＮｇＳ』は、前奏でダンスを踊り、そこから歌い出す。

だけど、この曲は違う。センターの理王《りお》にダンスはほぼなく、サイドの春《はる》と杏夏《きょうか》も簡単な振り付けをこなすだけ。ほとんどないと言ってもいいレベルだ。

こうなると、観客の反応を見てレベルを微調整する春《はる》の技術が使われることはないし、センターが理王《りお》である以上、絶対にミスをしない杏夏《きょうか》のパフォーマンスもそこまで映えることはない。これまで、『ＴｉＮｇＳ』が使ってきた武器を全て放棄した曲。

それが、『ＹＥＬＬＯＷ　ＲＯＳＥ』だ。

「〜〜〜♪」

始まりは、理王《りお》のソロパート。広大なショッピングモールに設置されたステージの中心で、ダンスもなく、理王《りお》がたった一人歌い始めた。

「〜〜〜♪」

グループを結成してから、初めて立つセンター。震える両手でマイクを強く握りしめ、懸命に……ただただ、懸命に歌い続ける理王《りお》。

すると……

「「「…………」」」

観客達は、何も反応を示すことはない。

これまでの熱量のある声援が嘘《うそ》であるかのように静まり返り、やっていることは一つだけ。

ただ、茫然《ぼうぜん》と理王《りお》を見つめている。……だけど、それは決して落胆からではない。

むしろ、逆。……彼らは、あまりの衝撃に言葉を失っているのだから。

「お、おおぅ……」

サトウさんから漏れたのは、感嘆の息。彼女も、まさか理王《りお》がここまでやると思っていなかったのだろう。ここまでの実力を持つとは、思っていなかったのだろう。

理王《りお》が持つ、彼女だけの武器。それは……

「うっま……」

歌唱力の高さだ。理王《りお》の持つ武器に、細かい説明なんて必要ない。

ただシンプルに、ただ純粋に、歌が上手《うま》いんだ。それも、とびっきりに。

普段の傲慢な態度からは信じられない、彼女の本質を示すような優しく綺麗《きれい》な歌声。

それが今、噴水広場を包み込んでいる。

「リオ様って、こんなに歌が上手《うま》かったの？」

「ふむふむ……。なるほど、確かに我々の知らない『TiNgS』でしたね。……見事です」

「……綺麗《きれい》な声……」

言葉を失った観客達が、サビを終えたところでようやく言葉を取り戻す。アイドル好きの玄《くろ》人《うと》の人も、そうでないサトウさん達も食い入るように理王《りお》の歌を聞き続けている。

「〜〜〜♪」

サビを終えても、やはり歓声があがることはない。

だが、ここに来てようやく噴水広場に曲とは異なる別の音が奏《かな》でられ始《はじ》めた。

手拍子だ。曲のリズムに合わせて、理王《りお》の歌に聞き入る観客達が手を鳴らしている。

「〜〜〜♪」

本当に、不器用な子だよ……。今までも、理王《りお》は決して歌唱力が低かったわけじゃない。

ただ、ダンスに夢中になりすぎて、ろくに歌えていなかったんだ。

加えて、ライブではコーラスだけ。だからこそ、誰にも気づかれることがなかった。

だけど、彼女達は知っていた。

『TiNgS』で、誰が一番の歌唱力を持っているかを。

普段の元気なライブとは違う、優しく落ち着いた穏やかで……心が熱くなるライブ。

無我夢中で歌い続ける理王《りお》は、まだ気づいていない。

この新しい空気を、自分が作り出せたということに。

こうして、『TiNgS』の新曲……『YELLOW　ROSE』は終わりを告げた。

「……あ、あれ!?　あの……えと……んにゃ！　なにこれ!?　なんでぇ!?」

歌い終わったところで、ようやく理王《りお》が現状に気がついた。

ミニライブを観《み》ている人達が、先程までと比べて遥《はる》かに増えていることに。

噴水広場のある地下一階はもちろん、吹抜けになっている一階から三階にも多くの観客が集まり、理王《りお》の曲に聞き入っていたんだ。

その数は……

「優希《ゆうき》さんも、これなら納得するだろうな」

およそ二一〇〇人。噴水広場の公式キャパシティを、十分に上回る人数だ。

定期ライブで春《はる》がアイドル好きの興味を惹《ひ》き、一曲目で杏夏《きょうか》が『T・iNgS』の基本の形を伝えて観客を繋《つな》ぎ止《と》め、次の理王《りお》の曲で爆発を起こす。

これこそが、『T・iNgS』が噴水広場のライブを成功させる唯一の方法だ。

「そ、その……」

未《いま》だ沈黙に包まれる、噴水広場。

大丈夫だよ、理王《りお》。そんな心配そうな顔をしなくても。

多分だけど、そろそろ……

「え？」

誰かが手を叩《たた》く音が、沈黙した噴水広場に木霊《こだま》した。

そして、それを皮切りに次々にその場にいた人達が、手を叩《たた》き始《はじ》める。

「……すごい」

「素敵です……」

「わぁ～！　キラキラだ……」

豪雨のように降り注ぐ拍手。

これこそ、吹抜け構造になっている噴水広場ならではの観客のリアクションだ。

そして……

「こんなに上手《うま》いなら、もっと早く歌ってよぉ！　もう、びっくりしちゃったじゃない！」

「ビックリしたぁ！　いや、ほんとにビックリした！　こんな歌の上手《うま》いアイドルが『HY《ハイ》：RAIN《レイン》』のナノン以外にもいたんだ！」

「ふむふむ……。素晴らしい歌声です。……聞き入ってしまいましたよ」

「なに、あの子！　めっちゃ歌上手《うま》いじゃん！　なんてグループの子!?」

「考えれば当たり前だよね！　ハルルンとおキョンがすごいんだもん！　リオ様が、すごくないわけないよね！」

沈黙の後の大きな歓声と拍手。それは、大成功の証明だ。

分かるかい、理王《りお》？　これが君の武器だ。……君が持っていたんだよ。

誰もが分かる、とびっきりの武器を『T・iNgS』にもたらしたのは、君なんだ。

君の歌が、『T・iNgS』の未来を守ったんだ。

「「「リーオ様！　リーオ様！　リーオ様！」」」

「うっ！　うううう!!」

初めて、春《はる》でも杏夏《きようか》でもなく、自分が誰かの力になれた。その事実が嬉《うれ》しくて仕方がないのだろう。今にも流れそうになる涙を理王《りお》は、懸命にこらえている。

そんな様子を見つめるサトウさんは、優しい笑みを浮かべていて、

「日生《ひなせ》さん。一つ、面白い企画が思いついたのですが、またお付き合いしていただいても？」

まったく、理王《りお》のせいで仕事が一つ増えちゃったじゃないか。

「そうですね。以前の発言を撤回していただけるなら」

「ははっ！　いじわるな返事をしますねぇ！　当然、それが前提の企画でぇす！　……それと、ライブが終わったら、スタッフ一同ご挨拶にうかがっても？」

「もちろんですよ」

「小学校で、子供達と歌う企画なんて……あっ！　だけど、あれはもう勘弁して下さいよ？」

「はい、それはもう。本人もすごく反省していましたから」

よくやった。本当によくやったよ、理王《りお》。

君の歌は、届いたんだ。アイドル好きの人にも、そうじゃない人にも。

「ふ……、ふふーん！　や……やっぱり、わだしは……聖なる舞を魅せる理の王者！　り、理《り》王《お》さ……あぁぁぁぁん!!　できた……ぢゃんどでぎだよぉ！　春《はる》、杏夏《きょうか》ぁぁぁぁぁ!!」

「うん！　うん！　……ぐす。そうだね！　バッチリだったよ、理王《りお》ちゃん！」

「お疲れ様です、理王《りお》……。本当に、よく頑張りましたね……」

ステージの上で大泣きする理王《りお》を、春《はる》と杏夏《きょうか》が優しく抱きしめる。

そんな三人の様子を見て、来てくれた観客の人達も涙を流しながら歓声を送る。

これを見るのは久しぶりだな……。誰も嘘《うそ》をついてないのに、誰もが輝く光景。

かつて、僕にアイドルのマネージャーになろうと決意させた、本当の輝き。

それを生み出したのは……

「……うにゅ。東京ドーム、待ったなしね！　なぜなら、私は理王《りお》様だから！」

聖舞理王《せいぶりお》。おっちょこちょいだけど誰よりも優しい、臆病者の少女だ。

…………

…………

……

本来の予定では、もうミニライブは終わりの時間なのだけど、想像以上に盛り上がってしまった理王《りお》の二曲目の都合もあって、まだ『ＴｉＮｇＳ』は最後の曲を歌えずにいた。

拍手喝采の中、感極まり続ける理王《りお》。隣で強く拳を握りしめる杏夏《きょうか》。

その光景を見て、拍手を贈る観客達。だけど、次第にそれも収まってきて……

「よぉ〜し！　じゃあ、最後は私の番だね！」

この時を待っていたと言わんばかりに、一人の少女がステージの中央に立つ。

さぁ、あとは最後の仕上げを残すだけだ。

杏夏《きょうか》が繋《つな》ぎ止《と》め、理王《りお》が引き寄せた二一〇〇人という観客達。

でも、この人達はまだ『T・iNgS』のファンに至っていない人達だ。

だからこそ、この人達にファンになってもらわなくてはいけない。

より一層、『T・iNgS』を好きになってもらわなくてはいけない。

セットリストの三曲目は、『T・iNgS』の解散を阻止するための曲じゃない。

『T・iNgS』の未来を紡《つむ》ぐための曲だ。

「みんな、今日は来てくれてほんっとぉぉぉぉにありがとう！　私達がこんな場所で、こんな沢山の人達と一緒にライブができるなんて、全然想像できなかったよ‼」

初めは、たった四八人だった。

何とか頑張って、専用劇場の半分を埋められる程度だった。

「私、みんなに沢山のアイドルを好きになってほしいの！　みんなに沢山のアイドルを知ってほしいの！　でも、まだまだ私は力不足！　全然、それができてない！」

だけど、今の彼女達はもう違う。専用劇場の定員一〇〇名を満たすのは当たり前。

それどころか、噴水広場という広大な会場でもライブをやるに足る存在になった。

「だから、もっともっと頑張る！　頑張って頑張って頑張って……絶対になってみせるよ！

シャインポストに！」

二一〇〇人の人達へ、少女が言葉を伝える。

シャインポスト。

聞き慣れない人達にとっては意味が分からず、僕にとっては特別な意味を持つ言葉。

僕が出会ったアイドルで、この夢を目指していたのはたった一人だった。

なのに、二人目がいた。二人目の少女に出会うことができた。

それが今、ステージの中心に立つ少女。

「みんな、ちゃんと見ててね！　私、今から輝くから‼」

次の曲で、噴水広場でのミニライブは終わりを告げる。

ありったけの気持ちをこめて、ありったけの夢を掲げて、

「TOKYO　WATASHI　COLLECTION‼」

青天国《なばため》春《はる》が、叫んだ。

SHINE POST
シャインポスト

Did you know? The most ordinary, natural, and unique magic
to make me an absolute idol

エピローグ　《TiNgS》

「いやぁ～！　実に見事だ！　見事という以外に言葉が見つからないね！」

噴水広場でのライブを終えた二日後の月曜日、社長室で上機嫌な声を出すのは、芸能事務所ブライテストの社長にして、僕の従姉にあたる日生優希《ひなせゆうき》。

「どうだい？　私の言った通りだっただろう？　日生直輝《ひなせなおき》と『T:iNgS』が組めば、噴水広場など容易《たやす》いものだと！」

「全然、容易《たやす》くなかったんだけど？」

全てが優希《ゆうき》さんの手の平の上で転がされたような気持ちになったので、僅かな抵抗。

もちろん、意味はない。分かった上で、僕も言っている。

「ははは！　そう怖い顔をしないでくれたまえ！　噴水広場のミニライブは大成功！　『T:iNgS』の知名度はこれまでにないほど急上昇したではないか！」

その通りだ。あの日のミニライブの効果は絶大。

今の『T:iNgS』は、もう駆け出しの新人アイドルという存在ではなくなり、これからの可能性を大きく感じさせる新鋭アイドルという座に辿《たど》り着《つ》いたのだ。

このままの調子で進んでいけば、間違いなく彼女達は……

「もちろん、これだけ素晴らしい成果を出したナー坊と『ＴｉＮｇＳ』には、報酬を用意しているよ！　次はミニライブではなく、正式に単独ライブをやろうじゃないか！　ちなみに、その会場がどこかという話だが――」

「やってくれたね？」

これ以上先のステージへ、進むことはできないだろう。

「《さて、どの件のことかな？》」

不敵な笑みを浮かべて、僕を見つめる優希《ゆうき》さん。

本当にこの人は、厄介極まりない。

まさか、最初から僕を騙し続けていたなんてね。

「初めて『ＴｉＮｇＳ』のレッスンを観《み》た時、思ったんだよね。……確かに、春《はる》も杏夏《きょうか》も理王《りお》もすごい才能の持ち主だ。だけど、そんな三人が揃《そろ》っても中途《ちゅうと》半端《はんぱ》だなって」

「《それは、まだ彼女達が成長途上だからではないかな？》」

再び、優希《ゆうき》さんが輝いた。

「違うよね？」

「なぜ、そう思うのかな？」

「ヒントは二つ。一つ目が、『ＴｉＮｇＳ』が決してライブでやらない曲の存在」

駆け出しのアイドルは持ち曲が少なく、ライブでは自分達の曲ではなく、先輩の曲をやるなんてことはよくある話だ。

これは当然ながら『T・iNgS』にもあてはまり、彼女達は定期ライブでいくつか自分達の曲ではなく、先輩達の曲を使わせてもらっている。

だからこそ、持ち曲というのはとても重要な存在。

誰かのための曲ではなく、自分達専用の曲だからだ。

にもかかわらず、『T・iNgS』は自分達の持ち曲を歌わない。これは妙だ。

『一歩前ノセカイ』。これに関しては問題ない。

杏夏《きょうか》が悩むきっかけとなり、彼女自身の壁が原因で歌えていなかっただけだから。

だが、『T・iNgS』がライブで決して歌わない曲は、『一歩前のセカイ』だけじゃない。

もう一曲存在する。その曲の名前は……

「確認してみたら、すぐに分かったよ。確かに、あの曲は今の彼女達には決してできない」

「理由を聞こうか」


「三人じゃなくて、五人でやる曲だからさ」


『Be　Your　Light』

それが、『T・iNgS』が決してライブで歌わない曲。

当たり前だ。だって、この曲は、『Ｔ、ｉ、Ｎ、ｇ、Ｓ、』のための曲じゃないのだから。

「もう一つのヒントが……グループ名だ」

僕が初めてブライテストにやってきた時、優希《ゆうき》さんは言っていた。

『真実《TRUE》を歌う《SING》、理想的《IDEAL》で気高き《NOBLE》、少女達《GIRLS》。それが、『ＴＩＮＧＳ』のグループ名の由来だよ』

この五つの言葉の意味を繋《つな》げて、『ＴｉＮｇＳ』というグループ名。

そこに嘘《うそ》はなかった。だけど……

「『ＴｉＮｇＳ』のグループ名は、メンバーの頭文字をとっていたんだね」

もう一つの真実が隠されていたんだ。

「玉城《たまき》杏夏《きょうか》の『Ｔ』、青天国《なばため》春《はる》の『Ｎ』、聖舞《せいぶ》理王《りお》の『Ｓ』。だけど、残りの二文字……『ｉ』と『ｇ』は小文字だ。それが、最後の答えへと導いてくれたよ」

「君なら、気づいてくれると信じていたよ」

輝きを収め、優希《ゆうき》さんが満足した笑みを浮かべる。

「『ＴｉＮｇＳ』の本当のグループ名は『ＴＩＮＧＳ』。そして、残る二人のメンバーは……」

「伊藤《いとう》紅葉《もみじ》と祇園寺《ぎおんじ》雪音《ゆきね》だ」

あとがき

どうも、駱駝《らくだ》です。約五年前に電撃文庫よりデビューをし、この度は新シリーズのほうを出版させていただくことになりました。時間が経《た》つのは早いですね。気持ちとしては、まだまだ新人気分なのですが、気がつけば沢山の後輩達が続々と電撃文庫・メディアワークス文庫からデビューしております。

といっても、後輩にも年上の方が多くいらっしゃるので、果たして自分は先輩なのだろうか——なんて、疑問もありますが。

さて、今回のシャインポストのテーマは、『ちょっと変わったアイドルライトノベル』です。アイドルものを描くにあたって、いったいどういう内容にするのがいいのだろうと、紆余《うよ》曲折《きょくせつ》をしたのも今となってはいい思い出です。

この作品が生まれるまでにボツとなったアイディアとしては、『遊園地を立て直すために、事故で意識不明となった幽霊アイドルと共に頑張る話』、『闇のアイドルが世界を支配して、未来が暗黒時代になってしまったので、スーパーエージェントアイドルがタイムマシンで未来を変えにやってきた』なんてものもありましたが、最終的にはこのような形に落ち着きました。

今回の作品を描くにあたって、個人的に目標として掲げたのは『分かりやすさ』です。

できる限りアイドルに興味のない方でも、一つの物語として楽しんでいただけることを念頭に置いて、この作品を作らせていただいたつもりです。もし、そうなっていなかったら申し訳ありません。

一つの文化を掘り下げれば掘り下げるほど、聞き慣れない言葉に遭遇してしまうので、それをいかに分かりやすく伝えるかというのは個人的には永遠のテーマの一つですね。

『分かりやすさ』と『読みやすさ』。常にこの二つを意識して、精進していきます。

では、謝辞を。

シャインポストを購入していただいた皆様、誠にありがとうございます。

初めましての方もいらっしゃれば、お久しぶりの方もいらっしゃるかもしれません。

私と一緒に『TINGS』の成長を見守っていただければ、幸いです。

ブリキ様、前作に続き今作でもイラストレーターを担当していただいて、誠にありがとうございます。この作品を描くにあたって、数多くのキャラクターデザインを作成していただき、本当に感無量です。

担当編集の皆様、色々と紆余《うよ》曲折《きょくせつ》がありましたが、こうして一巻が出せて本当に良かったです。これからもご指導ご鞭撻《べんたつ》のほど、よろしくお願い致します。

駱駝

◉駱駝著作リスト

「俺を好きなのはお前だけかよ①～⑯」（電撃文庫）

「シャインポスト
ねえ知ってた？　私を絶対アイドルにするための、ごく普通で当たり前な、とびっきりの魔法」（同）

本書に対するご意見、ご感想をお寄せください。

ファンレターあて先
〒102-8177　東京都千代田区富士見2-13-3
電撃文庫編集部
「駱駝先生」係
「ブリキ先生」係

本書は書き下ろしです。

電撃文庫

シャインポスト
ねえ知《し》ってた？　私《わたし》を絶対《ぜったい》アイドルにするための、ごく普通《ふつう》で当《あ》たり前《まえ》な、とびっきりの魔法《まほう》

駱駝《らくだ》

2021年10月10日　初版発行

発行者　青柳昌行
発行　株式会社KADOKAWA
〒102-8177　東京都千代田区富士見2-13-3
0570-002-301（ナビダイヤル）
装丁者　荻窪裕司（META＋MANIERA）
印刷　株式会社暁印刷
製本　株式会社暁印刷

ISBN978-4-04-914044-6　C0193　Printed in Japan

電撃文庫　https://dengekibunko.jp/

電撃文庫創刊に際して

文庫は、我が国にとどまらず、世界の書籍の流れのなかで〝小さな巨人〟としての地位を築いてきた。古今東西の名著を、廉価で手に入りやすい形で提供してきたからこそ、人は文庫を自分の師として、また青春の想い出として、語りついできたのである。

その源を、文化的にはドイツのレクラム文庫に求めるにせよ、規模の上でイギリスのペンギンブックスに求めるにせよ、いま文庫は知識人の層の多様化に従って、ますますその意義を大きくしていると言ってよい。

文庫出版の意味するものは、激動の現代のみならず将来にわたって、大きくなることはあっても、小さくなることはないだろう。

「電撃文庫」は、そのように多様化した対象に応え、歴史に耐えうる作品を収録するのはもちろん、新しい世紀を迎えるにあたって、既成の枠をこえる新鮮で強烈なアイ・オープナーたりたい。

その特異さ故に、この存在は、かつて文庫がはじめて出版世界に登場したときと、同じ戸惑いを読書人に与えるかもしれない。

しかし、〈Changing Times,Changing Publishing〉時代は変わって、出版も変わる。時を重ねるなかで、精神の糧として、心の一隅を占めるものとして、次なる文化の担い手の若者たちに確かな評価を得られると信じて、ここに「電撃文庫」を出版する。

1993年6月10日
角川歴彦

電撃文庫DIGEST　10月の新刊

発売日2021年10月8日

ソードアート・オンライン26
ユナイタル・リングV

【著】川原 礫　【イラスト】abec

セントラル・カセドラルでキリトを待っていたのは、二度と会えないはずの人々だった。彼女たちを目覚めさせるため、そして《アンダーワールド》に迫る悪意の正体を突き止めるため、キリトは惑星アドミナを目指す。

魔王学院の不適合者10〈下〉
～史上最強の魔王の始祖、転生して子孫たちの学校へ通う～

【著】秋　【イラスト】しずまよしのり

“世界の意思”を詐称する敵によって破滅の炎に包まれようとする地上の危機に、現れた救援もまた“世界の意思”――？？　第十章《神々の蒼穹》編、完結!!

ヘヴィーオブジェクト　人が人を滅ぼす日（下）

【著】鎌池和馬　【イラスト】凪良

世界崩壊へのトリガーは引かれてしまった。クリーンな戦争が覆され、人類史上最悪の世界大戦が始まった。世界の未来に、そして己の在り方に葛藤を抱くオブジェクト設計士見習いのクウェンサーが選んだ戦いとは……。

豚のレバーは加熱しろ（5回目）

【著】逆井卓馬　【イラスト】遠坂あさぎ

願望が具現化するという裏側の空間、深世界。王朝の始祖が残した手掛かりをもとにその不思議な世界へと潜入した豚たちは、王都奪還の作戦を決行する。そこではなぜかジェスが巨乳に。これはいったい誰の願望……？

隣のクーデレラを甘やかしたら、ウチの合鍵を渡すことになった3

【著】雪仁　【イラスト】かがちさく

高校生の夏臣と隣室に住む美少女、ユイはお互いへの好意をついに自覚する。だが落ち着く暇もなく、福引で温泉旅行のペア券を当ててしまう。一緒に行きたい相手はすぐ隣にいるのだが、簡単に言い出せるわけもなく――

ホヅミ先生と茉莉くんと。
Day.3 青い日向で咲いた白の花

【著】葉月 文　【イラスト】DSマイル

出版社が主催する夏のイベントの準備に奔走する双夜。その会場で“君と”シリーズのヒロイン・日向葵のコスプレを茉莉にお願いできないかという話が持ち上がり――!?

新作　シャインポスト
ねえ知ってた？　私を絶対アイドルにするための、ごく普通で当たり前な、とびっきりの魔法

【著】駱駝　【イラスト】ブリキ

中々ファンが増えないアイドルユニット『TiNgS』の春·杏夏·理王のために事務所が用意したのは最強マネージャー、日生直輝。だが、実際に現れた彼はまるでやる気がなく……？少女達が目指す絶対アイドルへの物語、此処に開幕!

新作　琴崎さんがみてる
～俺の隣で百合カップルを観察する限界お嬢様～

【著】五十嵐雄策　【イラスト】佐倉おりこ
【原案】弘前 龍

クラスで男子は俺一人。普通ならハーレム万歳となるんだろうけど。「はぁあああああ、尊いですわ……！」幼馴染の琴崎さんと二人。息を潜めて百合カップルを観察する。それが俺の……俺たちのライフワークだ。

新作　彼なんかより、私のほうがいいでしょ？

【著】アサクラネル　【イラスト】さわやか鮫肌

「好きな人ができたみたい……」。幼馴染の堀宮音々の言葉に、水沢鹿乃は愕然とする。ゆるふわで家庭的、気もよく利く彼女に、好きな男ができた？　こうなったら、男と付き合う前に、私のものにしちゃわないと！

新作　死なないセレンの昼と夜
―世界の終わり、旅する吸血鬼―

【著】早見慎司　【イラスト】尾崎ドミノ

「きょうは、死ぬには向いていない日ですから」人類は衰退し、枯れた大地に細々と生きる時代。吸血鬼・セレンは旅をしながら移動式カフェを営んでいる。黄昏の時代、終わらない旅の中で永遠の少女が出逢う人々は。

隣のクーデレラを
甘やかしたら、
ウチの合鍵を
渡すことになった
（著）雪仁
（イラスト）かがちさく
「夏臣のからあげ大好きだから
すっごく楽しみ」
微妙な距離の二人が出会い、
時に甘々で少しじれったくなる日々が
始まる――
電撃文庫

シノゴノ言わずに私に甘えていればいーの！
旭 蓑雄
ill. なたーしゃ
家に帰れば、君がいる。
忙しすぎる貴方を癒やす、
押しかけ甘々コメディ。
お隣のシノさんは、なぜだかワーカホリックな俺の世話を焼こうとしてくる。温かくて美味しいごはんの用意に、汚れ一つ見逃さない掃除洗濯。あまつさえ、膝枕に添い寝まで……。
「家で仕事なんてしちゃ駄〜目。拓務は何もしなくていいの！ 私にだらしなく甘えて快楽を貪っていればいいんだから」
仕事がしたい俺にとっては厄介者でしかなかった。だけど最近、シノさんの待つアパートに帰ることを、どこか楽しみにしている自分もいて……。
電撃文庫

男女の友情は成立する？
いや、しないっ!!
七菜なな
イラスト／Parum
アタシと親友だけの青春やってようぜ！
友情を誓った親友同士が――まさかの〈両片想い〉に!?

神田夏生
Natsumi Kanda
イラスト：Aちき
Aliki
今すぐ君に
『××』だと言いたい……
言えたら、いいのに……
絶対に
デレてはいけない
ツンデレ
Zettai ni Dereteha Ikenai Tundere
蒼月さんは常にツンツンしている子で、
クラスでも浮いた存在。
本当は優しい子なのに、
どうして彼女は誰にもデレないのか？
それは、蒼月さんが抱える
不思議な過去が関係していて……？
電撃文庫

ドキドキしているのがバレたら負けの心理戦ラブコメ！
時間泥棒ちゃんはドキドキさせたい
Jikan Dorobou chan ha DokiDoki sasetai
Ore no Natsuyasumi wo kaketa Ren-ai Shinrisen
俺の夏休みをかけた恋愛心理戦
ミサキナギ
Misaki Nagi
illustration うなさか
Unasaka
一学期最終日。
クラスのアイドル・藤ノ宮白雪からの告白は、
“時間泥棒”である彼女の罠だった！
まんまと「時」を奪われた俺は、
夏休みを取り返すため、
なぜか白雪とデートすることに!?
電撃文庫

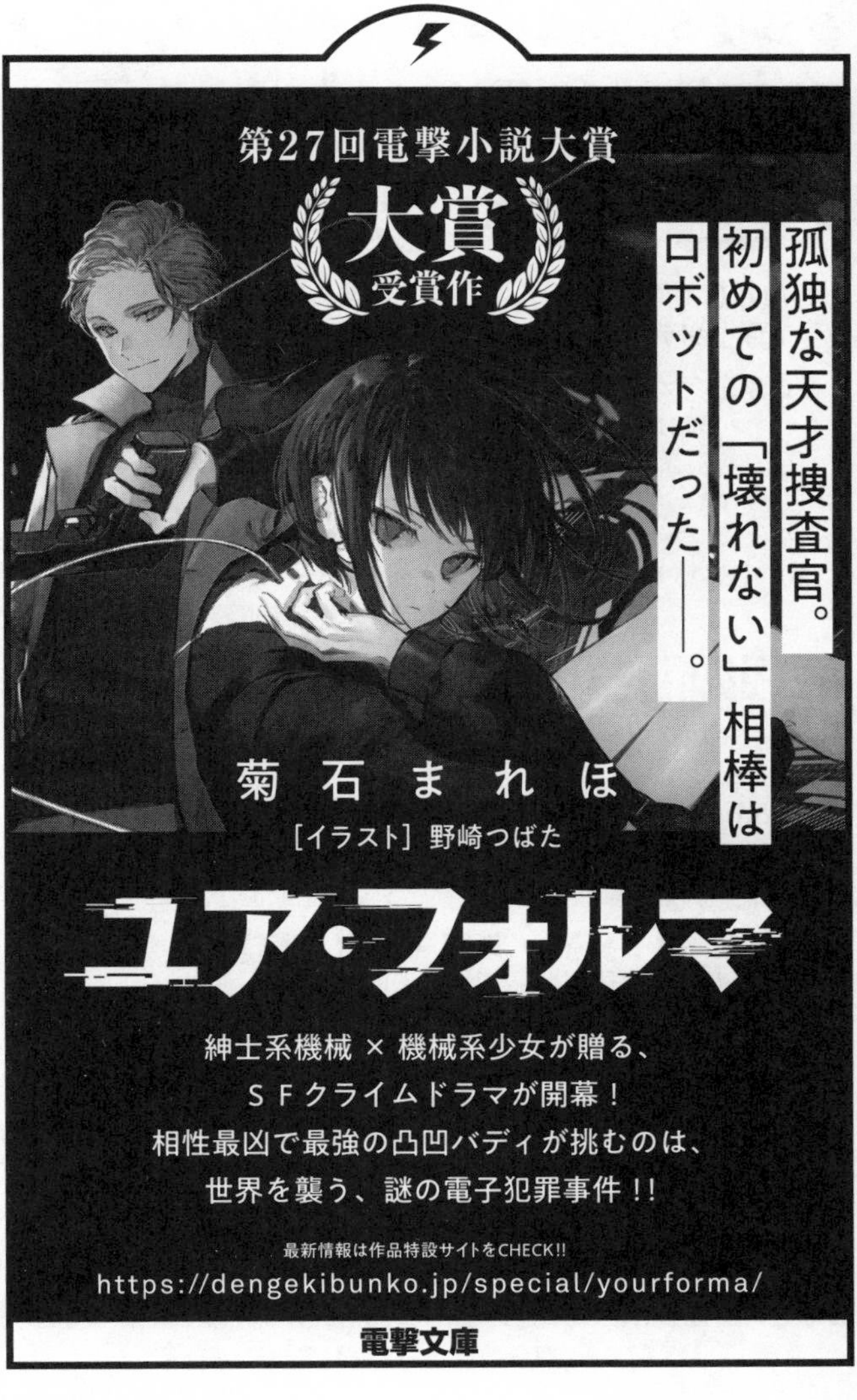
第27回電撃小説大賞
大賞
受賞作
孤独な天才捜査官。
初めての「壊れない」相棒は
ロボットだった——。
菊石まれほ
[イラスト] 野崎つばた
ユア・フォルマ
紳士系機械 × 機械系少女が贈る、
ＳＦクライムドラマが開幕！
相性最凶で最強の凸凹バディが挑むのは、
世界を襲う、謎の電子犯罪事件！！
最新情報は作品特設サイトをCHECK!!
https://dengekibunko.jp/special/yourforma/
電撃文庫